最強魔法師の隠遁計画
The Greatest Magicmaster's Retirement Plan
16

「【指向する旋風《サイクロン・エッジ》】ですか」

「ほう、良く見抜いたな。
【サイクロン・エッジ】自体は
チンケな魔法だが、こうして両腕に
留めると使い勝手が良くてな」

「殺しますか？」
「もちろんだ、さっさと終わらせてこい」
手錠を自ら外した少女は露わになった胸部を隠そうともせず、モルウェールドから差し出された薄布を身につけ、その上からローブを羽織った。

最強魔法師の隠遁計画 16

イズシロ

HJ文庫
1057

最強魔法師の
隠遁計画

The Greatest Magicmaster's Retirement Plan

CONTENTS

16

Presented by IZUSHIRO　Illustrator MIYUKIRURIA

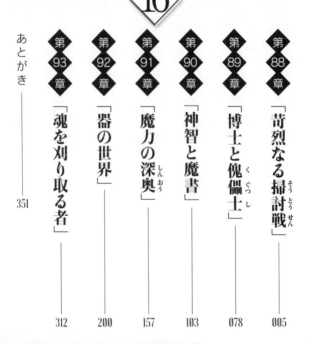

第88章 「苛烈なる掃討戦《そうとうせん》」

人類生存圏内《けんない》のとある領域。

その中にだけわずかに残された自然森の中、その一団は木陰《こかげ》から木陰へと身を隠《かく》しながら、皆《みな》が全力で駆《か》けていた。

チラチラと降り注ぐ疑似《ぎじ》太陽光の木漏《こも》れ日《び》が、樹下に伸《の》びる影《かげ》を押《お》し退《の》けている。ここの木々は皆、外界のそれと比べるとミニチュアとも思えるサイズのものばかり。かつては正常であったはずだが、この歪《ゆが》んでしまった世界では、その小柄《こがら》さこそは寧《むし》ろ異常なのだ。

そんな中を走り抜《ぬ》けていくのは、ファノン率いる魔法《まほう》師の一団である。彼女《かのじょ》らのターゲットは二名。トロイアに収容されていた凶悪犯《きょうあくはん》らの脱獄《だつごく》を幇助《ほうじょ》し、その足でクレビディートの住民に甚大《じんだい》な被害《ひがい》を与《あた》えた二人組だ。

標的は、クレビディートの元二桁《けた》魔法師にしてシングル魔法師候補だった巨漢《きょかん》――トロイア監獄《かんごく》元所長ゴードン。そして、同じく副所長であったスザール。

この二名の抹殺《まっさつ》は、国家としての重要案件である。もちろん少し前、彼《かれ》らに煮《に》え湯《ゆ》を飲まされたファノンとしても、率先《そっせん》して報復する動機は十分だ。寧ろやる気は満々……本来なら、ここが己《おのれ》の本領発揮とばかり存分に暴れていい場面である。なんと言っても彼女はクレビディートが誇《ほこ》る〝最硬〟の魔法師、気儘《きまま》にして苛烈で知られるファノン・トルーパーその人なのだから。

ただ、ゴードンとスザールは事件に先んじて、クレビディートの機密軍事エリア【ノット90】から最新のAWRを強奪《ごうだつ》している。それこそが、在らざる第三の腕《うで》【バルバロス】と最新鋭銃型《さいしんえいじゅう》AWR【カリギュラ】で、それらの回収が本国から下された真の任務だったわけだが……実のところ、ファノンはこの手の隠密奪還作戦《おんみつだっかん》はあまり経験したことがなく、どちらかというと苦手な部類ですらある。

だから実質、この任務は副官のエクセレスに与えられたようなものであり、ゆえに最も重責を負っているのも彼女であった。

そのエクセレスは現在、肩と両腰《こし》に二つの荷を下げてなお、まったく疲《つか》れを感じさせない姿勢で走り続けている。一つはAWR【三器矛盾《むじゅん》】の角型の大筒《おおづつ》風換装《かんそう》パーツ、もう片方は折り畳《たた》まれて円筒形《えんとうけい》のケースに収納された、常用している愛らしいデザインの傘《かさ》の生《き》地《じ》と骨である。いずれもファノンの愛用品だ。

そんなエクセレスであったが、心中は決して穏《おだ》やかではない。

（やれやれ、いくら秘密奪還作戦と言っても、すでにアルス様にはほとんど見透《みす》かされてしまっていますしね。まあ、やれることはやったということだけでも、上層部が理解してくれると良いのですけど……）

そんなことを考えている間にも軍人として鍛《きた》えられた足は動き続け、エクセレスらは突《とっ》風《ぷう》のように移動していく。やがて隊長のファノンともども、アルファ国内の森林エリアに密生している樹木群の間を縫《ぬ》うようにして、彼女らは明るい光の下に走り出た。

（少なくとも、ゴードンとスザール両名の抹殺だけでも、我々で……）

そう考えるエクセレスであったが、今頃《いまごろ》、アルファ側でも脱獄囚《だつごくしゅう》をめぐる大捕物《おおとりもの》が決行されているはず。その決着はどんな形であれ、そう遠い未来のことではないだろう。

ファノンよりも更《さら》に上位である1位、アルス・レーギンまでもが脱獄囚討伐《とうばつ》に動き出した今、エクセレスの胸中はいずれかの任務一つだけでも、先手を打って終わらせてしまいたい気持ちで一杯《いっぱい》であった。

なんといっても、アルファ側からのこれ以上の介入《かいにゅう》は、クレビディート軍人である自分たちにとって任務遂行《すいこう》の妨《さまた》げに他《ほか》ならない。とはいえ、自分らがＡＷＲ回収という別任務を抱《かか》えていることをアルスに看破されたであろう今、悠長《ゆうちょう》に本国と作戦を擦《す》り合わせている余裕《よゆう》はない。結局は、スピード勝負となってしまう。

思わず顔を曇《くも》らせた彼女の少し後ろで、同じファノン隊の女性隊員の一人が、口を尖《とが》らせて不満げに言う。

「それにしても、フェリネラさんの言いなり過ぎませんか？　先の一件が、両国家間の緊《きん》張《ちょう》を高めかねない危険な出来事だったと言われればその通りですが……本来ならどう転んだって感謝される側ですよね、私たち？」

愚痴《ぐち》とも疑問ともつかない言葉を発したその女性魔法師は、ファノンの忠実な部下の一人。少し前にアルファの1位、アルス・レーギンとの偶発的衝突事案《ぐうはつてきしょうとつ》が起きた際、ロキ・レーベヘルから返り討《う》ちにあった人物、リューリエである。ファノンに負けず劣《おと》らず奔放《ほんぽう》な性格の女性隊員だ。

ロキが放った鋭《するど》すぎる蹴《け》りを防いだ腕はすでに完治しているが、それでも時折、感覚を確かめるように、腕を振《ふ》る仕草を繰《く》り返さずにはいられないようだった。

先頭を走るファノンは質問には答えず、代わりに隣《となり》のエクセレスが呆《あき》れ顔で振り返った。

「それは言いっこなしよ。現に、アルファの第2魔法学院は襲撃《しゅうげき》されているのよ。それにファノン様の【三器矛盾】も、その全貌《ぜんぼう》を見せるわけにはいかない」

「でも……フェリネラさんは、所詮《しょせん》一学生ですよね。別に大丈夫《だいじょうぶ》じゃないですか？」

「相手があのソカレント卿《きょう》の娘《むすめ》、それだけでアウトよ。基本方針として、フェリネラ・ソカレントには一切《いっさい》を見せない、嗅《か》がせない、感じさせない。【三器矛盾】の全容っていう国家機密相当の情報を与えるなら、相手からも同等の対価をもらわなければ。そうでなくちゃ釣《つ》り合わないし、そもそも上層部が良い顔をするはずがない」

ファノン専用AWR【三器矛盾】の換装パーツは三つあるが、最高レベルの一つを除けば、厳密には機密レベルは一段下がる。とはいえ無償《むしょう》で機密情報を開示してやれるほど、クレビディートとアルファの関係は蜜月《みつげつ》状態ではない。

ちなみに現在、ファノンの部隊内には男性隊員もいるが、皆が黙《だま》りこくっていた。というか、基本的にここでは彼らに発言権はない——正確には本人たちが、余計な発言一切を自粛《じしゅく》しているだけであるが。

しかしそんな彼らも、どこか腑《ふ》に落ちていない様子なのは、エクセレスにも伝わってきた。確かに、少し前まで外界に出ずっぱりで、そのままこの厄介《やっかい》な任務に組み込《こ》まれてしまった部下達《たち》の気持ちも分からなくはない。そんな彼らの心中を代表するように、先程《さきほど》の女性隊員リューリエが再び疑問を発する。

「けれど、こういう時に釣り合う対価……相手に求める同等の情報って、例えば何ですか?」

これまであまり政治事情に関心がなかったのだろう、本当に呑気《のんき》なものだ。確かにエクセレスがいる以上、彼女達《かのじょたち》が対外交渉《こうしょう》の矢面《やおもて》に立つことはないのだが……部下の教育も上に立つ者の責務とばかりに、エクセレスは重い口を開く。

「そうね、やっぱりそれは、自国が抱える魔法師に関する機密情報でしょう。アルファのレティ・クルトゥンカは、ファノン様より順位が下なのは明らか。なら、ここは1位のアルス・レーギン……具体的には彼の弱みとか戦術上の癖《くせ》といったことかしら。特に彼に対して優位に立てる、それこそ切り札みたいなものがあれば是非《ぜひ》に、といったところよ」

エクセレスはここで一度言葉を切り、ファノンの方を見やる。きっと隊長たる彼女も同じことを考えているだろう。アルファの1位にして全魔法師の頂点たるアルス・レーギン……その力の一端《いったん》は先に垣間《かいま》見ることができたが、その先となるとまるで底が知れない。特に謎《なぞ》めいた彼の魔法特性は、探知魔法師としても前線に立つ軍人としても、非常に興味深いところだ。

身贔屓《みびいき》無しに見ても4位より上のシングルは、悉《ことごと》く想像の上をいく化け物ばかりなのだ。

「少なくとも得意系統とか、AWRとかの情報がわずかでも掴《つか》めれば……いえ……」

と、そこまでで言葉を濁《にご》してしまうエクセレス。正確には、それを口にした途端《とたん》に、すぐに溜《た》め息《いき》が漏《も》れた。

正直、それをやすやすと掴ませるような相手ではない。あちらから望まない限り、そんな微《かす》かな希望を抱《いだ》くことすら、まったくの無駄《むだ》に終わるだろう。人を見る目に長《た》けたエクセレスには、しばらく会話を交《か》わしただけではっきりと分かる。頭脳明晰《めいせき》にして底知れぬ洞察力《どうさつりょく》を持つ少年……あれほどの相手に加えて、この状況《じょうきょう》だ。ここから何を仕《し》掛《か》けようとも、最初から勝負の秤《はかり》は、かなりあちらに傾《かたむ》いていると言ってよい。

神妙《しんみょう》な顔になったエクセレスに、リューリエはあっけらかんと言い放った。

「要するに、小手先の駆け引きなんて無駄ってわけですか。でも、見たところ相手は頭でっかちなオスガキっぽいですし、副官ほどの美人なら手はあるでしょ。余所《よそ》行きの服なんて脱《ぬ》いじゃって、素《す》っ裸《ぱだか》でまずは一発……夜の帳《とばり》の下で恥《ち》部《ぶ》も秘部も見せあっちゃえば、あるいは、かもしれませんよ？　特に損するわけでもありませんし、フッ、まさに濡《ぬ》れ手《て》に粟《あわ》ってやつでは？」

ドヤ顔で名案のように言うリューリエの様子に、エクセレスは呆れを禁じ得なかった。

「あなたの壊《こわ》れた貞操《ていそう》観念で、国家の大事を語らないでもらえる？　というか平然と副官を売るなんて……」

「あ、いや～例えばの話ですよ、例えばの。そもそも国益重視の発想ではあるんですって……あと、もしやファノン隊長のほうがタイプかも～、とかも思ったんですよね」

いかにも妙案《みょうあん》、という風に放言し、無邪気《むじゃき》にニヤリと笑ってみせるリューリエ。

「……!!」

これにはさすがに、偽《いつわ》れない驚《おどろ》きがエクセレスの表情を満たした。黙っていた後続の男性魔法師達の中には、あまりに明《あ》け透《す》けな彼女の物言いに、思わず顔を顰《しか》め、視線を逸《そ》らす者までいたくらいだ。

「あなたって……そんなことを言う人だった？」

「あ、いえね!?　何か巧《うま》いことを言おうとしたんですが……すみません、ファノン様やエクセレス様の交渉戦を横で聴《き》いてて、妙《みょう》に感化されてしまったみたいです」

「どこに感化されたっていうのかしらね。あなたが何を言おうと構わないけど、部隊の外じゃあまり品のないことは言わないでね？　私達のせいにされても困りますから……ね、ファノン様」

だが、意に反してファノンからすぐには反応がなかった。

代わりに一拍遅《ぱくおく》れて、彼女は肩《かた》を震《ふる》わせながら眼光鋭《がんこうするど》く、ギロリとリューリエのほうを肩越《かたご》しに振り返って。

「恥部も秘部もって……それが遺言《ゆいごん》ってことでいいかしら？」

語気こそ鋭いが、その表情は微妙《びみょう》で、怒《おこ》っているのか恥《は》じているのか分かりづらい。いや、怒ってはいるのだろう……思わずその情景を想像してしまった、乙女《おとめ》なりの羞恥心《しゅうちしん》を隠しながら。

「言葉のあやですよ、ファノン様。ほら、夜間情報戦《ハニートラップ》は、古くからよくある手、ですから……」

エクセレスがそう言い繕《つくろ》うと、失言をしたリューリエも、「申し訳ありません！」と疾《しっ》走《そう》中にもかかわらず器用に目を瞑《つぶ》って頭を下げた。

ただ、ファノン自体が男女の色事周辺に対する経験や想像力に欠ける上、その手の知識も薄《うす》いのが幸いしたようだ。ちなみにファノンの性知識が子供レベルで止まってしまっているのは、エクセレスと一部の隊員による、超清純派《ちょうせいじゅんは》教育の賜物《たまもの》である。もっとも、そのせいで、男嫌《ぎら》いの気が強く出てしまっているのは誤算であったが。

妙な空気になってしまった場を取り繕うように、小さく咳払《せきばら》いをしてから、エクセレスは続ける。

「とはいえ、やはり相手が問題でしょうね。ソカレント卿の老練さは、情報戦の上では、こちらにとってマイナス要素でしかないでしょう」

そう、やれることといえば、せいぜい真っすぐな誠意を見せるくらい。さすがに諜報《ちょうほう》畑出身というだけあって、化かし合いでは彼が一段上であるのは否定できない。実際、先のヴィザイストとの対談の場では、ここ最近で一番といっていいほどの精神的疲弊《ひへい》を感じさせられたのだから。

エクセレスはそれこそ、こちらの事情と弱みを伏《ふ》せながらの交渉の席には二度と着きたくない思いで顔を曇らせつつ、小さな溜め息とともに肩を落とした。

「まあ、いったん話を戻《もど》しましょう。そもそも私がフェリネラさんに、例の学院襲撃者《しゅうげきしゃ》の一団について教えたのは、双方《そうほう》に利があったからですよ。実際、しばらく顔を合わせずに済みましたし、彼女は元々学院に戻るつもりだったわけですから、予定が少し早まっただけですしね」

「ですね」

と、部下達が一斉《いっせい》に頷《うなず》き返し、ものは考えようというところで話題が一段落しかけたその時。

先頭にいたファノンがふと、そんな楽観ムードを制するように、片手を上げて後続へと合図を送る。

「見つけた……！　井戸端《いどばた》会議をするなら、奴《やつ》ら二人の掃除《そうじ》が終わってからよ。エクセレス、隊形と連携《れんけい》を乱さないようにして、もっとも私の障壁《しょうへき》からはみ出すような馬鹿《ばか》はいないでしょうけど。それともう一つ、あなたの提案なんだから、〝アレ〟の準備も済ませているわよね」

「もちろん、抜かりありません」

「あと、事後処理についてもね。アレを使った後、情報隠蔽《いんぺい》の段階でヘマしたら半殺しだって、本国の連中に伝えてちょうだい」

「すみません、ファノン様。直接手を下されては何かと問題がありますので、外界で三日間単独演習に出させると、脅《おど》しを入れておきました」

その言葉を聞き、思わず肩を震わせるファノンの部下たち。中でも一人が「それでは死んでしまいますよ？」と当然のことを呟《つぶや》いたのを、エクセレスは一蹴《いっしゅう》し。

「それくらいで良いのよ。じゃないと本国の男どもは、仕事に身が入らないでしょ？」

これまた、どこかネジが飛んでいるかのような一言を発する。考えようによっては、それだけ重要な任務であり、気合を入れろということなのかも知れないが。

「頼《たよ》りになる副官ね」

そんな非常識発言に隊長のファノン自らが賛辞を送ったことで、隊員たちは皆、この隊のカラーが限りなくブラックに近かったことを、改めて思い出させられた気持ちだった。同郷のよしみというのも変だが、国で厄介な事後処理に当たる見知らぬ戦友に、感謝とともに無事を願う祈《いの》りを捧《ささ》げたいくらいだ。

ちなみにファノンは女性隊員には限りなく甘《あま》いため、本国どころか戦場においても、本来全員が負うべき失態のツケは、９：１ぐらいの割合で男性魔法師が引き受けることになってしまう。

凄《すさ》まじい理不尽《りふじん》さの半面、そんな地獄《じごく》めいた状況を生き抜くうち、部隊の男性魔法師らがいずれも自然と一流の猛者《もさ》というレベルまで鍛え上げられてしまうのは、寧ろ良い傾向《けいこう》といえるのかもしれなかった。

「そろそろ、奴らも気付く頃合《ころあ》いね。エクセレス、始めるわよ」

「はい！」

現在地点は、ちょうどアルファとクレビディートを繋《つな》ぐ国境付近。

ファノン隊はそのエリアを、国境線に沿うように、外界方向へと南下している形だ。

「国境近辺の村や町は近くとも三十キロメートル離《はな》れております、ファノン様」

「分かってるわ」

ふん、と鼻を鳴らしたファノンの意を汲《く》んだエクセレスの指示に従い、隊員らは目標であるゴードン、スザールを追いつつ、油断なく移動を続ける。速度を自在に相手に合わせ、距離《きょり》を一定に保ちながら……この絶妙《ぜつみょう》な距離感を保てるのも、エクセレスのお陰《かげ》である。

やがて男性の部下から上がってきた報告に、ファノンは満足げに頷き、さっと片手を振り下ろした。

「ファノン様、隣国内《りんごく》であまり派手にやらかして、アルファ側を刺激《しげき》しないようにお願いしますよ……！　前方、来ます！」

同時、エクセレスは声を張り上げて後続へと警戒《けいかい》を呼びかける。

その直後、肝《きも》が冷えるような擦過音《さっか》とともに、高速の何かが真正面から飛来する。それこそはスザールが奪《うば》った銃型《じゅう》ＡＷＲ【カリギュラ】による魔弾《まだん》であった。

ファノンは瞬時《しゅんじ》に前に出ると、愛用のＡＷＲを振るい、飛来物を叩《たた》き落とす。たちまち魔力光《まりょく》の火花がまばゆく散り、進行方向を逸らされた魔弾は、周囲の木の幹を激しく穿《うが》っていった。

今、耳に響《ひび》く甲高《かんだか》い音とともに魔丸を弾《はじ》いたファノンのＡＷＲは、もはや可愛《かわい》らしいフリル付きの布地ではなく、八枚の硬質《こうしつ》の魔導板が連結して傘状になった物々しい姿になっていた。

続いてその傘状に連なる魔導板からまばゆい光が発せられると、菱形《ひしがた》の魔導板が八枚離《り》脱《だつ》したちまち周囲に広がっていく。ファノンを守る傘状の壁《かべ》を構成していたそれらが、自動的にふわふわと動き始めたのだ。続いて空間を浮遊《ふゆう》し、まるで高貴な姫《ひめ》を守る衛兵のように、彼女の周囲をぐるりと取り巻いて停止する。

【三器矛盾】が一つ――【絶対障壁《アイギス・システム》】。

「〝最硬〟たる私に、二度も同じ攻撃《こうげき》が通じるかよ！」

不敵に目を見開いたファノンは、木々が生い茂《しげ》る遥《はる》か前方に向けて、居丈高《いたけだか》に言い放った。その膨大《ぼうだい》な魔法出力を支えるべく、愛用のAWRを構える小柄な背中。今やその強力なAWRの姿は、ただの傘の中棒ではなく、八人の近衛《このえ》兵《へい》を指揮するタクトのようですらあった。そこから吹《ふ》き出る魔力は、まるで魔力の羽のように、彼女の背後に長く尾《お》を引いて広がる。

（こうなっては、もう賊《ぞく》がどこに隠れてもムダね。〝絶対的不可侵《ふかしん》〟の前に、あらゆる対《たい》抗《こう》手段が潰《つい》える恐怖《きょうふ》を味わいながら、死が訪《おとず》れるその時まで、怯《おび》えながら逃《に》げ回ることになる）

そんな隊長の姿を一目見て、エクセレスはファノンの〝スイッチ〟が入ったことを確信する。

この【アイギス・システム】の前では、どんな魔法であろうと無力。

機能を防御《ぼうぎょ》という一点に絞《しぼ》っているゆえに、【アイギス・システム】は対物、対魔《ま》法戦《ほうせん》闘《とう》において、強力無比な性能を発揮するのだ。

だからこそ、遠方から放たれた魔弾程度、軽々と弾いてしまうのは火を見るより明らかではあった。ただそれを半ば確信していながらも、エクセレスは改めて、この三器が一つ

【アイギス・システム】の力に、心底から驚嘆《きょうたん》させられた思いである。

いわば本体ともいえる魔法合金製の八枚の薄板《うすいた》には、魔法式が隙間《すきま》なく刻《きざ》み込まれている。それらを中棒から脱装《だっそう》させると、さっきのように自律的に動き、臨機応変に自在の防御陣形《じんけい》を組み上げるのだ。

（もっともこのシステムの最大の強みは、寧ろ防御力以外。高度な自律魔法プログラムによって、情報の蓄積《ちくせき》に優《すぐ》れている点こそが要とも言えますが……）

実は八枚の薄板は、それぞれが優れた防御兵器であるだけでなく、最高峰《さいこうほう》の情報分析《ぶんせき》装置でもある。現在の戦闘状況《じょうきょう》を自動分析した上で互《たが》いに連携し、より最適化した動きで障壁を複製し展開する、特別な構成式が仕込《しこ》まれているのだ。加えてそこに触《ふ》れた瞬間《しゅんかん》、あらゆる魔法を即時《そくじ》分析し、式構成のプロセスまでも解き明かすことまでが可能となっている。

そこにファノンの天才的な戦闘頭脳と資質が合わさることで、あらゆる攻撃に対して即《そく》時《じ》反応し、絶対優位となる多彩《たさい》な魔法障壁《しょうへき》を組み上げることができるのだ。

このシステムがある限り、全シングル魔法師の中でも防御面でファノンがトップに君臨するのは、至極《しごく》当然のことと言えるだろう。

そんな風にエクセレスが思考している最中《さなか》にも、進行方向から再び数発の発砲音《はっぽうおん》が轟《とどろ》いた。たちまち空を裂《さ》いて、新たな魔弾が数発、ファノンに向かって直進してくる。

先頭を切るのはどうやら、先程の魔弾とは別物の構成式が詰め込まれた実弾《じつだん》であった。それらはファノンらの現在位置へ到達《とうたつ》する前にあっという間に空中で炸裂《さくれつ》し、彼女らの前進を阻《はば》むように、薄い弾幕《だんまく》を張った。

視界はほぼゼロ……が、隊員らは誰一人《だれひとり》として守勢に回る様子を見せず、前進速度を緩《ゆる》めない。

そんな中、なおも微かな飛翔音《ひしょう》がいくつか続き、これには新たな魔弾の到達を目敏《めざと》く察した【アイギス・システム】が反応。八枚の薄い魔導板が滑《すべ》り込むように前方に展開するや、同じ形状の魔力障壁《まりょくしょうへき》を瞬時に空中に複製していき、それら全《すべ》てが隙間なく連結される。たちまち魔導板を中心に、ドーム状の巨大《きょだい》な盾《たて》が作り出された。

しかし、今度の魔弾は障壁に触れると小爆発《しょうばくはつ》を起こす仕組みだったようだ。いくつもの小片《しょうへん》に分裂《ぶんれつ》した上で、なおかつ弾丸《だんがん》同士が、小さな魔力反射板のようなものを展開。跳弾《ちょうだん》現象を利用した弾雨《だんう》は、アイギスの神盾《しんじゅん》の守りをも迂回《うかい》し、その内側へと一気に食《く》い込もうとしてくる。最初はほんの数発だった魔弾が、今や数千の弾丸の群れとなってファノンらを襲《おそ》った――【爆撃弾倉《ビアンマ》】と呼ばれる爆裂弾《ばくれつだん》である。原理としては、標的の周囲に無数の反射板を設置して、標的を破壊《はかい》エリアの中に封《ふう》じ込める。その上で、幾度《いくど》もの跳弾と小爆発を繰り返すことで、一定領域を全方向からの弾丸の雨で、徹底的《てっていてき》に蹂躙《じゅうりん》し尽《つ》くすというものだ。

だがエクセレスは、一目見て既《すで》にその魔法の構成式を理解していた。

（確かに脅威的《きょういてき》な威力《いりょく》ね。つくづく【カリギュラ】の持つ魔弾装填《そうてん》システムが、魔法と相性《あいしょう》が良いことを思い知らされるわ）

一つ一つの弾《たま》に込められた魔力量はそう多くないものの、よく考えられ、練りこまれた運用だ。特に、反射板の設置機能と爆破機能を司《つかさど》る部位を区別する形で、攻撃自体に複数の魔法構成式を扱《あつか》う多重構造が用いられているのは、一般《いっぱん》の魔法でも再現が難しい。だが、銃身《じゅうしん》と弾丸それぞれに刻まれた魔法構成式が相乗効果を作り出すことで、それが達成できることこそが、銃型ＡＷＲ【カリギュラ】の真骨頂なのだろう。

だが、それでも――。

ファノン隊全員を完璧《かんぺき》な庇護《ひご》下に置く【アイギス・システム】の力と、エクセレス同様に魔弾の構造を見抜《みぬ》いたファノンの頭脳こそは、真の驚異《きょうい》と称《しょう》するに足るであろう。

魔弾の複雑怪奇《ふくざつかいき》な挙動を見て、ファノンが鬱陶《うっとう》しそうに傘の中棒を振ると、展開されていた障壁が、一気に膨張《ぼうちょう》・拡大した。

あらゆる魔弾が、反射板ごと飲み込まれるようにして障壁に弾《はじ》き飛ばされるやたちまち内包していた魔力を発散させて消失する。

それをくだらない手品の種でも看破した、というように冷たく一瞥《いちべつ》したファノンは、ただ一言。

「まだ、余裕があるわね。エクセレス、少し奴らを焦《じ》らせるわ」

「了解《りようかい》しました」

即座《そくざ》に頷いたエクセレスは、若干《じやつかん》不安に駆られながらもリューリエに目配せした。彼女の言動には時折不安にさせられることもあるが、これでも隊内で一、二を争う使い手だ。

「【不動壁塔《ランダー・ザ・ボックス》】」

たちまち遥か前方上空に、ファノンの作った白色の障壁が出現した。いわば、一辺が五十メートルはある四角い箱にも似た様相である。とはいえ、箱に入り口や出口はないので、実質的には無機的な白い立方体が浮《う》いている、といった情景が近い。

続いてファノンの持つ中棒の魔法式が熱を帯びるや、上空に出現したボックスは人工隕《いん》石《せき》がごとき勢いで落下する。

「全力で合わせます、ファノン様！」

意気軒昂《いきけんこう》とリューリエが威《い》気を発して、魔力をグッと練り上げていく。額に汗《あせ》を浮かべながらも、その口元は楽しげに歪んでいた。

「燃やします！【炎の羊膜《フレイム・クレイドル》】」

魔法構成が終わるや、リューリエの両腕《りょううで》が火に包まれ、激しく燃え盛った。火の尾が頬《ほお》を掠《かす》めるのも気にせず、彼女は両掌《てのひら》を裂帛《れっぱく》の勢いで打ち合わせる。

すると腕に纏《まと》った炎は弾けるように消失し、代わりにだいぶ遠方、ファノンが組み上げた【ランダー・ザ・ボックス】の底から大火が噴出《ふんしゅつ》する。

通常は魔法同士が激しく干渉《かんしょう》しあうため、効果の合成や連動は、術者と系統同士の相性の良さと、互いの精密な魔力操作がなければ成立しない。しかし、系統という概念《がいねん》に含《ふく》まれないファノンの障壁は、通常の魔法とは違《ちが》い構成が破壊されるほどの干渉や反発を受けないのだ。やがて大火は白亜《はくあ》の箱を包み込む凄まじい轟炎《ごうえん》に変わったが、最終的に膨大な熱量は次第《しだい》に失われ、ついには箱の底を炙《あぶ》る程度の下火になってそのまま消えてしまった。

だが結果的に、その炎熱《えんねつ》は空気と周辺木々を炙り、大量の水蒸気と煙《けむり》を煙幕《えんまく》のように張り巡《めぐ》らせることに成功した。

この遠隔《えんかく》炎《ほのお》魔法は、いわば目くらまし……ファノンが組んだ魔法の構成を阻害《そがい》することなく、標的を足止めする役割を担《にな》っている。

「はぁはぁ……流石《さすが》にかなりの魔力を使いました」

肩を落として進行速度を落としたリューリエに、エクセレスは労《ねぎら》いの声をかけた。

「ご苦労様。あれがあるのとないのとじゃ標的の捕獲《ほかく》成功率がだいぶ変わるから、助かるわ。……ま、ファノン様のSっ気が出たとも言えるけどね。せいぜい反省することね」

パチリとウィンクするエクセレスに、リューリエはハハッと乾《かわ》いた笑《え》みを返して「は～い」と項垂《うなだ》れた。

「ファノン様、成功です。足が止まりました」

すかさず探知を飛ばし、相手の挙動をつぶさに探《さぐ》ったエクセレスが不敵に言い、ファノンをちらりと見やる。それにファノンは、よし！　というように大きく頷き。

「そのまま、あっさり潰《つぶ》れちゃわないでよね!!」

ファノンは楽しげに吠《ほ》えつつ、獲物《えもの》を罠《わな》に追い込んだ狩人《かりゅうど》のように、この機を逃《のが》すまいと一気に速度を上げる。

今、標的のゴードンとスザールの頭上には、空を覆《おお》いつくさんばかりの白煙《はくえん》にまぎれて展開された巨大な質量がゆっくりと降下している。気づいた頃《ころ》には相手は逃げ遅《おく》れ、無様に潰されることになるはずだ。

ちなみにその堅固《けんご》さは最上級魔法相当のものだ。なにしろ、中棒に刻まれた魔法式の内、単一魔法式で構成されているのが、この【ランダー・ザ・ボックス】なのだから。

構成上での調整は一切できない代わりに、出来上がった立体障壁の頑強《がんきょう》さは半端《はんぱ》ではない。【三器矛盾】を除けば、これを上回る構成強度の障壁はいくつもないと断言できる。

続いてファノンがクイ、と指揮棒のように中棒を下げると、天が崩《くず》れたかのような震動《しんどう》とともに、巨大な質量が急速に地上目がけ落下した。


十数秒後……周囲になおもうもうと立ち込める土煙《つちけむり》の中。

「こんにちは、ドブネズミのお二人さん。空に圧し潰された気持ちはどうだったかしら？」

高鳴る心臓を抑《おさ》えてファノンは、一オクターブ高い声を張り上げ、そう意気揚々《いきようよう》と告げた。豪快《ごうかい》過ぎる合成魔法はオードブルとしては重たかったかと思ったが……。

風とともに薄らと晴れゆく白煙の中、標的の二人の姿が現れる。彼らはどちらも忌々《いまいま》しげにファノンに視線を向けていた。

ファノンの合わせ魔法を間一髪《かんいっぱつ》で回避《かいひ》したらしい。

AWRで一瞬《いっしゅん》耐え凌《しの》ぎ、ほんの僅《わず》かだけ押し返したようだ。驚くべきはクレビディートの秘具【バルバロス】といったところか。その巨大な掌で天を支えるようにして猶予《ゆうよ》を稼《かせ》いでスザールを先に逃し、自らも押し返した隙《すき》になんとか飛び退《すさ》って離脱したのだろう。

だがさすがに無事では済まなかったようで、巨漢のゴードンは片膝《かたひざ》を突《つ》いて座《すわ》り込んでいる。その顔は一部熱気に焼かれていた。そんな彼の傍《かたわ》らでは、スザールが軍帽《ぐんぼう》を爆風《ばくふう》から守るように片手で押さえつつ、そっとしゃがみ込んでいた。

いち早く離脱したスザールはスザールで、落下する巨大な箱の端《はし》、一点に爆裂弾を集中砲火《ほうか》することで傾かせたようだ。そうすることで衝突《しょうとつ》時に地面との間に僅かな隙間を作り、今度は自分が大柄《おおがら》なゴードンを助けたのだろう。

結果的に彼らは、前にいた位置から少し後退しているが……それこそが、ファノンの狙《ねら》いだった。姿を眩《くら》ませた【ランダー・ザ・ボックス】がゴードンらに発見された時には、すでに彼らが選べる回避ルートは限られていたのだ。

それこそが、直進してかいくぐるでも左右に避《よ》けるでもなく、飛び退っての後方への回避である。ファノンが自ら落下速度や角度を調整することで、そういう風に追い込んだのだが、なまじ元軍人なだけあり、彼らは実に合理的な判断をしてくれたと言える。

そして二人がいるこの場所は、近くに民家も拠点《きょてん》もない。まさに返礼するにはピンポイントで好都合な立地条件だ。かくして、準備の第一段階は完了《かんりょう》した。

「次会う機会があれば殺そうと思っていたが、まさか貴様から死ににくるとはな。余程《よほど》悔しかったと見える」

ファノンの胸中も知らず、むくりと立ち上がったゴードンは、そんなふてぶてしい台詞《せりふ》を吐《は》く。続いて彼は、背骨に沿って装着する人機一体型ＡＷＲ【バルバロス】の腕を巧《たく》みに操《あやつ》り、威嚇《いかく》するようにその拳《こぶし》を何度か開閉させてギシギシと鳴らす。彼がそのＡＷＲを装着してからそう日にちは経《た》っていないはずだが、そもそもの相性が良いのか、随分《ずいぶん》と扱いに慣れてきたようだった。

そんな挑発《ちょうはつ》にも感情を揺《ゆ》らさず、ファノンはただただ不気味なまでに冷静に微笑《ほほえ》む。

「悔しい？　あぁ、そんなこともあったわね。でもここからは、ただの害虫駆除《くじょ》だから。目の前をチョロチョロする虫ほど潰したいものはないわ」

そんなファノンに対し、クッとスザールが失笑《しっしょう》を漏らしたようだった。その冷たい眼は、まるで威勢《いせい》だけは良い子供を憐《あわ》れんでいるかのようだ。

「シングルとはいえもはや底の知れた魔法師が、仲間を引き連れて意趣《いしゅ》返しか。拾った命のありがたみを、もう忘れたらしいな」

言い終えるや、スザールの手が電光のように動いた。もはやいつ撃《う》ったかさえわからない早業《はやわざ》で、【カリギュラ】から魔弾が射出される。

放たれたそれは、速さと確実性を極《きわ》め、相手に意識させることなく穿つ魔弾。圧縮空気弾を生み出す【不可視の弾丸《インビジブル・ブレット》】。射撃音《しゃげきおん》すら聞こえず、周囲には微かな空気の擦過音だけが鳴るのみ。

その凶弾《きょうだん》の見えない軌道《きどう》を前に、ファノンはただ一歩踏《ふ》み出す。

今度は中棒を振る素振《そぶ》りさえ見せず、眼前に展開された半透明《はんとうめい》の障壁が、容易《たやす》くその一《いち》撃《げき》を防ぐ。

それから、一歩一歩。

あくまで可憐《かれん》に、ゆっくりとファノンは歩みを続ける。何人たりとも、その歩みを阻むことは不可能だと言わんばかりに。

隊員達には、あえて背後で待機させている。隊長の自分が自ら雪辱《せつじょく》を果たすべく、誰《だれ》も手を出すな、との厳命付きだ。

「ほぉ、その棒《ステッキ》……貴様も自前のAWRを持っていたか。前回は拍子抜《ひょうしぬ》けだったからな。が、我《わ》が身可愛《みかわい》さで、子供部屋に閉じこもってばかりのように見受けられたがな？　今更《いまさら》ノコノコと俺《おれ》達の前に現れて、何をしようというのだ」

野太いゴードンの声には、なおも滲《にじ》み出る余裕とともに、確かな嘲《あざけ》りの色が混じっている。

「弱い者虐《いじ》めは趣味《しゅみ》ではないのだが……そうだな、殺してしまおう。蛮勇《ばんゆう》に免《めん》じてあっさりと息の根を止めてやる」

その言葉に立腹するわけでもなく、ファノンは優雅《ゆうが》に足を進め……そして止まる。

「来な、小物」

人差し指をクイクイッと曲げた直後、ゴードンの巨体《きょたい》が消えた。

【バルバロス】の巨大な膂力《りょりょく》で地面をひと掻《か》き、凄まじい爆進力を得ると、自らの足で蹴りだした加速も加えて、ほんの一瞬《いっしゅん》でファノンの前まで肉薄《にくはく》してくる。

空中で【バルバロス】の黒い手首の外殻《がいかく》が大きくたわみ、引き絞った弓弦《ゆみづる》のように力を溜め始めた。

同時、その巨大な掌の中心に嵌《は》め込まれた魔石が怪《あや》しく輝《かがや》き、爪《つめ》が紫紺《しこん》の魔力を纏っていく。

「【獄爪《バーシヴァル》】」

膨大な魔力が黒鉄の指爪に集約され、【バルバロス】がそれを異相の力へと変換《へんかん》する。

瞬時にファノンの前に【アイギス・システム】の八枚装甲《そうこう》が展開され、複製された障壁が幾重《いくえ》にも連なって主を守ろうとする。

そんな障壁に【バルバロス】の爪が触れるや、周囲に放電の如き魔力の迸《ほとばし》りが漏れ出る。

あまりにも強大な一撃であったが……。

障壁を挟《はさ》んでゴードンの眼前に立つ少女は、眉《まゆ》一つ動かすことはなかった。

ほんの目と鼻の先で起こっていることにも拘《かかわ》らず、動揺《どうよう》の素振りはまったくない。

見れば彼女《かのじょ》は、中棒を杖《つえ》のように地面に突き立てていた。いつものように7カ国一の己の護《まも》りを信じ、全てを受け流して反撃《はんげき》の機会をうかがうスタイル。

「んぐっ⁉」

予想に反した感触《かんしょく》だったのだろう、ゴードンの顔にようやく焦《あせ》りの色が浮かび上がってくる。彼《かれ》には、【バルバロス】の一撃なら、あらゆる障壁を打ち砕《くだ》けるという自負心があった。物理障壁はいうに及《およ》ばず魔《ま》法全般《ほうぜんぱん》にすら、それは通用する。如何《いか》な構成要件を満たしていようとも【バルバロス】の掌の魔石が輝くとき、その爪は魔法そのものを解き砕くはずなのだ。その力はいわば絶対的な矛《ほこ》……その前では、どんなものであろうとも致命的《ちめいてき》一撃を防ぐことはかなわない、はず。

なにしろこれは、クレビディートが叡智《えいち》を結集して生み出した奇跡《きせき》のAWRだ。長年封《ふう》印《いん》されていたのは使い手が見つからなかったためだが、ゴードンこそは、かつて未来のシングル魔法師の座と共に、その使用者候補として想定されていた唯一《ゆいいつ》の魔法師だった。

使用者の身体に多大な負荷《ふか》を強《し》いる危険な特性から、人の手では扱えないとまで言われたそれを、ゴードンの強靭《きょうじん》な肉体は唯一扱うことを可能にしたのだ。

こともあろうに、AWRの基部を肉体に直接埋《う》め込むという荒々《あらあら》しい手段で、彼はそれを乗り越《こ》えた。人智《じんち》を超《こ》えた道具は、同じく人智を超えた魔法師でしか扱えなかったのである。

今、そんな【バルバロス】がギチギチと怪音《かいおん》を響かせている。

それは、彼我《ひが》の力が拮抗《きっこう》して鍔競《つばぜ》り合《あ》いが起きたために発されたものではなく、この怪《かい》物《ぶつ》的AWRが上げている、一種の悲鳴のようにも聞こえた。

直後、ついに巨腕《きょわん》が弾かれたかと思うと、ゴードンの巨体は押《お》し込まれた障壁の圧力によって、横殴《よこなぐ》りに吹き飛ばされた。

すぐに【バルバロス】で地面を掴んで停止し、なんとか上半身を起こしたものの、ファノンとの距離は随分と開いてしまう。喉《のど》を震わせて叫《さけ》ぶゴードン。

「馬鹿な！　最強の矛として作られた【バルバロス】だぞ！」

一声喚《わめ》くと彼は、屈強《くっきょう》な肉体各部に血管が浮き出るほどの力を込めて、暴風の如き魔力を発散させる。

それを涼《すず》しい顔で受けとめるファノンの後方……隊長を見守るエクセレスは、この一連の出来事を観察しつつ、思案顔で得られた情報を分析していた。

ゴードンがつい漏らした「最強の矛」という言葉。あれはおそらく、本当のことだろう。

かつてクレビディートは、メテオメタルを使った最強無比のAWR製作に国力を注いでいた。

公にこそされなかったが、ちょうど十年前、テーマとしては「最強の矛と最強の盾を作ること」を目的に、プロジェクトが始まったと聞いている。

情報通のエクセレスですら両方が完成したという話はついぞ聞かなかったが、ファノンが持つ最硬の盾【絶対障壁《アイギス・システム》】は、まさにそんな研究成果の結晶《けっしょう》だったのではないか。

ならば〝矛〟の存在をも、信じないわけにはいかない。ゴードンの口ぶりから、エクセレスは確信する。まさに彼の持つ【バルバロス】こそが、秘密裡《ひみつり》に〝矛〟として生み出されたクレビディート最強のAWRなのだと。

（だとすると……）

エクセレスは眉間《みけん》に皺《しわ》を刻み、考え込んだ。たちまち彼女の喉元《のどもと》から、青黒い痣《あざ》が顎《あご》まで伸《の》び広がった。

こうなった時、探知魔法師としてのエクセレスの感覚は大きく拡張され、無類の精密さで対象を分析・理解することができるようになる。

これは彼女のみが有する特別な力ではあるが、並みの魔法師では認識《にんしき》できない魔力領域を知覚するためには、この切り札を使うしかないだろう。

一対の最強AWRを生み出すプロジェクトである矛盾《むじゅん》の実現「彷徨《ほうこう》矛盾計画」……まず、ファノンが持つ〝盾〟が先行して開発されたのだろう。一方の〝矛〟がいつ作られたかは不明だが、作戦に先んじて、上層部から送られてきたデータの詳細《しょうさい》と、今エクセレスが放った探知が伝えてくる【バルバロス】の外装情報からして、おそらく……。

（たぶん、矛である【バルバロス】の方が後に製作されたと考えたほうがつじつまが合うわね。なら……！）

そうと察した瞬間、エクセレスの背中に冷たい汗が浮かぶ。少なくともこの「矛と盾」をめぐる開発実験は、互いの精密な性能データを基に進められたはず。ならば、その製作順序こそが全ての要となるのではないか。まず盾が作られ、矛はその盾の性能を徹底解析《てっていかいせき》した後に生み出されたというのなら……矛であるという【バルバロス】は、状況によっては【アイギス・システム】を貫《つらぬ》けるだけの潜在《せんざい》能力を秘《ひ》めているのではないか。

（それなら、障壁を破壊する機構を備えていることも納得《なっとく》できる！）

エクセレスはファノンの前に出るべく、さっと駆《か》けだした。隊員達も怪しげな雲行きを察したのか、それぞれにファノンを守ろうとする動きを見せるが。

「エクセレスに皆《みな》、余計なことをしなくていいわ」

ヒュッと風を切り、ファノンの持つ中棒が真横に伸ばされ、彼らの動きを制する。

「ですが！　あの【バルバロス】はもしかすると、【アイギス・システム】を抜《ぬ》くために製作された秘蔵ＡＷＲではないかと思われます！　きっと何か奥《おく》の手が！」

「ま、その可能性はあるわね」

事もなさげにそう応じたファノンに、エクセレスは唖然《あぜん》として。

「さ、察しておられたのですか？」

「上の、というより、危機管理を第一とする軍部の者なら、普通《ふつう》に考えそうなものよね。特にうちの元首の性格を考えれば、絶対に保険をかけてるはずだもの。防御特化の【三器矛盾】が国の唯一絶対の切り札だとしたら、あのクソジジイが気儘《きまま》にやってる私に、やすやすと渡《わた》すのは変だし。ま、どの道【三器矛盾】は私だけが使えるものだけど、万が一に備えて、盾を破る術《すべ》くらいは考えてありそうよね。あのクソジジイが、誰かを信用し切るわけないもの」

「けれど、あれほどの力を持つＡＷＲを秘匿《ひとく》しておくなんて……」

「身体にＡＷＲの基部をそのまま埋め込《こ》んでるあの装着方法……国際法で禁じられてるやつよ。どうせヤバすぎて、あのデカブツくらいしか耐《た》えられる人間がいなかったんでしょ。プッ、まあ、見てて。ウチの元首《クローフ》は結局、国家の大事に何もできなかった。そういう結果になる」

愉快《ゆかい》そうに破顔してから、ファノンは改めて仏頂面《ぶっちょうづら》のゴードンへと視線を戻した。

傍《はた》から見ていても、実に頼《たの》もしい隊長ぶりだ。

「分かりました、ファノン様の戦い、最後まで見届けさせてもらいます」

一度深々と腰《こし》を折ってから、エクセレスはすっと足を引いた。何か予想外の出来事が起きた時には身を挺《てい》してファノンを守る覚悟《かくご》をしていたが、今はそれさえも杞憂《きゆう》だと信じられる。

が、腐《くさ》っても自分はこの部隊の副官だ。他の隊員と違い、ただ手をこまねいているだけというのはプライドが許さない。

ズズズッと再び痣がエクセレスの右頬を侵食《しんしょく》していく。それはついに右眼のみを残して、美しい顔の半分までもを飲み込んだ。

肩越しに、ちらりとファノンの心配げな視線が飛んできたが、これればかりは譲《ゆず》れない。有用な情報を解析《かいせき》し伝えることこそが、今、自分がここに在る意義なのだから。

だがエクセレスが意識を集中しようとした刹那《せつな》。

真横から飛翔した魔力光を伴《ともな》う魔弾が、大気を切り裂いて迫《せま》り来る。狩猟者《しゅりょうしゃ》の如く隙を逃さないスザールが放った一撃。その弾道《だんどう》はファノンやエクセレスではなく、隊員の一人を狙ったものだったが――これも【アイギス】の障壁はたやすく阻んでしまった。

が、今度は障壁の上で激しい衝撃音《しょうげきおん》が轟く。障壁内部には破壊力《はかいりょく》こそ及ばなかったが、その一撃は大気中を伝わる猛烈《もうれつ》な振動波《しんどうは》を生み出し、隊員たちは思わず耳を覆ってうずくまった。

「衝撃の増幅《ぞうふく》。対物理障壁魔法弾《まほうだん》【解放の諦弾《ソルドラ》】ですか！　ファノン様、お耳は！」

事前に耳に魔力を回しておいたことで難を逃れ、叫んだエクセレスに、ファノンが不敵に答える。

「私の得意分野は障壁操作よ？　耳に届く音くらい簡単に遮断《しゃだん》できる、大丈夫《だいじょうぶ》よ。それにしても邪魔《じゃま》な横槍《よこやり》ね」

少し離れた場所で。

次弾を撃とうとしていたスザールは、思わず舌打ちをしてからその動作を止め、空を見上げた。その顔面をさっと覆っていく、空からの巨大な影《かげ》。

彼の頭上には今、ファノンが手の一振《ひとふ》りで生み出した巨大な障壁の立方体が、ぐんぐん迫ろうとしていた。その体積は落ちかかっている間にもますます膨《ふく》れ上がり、質量を増していく。

みるみる濃《こ》くなって地上に落ちかかる影から逃れるように、スザールは身体を投げ出すように跳《は》ね上がらせ、落下圏外《けんがい》への退避《たいひ》を試みた。

間一髪、ドォンと大気が震《ふる》え、大地から再び土煙が上がった。小隕石でも落下したかのようなその惨状《さんじょう》の脇《わき》で、息を切らしながら起き上がるスザール。その衣服の端が焼け焦《こ》げているることから察するに、彼は回避が間に合わないと見て【爆撃弾倉《ビアンマ》】を空撃ちし、その爆発《ばくはつ》の威力で急加速したのであろう。

自らも負傷する捨て身の技とはいえ、機転の速さは、やはり彼も只者《ただもの》ではないことの証。少なくとも彼と一対一で渡り合える者といえば、部隊内にはファノンを除けばリューリエくらいしかいない。

当然、探知が専門のエクセレスでは相手にすらならないはず。まだゴードン相手に攪乱《かくらん》戦術でも仕《し》掛《か》けたほうが、少しは勝ち目があるかもしれない。

自在に魔弾を使用できる銃型AWR【カリギュラ】は、そもそも対魔法師の戦闘を想定していると言ってもおかしくない性能を秘めている。

油断なくスザールを見つめるエクセレスに対し、彼は訝《いぶか》しげな目を向けてきた。

「【ビアンマ】への鮮《あざ》やかな対処に加え、【ソルドラ】の効果まで読み切っていたとは。貴様とファノン・トルーパー……何故《なぜ》、知っていた？」

「それをどこから盗《ぬす》んだか忘れたんですか？　【カリギュラ】が放てる固有の単一魔法は、全て事前データにより把握《はあく》しています」

「なるほど、それは道理だ。が、些《いささ》か慢心《まんしん》が過ぎるように見えるな。お役所仕事で回ってきた書類で読んだ知識と、直に敵と相まみえて得られる情報はまったくの別物だ。【トロイア】じゃ、囚人《しゅうじん》の実力を表向きの罪状だけで測る看守は、長生きできないものだ」

そんなスザールの尊大ぶった口ぶりを、ファノンが鼻を鳴らしながら嘲笑《あざわら》う。

「事前に知っていようがいまいが関係ない。どんだけ小技をかまそうが、しょせん雑魚《ざこ》は雑魚よ。シングル魔法師を軽《かろ》んじ過ぎたわね、元副所長さん。刑務所《けいむしょ》の番犬はウダウダ吠えるだけの楽な仕事だったみたいね」

言い終えると同時、ファノンは再び障壁を展開。

ようやく立ち上がったゴードンと油断なく銃を構え直したスザールを標的に、白亜の立方体が空中から落ちかかる。

そんな戦いの合間を縫《ぬ》って、やれやれ、と眉をひそめて周囲を見渡《みわた》すエクセレス。

できればアルファ国内で事を構えるつもりはなかったが、ここまで戦いの余波が広がってしまうとそうも言っていられない。

地面はあちこち凸凹《でこぼこ》でひどい有様だし、森の木々はへし折られ、いくつかは白煙まで上げて燻《くすぶ》っている。

せめてこれ以上被害《ひがい》が広がらないことを、エクセレスは心の中で祈った。今回で決着《ケリ》が付けばいいのだが、と、改めて部下達《たち》ともども隊長の戦いを見守る。生真面目《きまじめ》な美人副官の顔に落ちる憂《うれ》いの色は、もはや当分晴れそうになかった。

一方、三者が対峙《たいじ》する戦場では……。

ファノンが落下させた立方体がゴードンとスザールに襲い掛《か》かると、すかさずファノンが連続して仕掛けた。彼女が片手を上げると、それに連動して【アイギス】が動き出す。八枚の魔導板のうち三枚が左側に展開、連結するとこれまでとは違った構成式の障壁《しょうへき》が瞬時に複製される。

それを迎《むか》え撃つゴードンの【バルバロス】の巨腕が、不気味に蠢《うごめ》いた。巨大な指を伸ばし、その先端《せんたん》はあっという間に、槍《やり》の穂先《ほさき》を思わせる形状へと変わっていく。

矛と呼ばれるだけあり一点突破《とっぱ》するつもりのようだ。

指先の形を矛型に変えただけだというのに、それは妙《みょう》にしっくりきているように見える。

【バルバロス】の本来持つ攻撃力《こうげきりょく》の体現、その真の姿であるからだろうか。

その変形を見て、すかさずゴードンの狙いを分析したエクセレスが叫ぶ。

「あの矛の形……貫かれると障壁ごと魔法がキャンセルされます！　ファノン様！」

焦った声に、ゴードンは不敵な笑みを湛《たた》え。

「遅《おそ》いっ！　さあ、ここからが本番だ――シングル魔法師の力とやら、俺《おれ》に見せてみろおおぉぉ!!」

あまりに濃過ぎる魔力が周囲の空間を捻《ね》じ曲げ、景色が陽炎《かげろう》のように揺らぐ。その場にいた魔法師達全員の皮膚《ひふ》が粟立《あわだ》ち、我知らず髪《かみ》が逆立つのを感じたほどだった。かつてクレビディートのシングル魔法師候補だったというゴードンだが、その力は今も衰《おとろ》えておらず、現在もかつての座にふさわしいだけの力を保持しているようだった。少なくとも、魔力量だけならどんな一流魔法師にも引けを取らないだろう。

だが、ファノンは先のエクセレスの忠告に耳を傾《かたむ》けこそすれ、特別な対処はしなかった。たちまち指先全てを矛と化した【バルバロス】と【アイギス】が衝突する。ファノンが魔導板を三枚使って防御態勢を整えた直後、ゴードンの脇のあたりから空気を裂く裂帛音がこちらへと走り抜けてきた。僅かに生まれた【アイギス】の隙間を抜けた圧縮空気弾【不可視の弾丸《インビジブル・ブレット》】。それは、吸い込まれるようにファノンの顔面を狙って飛んでくる。

空気を巻き込んで迫る不可視の弾丸を、ファノンは強引《ごういん》に中棒を割り込ませることで防ぐ。

(クッ！　重い！)

中棒にのし掛かる力は、そのままファノンの腕ごと防御を弾き飛ばす。同時に圧縮空気弾が爆《は》ぜ、その衝撃は右手に強い痺《しび》れを残していく。

体勢を崩したファノンに、容赦《ようしゃ》なく【バルバロス】の矛が襲いかかった。

しかし、すでに【アイギス】は完全なる障壁を構築しこれを待ち構えていた。

激突《げきとつ》の音が、周囲に響き渡る。鋼と鋼の接触《せっしょく》点の温度がジリジリと上がっていくかのように、魔力と魔力が火花を散らし、即座に蒸発するかのように魔力残滓《ざんし》が霧散《むさん》していく。

ほんの数秒の出来事だというのに……見る者にとっては酷《ひど》く長く感じられ、ほとんど生きた心地《ここち》がしないほどの緊張感《きんちょう》を味わわせる、矛と盾の劇的攻防《こうぼう》。

ファノンはその猛攻《もうこう》を障壁に受けとめさせた後、悠然《ゆうぜん》と身体を起こす。それからスッと障壁越《ご》しに凶爪を見やると、さらなる魔力を込めた。【アイギス】の輝きが増せば、負けじと【バルバロス】の凶爪が赤く輝き熱を帯びる。

「グッ！　まだだ、まだだ――まだ、お前のような、お前のような小娘《こむすめ》があぁぁ……シングル魔法師などとは認めぬ！　認められてよいはずがない!!」

障壁と凶爪。その接触面は今や異常な輝きに満ちて、すべての色が消し飛んだような、のっぺりと眩《まばゆ》い白色に包まれている。

ゴードンがさらに雄叫《おたけ》びを発すると、耳障《みみざわ》りな甲高《かんだか》い音が衝撃を伴って大気を走り抜ける。障壁を貫かんと、ゴードンはありったけの力でその矛を押し込む。

だが、一向に【バルバロス】の爪が障壁に食い入ることはなかった。この勝負は持久戦になる、密《ひそ》かに心中でゴードンはそう計算していた。先にこちらの魔力《まりょく》が尽きない限り、いつかは突破できるはず——だがもしや、そんな見積りは甘《あま》かったのだろうか。当のゴードンすらそんな疑問を抱《いだ》くほど、【アイギス】は揺らがない。ただひたすらに不可侵の領域を守り続ける。

対するファノンは絶大な信頼《しんらい》を寄せる【アイギス】に必要量の魔力を注ぎながら、しっかりとスザールを牽制《けんせい》する。余計なことをさせないために、ファノンは残った五枚の魔導板のうち、三枚を展開して彼との射線上を遮《さえぎ》った。スザールは舌打ちしつつ回り込もうとするが、【アイギス】の放った遮蔽板《しゃへいばん》はぴたりと彼を追尾《ついび》し、射撃《しゃげき》を妨《さまた》げ続ける。それに痺れを切らしたのか、スザールが強引に一弾を発射。組まれた障壁の上を【爆裂弾倉《ビアンマ》】が跳ねまわり、激しい爆炎を上げる。

ファノンは鬱陶しそうに眉根《まゆね》を寄せると、中棒を持ちながら指を一本だけ立て、クイと曲げた。

その合図に呼応し、ファノンの横を二つの影が高速で走り抜けた。リューリエともう一人の男性隊員だ。

【アイギス】とその魔導板は当然実体を持つが、それが複製した障壁は、内側からの魔法であれば、ある程度無干渉《むかんしょう》で透過《とうか》させることができる。その特質を利用すれば、いわば相手の間に盾を挟みこんでおきながらも、その陰から一方的な攻撃《こうげき》が可能になるのだ。

男性隊員がリューリエを隠《かく》すよう先行し、スザール目掛けAWRを兼《か》ねた大剣《たいけん》を振《ふ》り下ろす。が、その切っ先はスザールの遥《はる》か二メートルも手前で空を切った。全く同時に三枚の【アイギス】の魔導板が分かれ、中心に隙間を作る――何かの通り道でもあるかのように。

大剣の切っ先が地面に触れようかという刹那――。隊員の魔力のおよそ九割が注《そそ》ぎ込まれた巨大な風の斬撃が、スザールの正中を捉《とら》える。

咄嗟《とっさ》のことではあったが、スザールは腕で顔を守りながら、驚《おどろ》くべき反射神経で横に回避した。風の斬撃はそのまま、奥にあるファノンが設置した【ランダー・ザ・ボックス】に衝突。直ちに爆風となって方々に散る。

回避体勢中かつ爆風に煽《あお》られながらも、スザールは【カリギュラ】の銃口《じゅうこう》を男性隊員へと向け、引き金に力を込めた。彼の寒々しい色をたたえた狙撃《そげき》者の目がそっと細められ、【アイギス】の隙間《すきま》を注視する。

既に十分過ぎる魔力が注がれ、後は撃鉄が唸《うな》り落とされるだけ。

しかし、その刹那。スザールの目が狙い定めた隙間からすっと逸《そ》れると、迷いなく別の方向に銃口が向け直された。その先には、いつの間にか接近していたリューリエの姿がある。

低姿勢からぐんと足を踏み込み、一気に肉薄したリューリエだったが、ちょうどその鼻先に、銃口が突きつけられる形となった。先程《さきほど》の男性隊員と連携《れんけい》してもなお、完全に意表をつくことはできなかったのだ。だがリューリエの顔に恐怖《きょうふ》の色はなく、残った魔力を右手に集約させている。最上位級魔法【フレイム・クレイドル】を使った上でなお、彼女は命じられた役割に全力を投じるのみ。

両者の間に、色濃《いろこ》く横たわる死の気配。

それは瞬間《しゅんかん》を限りなく引き延ばし、体感時間を緩慢《かんまん》にする。引き金に指を掛け、すぐにでも魔弾《まだん》を発射せんとするスザールを前に、思考する意味などもはやなく、リューリエは反射的に、地面を掬《すく》おうとするように右手を高く振り上げた。

その迷いない行動にスザールの目が一層冷え、あらゆる感情の色が沈《しず》み込む。

直後、リューリエの魔力の紅炎が、爆発するが如く彼女の腕を飲み込んだ。

「【灼陀羅の憤怒《ヒヤウス・ドノア》】」

次いで掌が開かれ、纏われた業炎が一気に解放される。噴火《ふんか》の如き爆炎が地面を溶岩化《ようがん》させ、熱気はありとあらゆるものを灰塵《かいじん》に変える。

だが、今まさにスザールに叩《たた》きつけられようとした炎の掌は、直前で撃ち込まれた魔弾によってぴたりと動きを阻《はば》まれた。魔力と魔力が拮抗する中、凄《すさ》まじい回転を見せながら、脳を直接揺さぶるような衝撃波《しょうげきは》を発する魔弾——【解放の諦弾《ソルドラ》】である。リューリエの掌の上で震える魔弾は、炎熱に溶《と》けるでもなく、崩壊《ほうかい》するでもなく狂《くる》った独楽《こま》のように回転し続け、耐え難《がた》い空気振動を発し続けた。

「こっの‼」

腕を押し込みつつ必死に踏ん張ろうとしたが、均衡《きんこう》を保つための莫大《ばくだい》な魔力消費量が、リューリエの肩《かた》に重くのし掛かる。ついにそれが限界を突破した直後、魔弾がそれを察したように大きく爆ぜた。その衝撃はたちまち彼女の腕と掌を覆う業炎を跳ね除け、リューリエを身体ごと一気に吹《ふ》き飛ばした。

幸い先程連携していた男性隊員が受け止めてくれたが、再度戦いに臨《のぞ》むことはできそうになかった。残った魔力はまさに雀《すずめ》の涙《なみだ》ほど、これでは死にに行くようなものだ。

臨時の相棒となった男性隊員も、先程の斬撃が渾身《こんしん》の一撃だったのだろう。リューリエを受け止めた後、大きく息をつきつつ、彼女とともにスザールへと視線を走らせる。

灰燼《かいじん》と煙がもうもうと舞《ま》う中、スザールの姿が見える。膝《ひざ》をついてはいるが、至近距離《きょり》で魔弾を放ったため体勢が崩れただけのようだ。魔弾の炸裂《さくれつ》に巻き込まれたダメージもさほどないようで、すぐさま立ち上がる。

リューリエは我知らず唇《くちびる》を噛《か》んだ。

「上出来よ。残りの魔力量を考えれば、よくやった方よ」

いつの間にか近くに立っていたエクセレスの慰《なぐさ》めは、かえって彼我の実力差をはっきりさせただけに過ぎなかった。死力を尽《つ》くしたはずだったが、やはり先のロキとの予期せぬ接近遭遇戦《そうぐうせん》の影響《えいきょう》が大きかったようだ。【ヒヤウス・ドノア】の威力《いりょく》は魔力不足により五割程度に減少してしまっていた。

スザールはそれを見越《みこ》して、強すぎず弱すぎずの絶妙《ぜつみょう》な力加減で魔弾を炸裂させたらしい。それが最も被害が小さいと判断した上、爆風を利した離脱《りだつ》も兼ねてのことだろう。

ぎりり、と歯を食いしばるリューリエだったが、エクセレスはポンとそんな彼女の肩を叩くと、囁《ささや》くように。

「言ったでしょ、横槍を防いだだけで十分よ。お陰《かげ》でこちらも終わるわ」

向けられた視線の先には、対峙しているファノンとゴードンの姿がある。拮抗しているかに見えたもう一組の戦いは、新たな段階を迎えようとしている。

結果的に、いや、最終的にというべきか、均衡を崩したのはゴードンではなく、ファノンであった。不敵に笑うと彼女はひときわ巨大《きょだい》な魔力を発し、【アイギス】が一段と光り輝いた。それと同時、眼前に現れた光景に、ゴードンは絶句する。

さっきまで三枚だったはずの【アイギス】の装甲板――いつの間にか、ファノンの魔力に応《こた》えたように、さらに二枚が付け加わっている。

「八枚全部使うまでもない。根本からして絶望的なまでに間違《まちが》ってるの。あんた程度の魔力量で、この私と張り合えるはずないでしょ」

その言葉が終わると同時、魔導板五枚が連なって生み出された障壁が小さなうなりを上げる。そこに刻まれ、空中に複写されて描《えが》き出された魔力の幾何学《きかがく》模様が、新たに拡張されていく。それに伴い、障壁の強度がさらに跳ね上がっていくだろうことは、見た目からも明らかだった。

「グオッ⁉　ふ、ふざけるな……最強の矛だぞ⁉　貫けぬものがあるはずはない、俺の切望したものは、こんな程度じゃない‼」

やがて、【アイギス】が障壁の最適化を完了させた。【バルバロス】は激しく弾《はじ》かれ、それに引きずられるようにしてゴードンの身体も吹き飛ぶ。

派手に何度も地面を転がり、土を抉《えぐ》りながら倒《たお》れたゴードンに、スザールが駆け寄る。

「手こずっていますね」

「ぐっ」

スザールの呼びかけに答えず、ようやく身体を起こしたゴードン。その全身からは、決して少なくはない量の血が流れ出ている。額には血が滲み、屈強だったはずの肉体は傷だらけだった。

「許さん、許さんぞ！」

こめかみに血管を浮《う》き上がらせ、吠えるように絶叫《ぜっきょう》するゴードンをファノンは冷たい目線で見据《みす》え。

「私がちょっと本気になった途端《とたん》、もうこれ？　……一方的過ぎてつまらないわね。それとあんた、無様にぶっ飛ばされておいてぎゃあぎゃあ騒《さわ》ぐな。五月蝿《うるさ》い」

「黙《だま》れ、貴様はあくまで私に評価される側だ！　その力を認めるか認めないかは、私が決める！　トロイアでも外でも同じだ。私こそが、全権を握《にぎ》る裁定者なのだ！」

ゴードンはなおも戦意を覗《のぞ》かせ、憎々《にくにく》しげに顔を歪《ゆが》めた。

「どうやら何がなんでも殺さねばならんらしい。ああ、どうあっても殺す必要があるようだ」

ゴードンのそんな呟《つぶや》きは、まるで自分自身に言い聞かせているかのようだ。己《おのれ》の在り方、いや、全《すべ》ての価値観を肯定《こうてい》するために、この傲慢《ごうまん》な巨漢《きょかん》はようやく、ファノンを滅《めっ》すべき不倶戴天《ふぐたいてん》の敵と認めたかのようだった。

思えば、クレビディートが誇《ほこ》る実力者にして、誰もが疑わぬ次期シングル魔法師としての将来を嘱望《しょくぼう》されていた過去。

にもかかわらず、この女の出現で全てが変わった。栄光の椅子《いす》からずり落ち、代わりに彼に与《あた》えられたポストは、どうにも胡散臭《うさんくさ》い秘密監獄《かんごく》の所長の座。順位も返上させられ、魔法師とさえ呼べない役職名で、薄汚《うすよご》れた囚人どもの管理だけを続ける日々。

「これまでずっと国を想《おも》い、身を粉にしてきたこの俺が！　なぜ、貴様のような小娘に追い越されねばならない⁉　貴様を殺して、俺が正しかったことを確かめさせてもらう！　もちろん上層部のクソどもにも、いずれ後を追わせてやる！」

呪詛《じゅそ》めいた恨《うら》み言《ごと》を並べる間にも、ゴードンが纏《まと》う魔力は一層濃くなっていく。続いて意を決したように、ゴードンは言い放つ。

「……スザール、手を貸せ。あれをやる」

スザールはごく無表情に応じて。

「了解《りょうかい》です。正直、宝の持ち腐《ぐさ》れにならなくてほっとしてますよ。確かにそれだけの価値はあります。これだけ手ごたえのある相手だ、標的には十分かと」

「ああ、上層部のクズどもが控《ひか》える軍の基地に撃ち込むよりも、よほど有用だろう……！　ゴホッ！　ハァハァ、私は間違っていなかった。ダンテの企《たくら》みに乗るより、やはり愉快なことになったな！」

「同感です」

そんな二人のやりとりに、ファノンの甲高い笑い声が割って入る。

「あははははははは……何かと思えば、その程度？　結局この私に嫉妬《しっと》しているだけとか、気持ち悪っ！　それよりも私の額に傷をつけたこと、万死《ばんし》に値するわよ？　さあ、償《つぐな》いなさい！　粉々にしてあげるわ！」

これがおかしくなくて何がおかしいのか、とでもいうように、ファノンはひたすらにケタケタと哄笑《こうしょう》し、目の端の涙を拭《ぬぐ》ってまで笑い続ける。

「だいたい何、勝手に納得しちゃってるの？　馬鹿《ばか》なの？　ねえ？　なんで自分達が死ぬのか分かってないみたいだから教えてあげる。ＡＷＲを盗んだことも、クレビディートの街で暴れたことも、どうでもいい。あなた達の罪は、私を虚仮《こけ》にしたこと。唯一にして最大の、十分過ぎる理由ね」

狂気《きょうき》じみた表情を浮かべ、目をかっと見開きつつファノンはそう断じた。

それを見ていた隊員達も、呆《あき》れがちにではあるが、それぞれに心中でファノンの言葉に同意した。何しろ眼前の賊《ぞく》二人は、この隊長の貴重な休日、それも楽しく幸せなショッピングの時間を台無しにしたのだから、情状《じょうじょう》酌量《しゃくりょう》の余地はない。

寧《むし》ろ彼・彼女らはファノンという少女をよく知っているからこそ、彼女の凄まじく個人的な激高の理由も憎悪《ぞうお》のわけも、すっきりと理解できてしまう。

上層部から与えられた秘密の奪還《だっかん》任務など、この際どうでもいいとさえ言える。賊二人を血祭りにあげれば、どうせ果たせることだ。寧ろこの場では、隊長であるファノンを存分に暴れさせ、鬱憤《うっぷん》を晴らさせることのほうが重要だろう。

「さあ……断罪の時間よ！」

意気揚々《いきようよう》と宣言したファノンの鼻頭を、すかさずスザールが放った【爆撃弾倉《ビアンマ》】が襲《おそ》うが、もはやファノンは瞬《まばた》き一つしない。鬱陶《うっとう》しそうに片手を動かせば、弾丸《だんがん》の雨は全て障壁によって遮られた。今度【アイギス】が取ったのは「防ぐのではなく覆《おお》い包み、弾《はじ》き返す」陣形《じんけい》……その結果、凶弾はけたたましい乱反射も繰《く》り返す爆裂《ばくれつ》現象も発生させず、あっさりと沈黙《ちんもく》した。

そう、〝最硬〟たる彼女に二度目は通じない。さらに、ゴードンとスザールの背後には絶壁《ぜっぺき》。【不動壁塔《ランダー・ザ・ボックス》】が、彼らの背後を隙間なく塞《ふさ》いでいるため、退路はない。

だが……【ビアンマ】が戦場に辛《かろ》うじてもたらした炎熱《えんねつ》と煙《けむり》が晴れゆく中、ゴードンがいたあたりに、一点の魔力光が燦々《さんさん》と輝き始める。

「ファノン様っ……！」

いけない、という風に警戒《けいかい》を促《うなが》すエクセレスの声が響《ひび》く。

その間にも、不気味な光は更《さら》に力を溜《た》め込んでいるように、その眩さを増していく――【バルバロス】の掌《てのひら》に設置されている、魔石が輝いているのだ。そこから放たれる魔光線こそは、前回ファノンとゴードンが対峙した折、クレビディートの首都に甚大《じんだい》な被害をもたらした恐《おそ》るべき破《は》壊《かい》兵器である。

「防げるものならば防いでみろ!!」

やがてゴードンの咆哮《ほうこう》と同時に、【バルバロス】の掌から凄まじい太さの光線が発せられた。大部分が魔力で構成され、複数の系統を用いて周囲全ての抹消《まっしょう》という事象結果を生み出す凶光《きょうこう》だ。それは木々を、大気を、肉を、鋼をも蒸発させる熱線。

エクセレスはその性能を、特殊《とくしゅ》な魔力領域を通した己の分析力《ぶんせきりょく》をフル活用して解析する。ファノンの障壁を破るために作られた最強の矛……ついに白日の下に晒《さら》された、その切り札の秘密を。

「……さ、三系統複合魔法!」

安定した出力を持つ土系統の根幹魔法式に構成のベースを担《にな》わせ、雷《かみなり》系統を含《ふく》ませることで射程・精密さと持続力を補った上で、炎熱の力を最大限まで引き出した破壊光線。複数の系統魔法を使いこなせれば、それだけで高位者と名乗れるのが魔法師の世界。だがそれでも通常は、せいぜい複数の系統を「その都度、切り替《か》えて使い分けられる」に過ぎない。なのに、今ゴードンが使っているのは「三系統を複合して同時に放つ」魔法なのだ。それが可能な魔法師など、世界を見渡しても数えるほどしかいない。

（やはり【バルバロス】は対【アイギス】用兵器!?　この魔法は最上位級魔法を超える!?）

エクセレスが目を細める中、圧倒的《あっとうてき》な暴力の光が、ファノン隊を一面の白色で包み込む。そんな中、隊員らはファノンの背後に綺麗《きれい》に整列し、両手を後ろに回し肩幅《かたはば》よりやや広めに足を揃《そろ》え待機の姿勢を取る。

誰一人《だれひとり》として逃《に》げず、この場に留《とど》まることを選ぶ。隊長に命を預ける覚悟であると同時に、ファノンと彼女が張った障壁への、絶対の信頼の表れだ。

軍人らしい毅然《きぜん》とした立ち姿を見回し、エクセレスは小さな溜《た》め息《いき》をつき。

（本当にこの隊の連中ときたら、場の空気を読むことだけには長《た》けているのですから）

そんな彼女らの目の前で、八枚全ての魔導板が集結し【アイギス】がまるでクジャクが羽を広げるように展開。同時、膨大《ぼうだい》な数の障壁を複製し始める。

一瞬後《いっしゅんご》、大障壁一枚を隔《へだ》てたファノン隊の鼻先に巨大熱線が到達《とうたつ》、凄まじい衝撃と炸裂光が発生した。その眩さときたら目を開けているのすら困難なほどで、見る間に周囲の木々が、消し炭を超えた白い灰燼となって光と暴風の中にかき消えていく。

その一射がどれほどの威力なのか、【アイギス】でさえ、正確に計りかねた。

「エクセレス！　用意しなさい！」

「はい！」

目を細めたファノンにそう言われる前に、エクセレスの心の準備はできていた。即座《そくざ》に腰に下げた大筒《おおづつ》型パーツの留め具を外す。こちらの筒《つつ》は【アイギス・システム】が収納されていたような円筒形《えんとうけい》ではなく、どちらかといえば角張った角柱風である。

そのままエクセレスは慣れた動作でベルトを装着し、角柱型パーツをファノンの前に差し出した。

ファノンはそれを受け取るや、中棒を中に埋め込むように差し込む。

角柱の内部で何かが噛み合ったような機械音が響き、次の瞬間、外周部に幾《いく》つも刻まれている魔法《まほう》式が起動、パーツはその姿を変えていく。

やがて出現したものは、迫撃砲《はくげきほう》に近いフォルムを持っていた。

「しかし……ファノン様、本当にこの状況《じょうきょう》で、防御《ぼうぎょ》特化の【アイギス】形態を切り替えられてよいのですか？」

念のため、というように囁くエクセレスに、ファノンは吐《は》き捨てるように。

「向こうも馬鹿じゃないわ。それに【アイギス】にも弱点があるの、知ってるでしょ」

そう、【アイギス・システム】の弱点……それは、どうしても完全に初見の魔法には弱いということだ。これまでファノン隊が遭遇してきた各種魔法の情報データを蓄積《ちくせき》しているとはいえ、世の中にはまだ知られていない魔法も数多く存在する――先に、アルス・レーギンが使用したもののように。

障壁で一度でも受け止めればデータは中棒に蓄積されるのだが、その「一度は攻撃を受け止めねばならない」という縛《しば》りが、致命的《ちめいてき》になることもある。

しかし、ゴードンと【バルバロス】の放った究極の熱線すらも受け止めた今、何を気にする必要があるのか、と一瞬エクセレスが考えてしまったその時。

新たな……未《いま》だ見ぬ異質な魔法が構成される予兆が、不快感の大波となって、エクセレスの特殊な感覚器官を激しく揺《ゆ》さぶった。

探知魔法師1位のエクセレスの異能――不存在の感覚器たる【不自由な痣《エイルヴニフス》】が、確かに危機を捉えたのだ。

たちまち特徴的《とくちょうてき》な痣が、エクセレスの顔半分を青黒く染め上げて蠢く。

「まずい……ファノン様！」

「分かってる、だからこその換装《かんそう》よ！」

ファノンは、先程組み上がったばかりの角張った砲口《ほうこう》を前方に向けて、両の細腕《ほそうで》で力一杯《ちからいっぱい》支える。たちまちエクセレスの痣《うず》が疼き、相手の動きを正確に捕捉《ほそく》した。

新たな予兆は、膨大な魔力を放射したばかりのゴードンの隣《となり》から発せられていた。スザールが構える【カリギュラ】の銃身《じゅうしん》に込められていく、冷え冷えとして感じられる魔力。その魔力は、おそらくたった一発の魔弾に全て注ぎ込まれていることまで、エクセレスにははっきりと感じ取れた。

【バルバロス】がさっき放ったような荒々《あらあら》しさではなく、臓腑《ぞうふ》まで冷えるようなチリチリとした冷気が、エクセレスの痣を刺激《しげき》してくる。

確かに、ファノンの判断は正しかったと言えるだろう。それは、感知してから備えたのでは遅すぎた。

やがて十分過ぎる魔力が【カリギュラ】に注がれ終わるや、それはあやまたず銃口から放たれた。

直後、まるで鼓膜《こまく》が破れそうな甲高い音が、ビリビリと大気を震わせる。音というより魔力そのものが嘆《なげ》いているかのような、怨嗟《えんさ》の絶叫にも似た衝撃波が、周囲一帯を包み込んでいく。聞くものの鼓膜が破れるのはおろか、大気中に展開したあらゆる魔法構成すら崩《くず》れ去るのではないか、というほどの。

（【嘆きの皇弾《ヴェリクラーゲン》】……まさか、本当に使えたなんて⁉）

エクセレスはその魔弾の名を知っていた。そこに込められる魔法構成が完成し、その威力が現実のものとなった時、実験場にいた上層部の誰《だれ》もが口を開きたがらなかった、という逸話《いつわ》すらも。

文字通り、禁忌《きんき》に触《ふ》れるその力。通常弾はもちろん、魔弾に込めることもできないがゆえに、特殊な弾頭《だんとう》を使用する必要があるはずだったが……ここで遭遇したということは、【カリギュラ】本体だけでなく、同時にその特殊《とくしゅ》弾頭までも盗まれていた、ということ。体面を重んじた故か、そんな事実を自分達に伝えていなかった国の上層部には、後でしっかりとツケを払《はら》ってもらわねばならないだろう。

エクセレスは憤懣《ふんまん》やるかたない表情で、ぎりり、と唇を噛む。

なるほど、スザールは確かにデータだけでは分からない、一流の狙撃者だ。いや、実際に狙《ねら》っていたのだろう……【アイギス・システム】の唯一《ゆいいつ》の隙《すき》を。【ヴェリクラーゲン】は【アイギス】にとって疑いなく初見の魔法だ。そして、おそらくこの一発は「受け止める」や「弾き返す」といった通常の防御手段を丸ごと無効化してしまうような、何か特殊な性質を秘《ひ》めている……。

焦《あせ》った表情でファノンを見やったエクセレスは、次の瞬間、強張《こわば》っていた頬《ほお》を僅《わず》かに緩《ゆる》めた。流石《さすが》というべきか、ファノンは表情一つ変えず、すでに対応を終えている——凄まじい魔力を一瞬で愛用のAWRに注入し、次なる一手の構成を組み終えていたからだ。

【三器矛盾《むじゅん》】が一つ【千壁の障壁《サウザンド・ロア》】。

迫撃砲にも似た姿の唯一無二《ゆいいつむに》のAWRが、咆哮した。

飛び出し、回転しながら展開されていくのは、合わせ鏡のように連なる無数の光壁。

原理としては、砲身《ほうしん》内部に最大千の極薄《ごくうす》の障壁を並べ、砲身後部で圧縮された魔力の爆《ばく》発的《はってき》エネルギーをもって勢いよく前へ押《お》し出す。ドミノ倒《だお》しか玉突《たまつ》きのように、一つの障壁が受けた圧力を次の障壁に伝えていくのだが、砲身に仕込《しこ》まれた機構により、それが急激に加速していくのが特徴《とくちょう》の武装である。

今、砲身内部で障壁が連続衝突《しょうとつ》する音が連なり、一つの爆音《ばくおん》めいた轟《とどろ》きとして聞こえてくる。障壁は前述の機構により一度衝突するたびに加速していくが、その回数が二百を超《こ》える前には、音速を突破する。

ファノンが今回設定した装填《そうてん》障壁の数は三百。時間を考慮《こうりよ》すればこれだけでも十分だ。

何しろ撃《う》ち出されるのが実体弾ではなく魔法《まほう》障壁であるという性質から、空気抵抗《ていこう》は極《きょく》端《たん》に減ぜられ、砲口から撃ち出されるころには、弾丸代わりの障壁は驚異的《きょういてき》な破壊力と貫《かん》通《つう》力を帯びることになるのだから。

かくして、ファノンらの目前に迫る魔弾を、間一髪《かんいっぱつ》で【千壁の衝壁《サウザンド・ロア》】が迎え撃つ。

かくして、先程とは姿形《すがたかたち》を変えて、矛《ほこ》と盾《たて》の激烈《げきれつ》な攻防が再開した。

エクセレスの予想通り、魔弾【ヴェリクラーゲン】の性質は「硬《かた》さ」という概念《がいねん》を無効化するものだった。原子の結びつきはおろか、魔力粒子《りゅうし》の結合関係をも消滅《しょうめつ》させてしまうのだろう。この無情の弾丸の前には、いかに超音速《ちょうおんそく》で発された障壁とはいえ、いずれも脆《もろ》くも砕《くだ》けていくばかりであった。

まずは先頭の一枚が砕け、二枚目が砕け……一向に魔弾の猛進《もうしん》は止まる気配がなかったが、それが十枚となり二十枚となった時、やっとその速度は逓減《ていげん》を始めた——もっとも【サウザンド・ロア】がここまで食い破られたことすら、かつてなかったことだが——ように見えた。

次いで三十枚目が砕け散った時。ついに攻守《こうしゅ》は逆転する——僅か一秒の間だった。

魔弾は超音速で迫《せま》りくる障壁の群れに飲み込《こ》まれ、さらに撃ち出され続ける障壁の大波は、そのままゴードンとスザールへと瞬時《しゅんじ》に襲い掛かった。

もはや避《さ》ける時間さえ与えられない。ゴードンとスザールは、ピストンのように連続する衝撃に、なぶられ続けることとなった。

そして弾き出された背後には、退路を断《た》つべく張り巡《めぐ》らされた【ランダー・ザ・ボックス】が待ち受ける。だが、咆哮し続ける【サウザンド・ロア】の連撃は、なおも止まらない。二人の肉体は壁に押し付けられるまま、ついには魔力で造られた立方体をもぶち破って、数百メートルも吹き飛ばされていった。

【サウザンド・ロア】の砲声《ほうせい》は最後に一度、さまざまなものが凝縮《ぎょうしゅく》されたような聴《き》き慣《な》れない唸りを上げてから、ぴたりと止《や》んだ。

障壁の弾丸を間断なく撃ち続けたその砲身は、いまや火口のような熱を帯び、薄らと中空に煙をたなびかせている。

全てが終わったと見るや、勢いよく砲身を地面に投げ捨て、ファノンはそこから中棒を抜《ぬ》き取った。

「でも……まだ死んでない、かな。ちょうどよかったけどね、終わりになんてするつもりもないし」

ファノンは、肉食獣《にくしょくじゅう》めいた嗜虐《しぎゃく》的な笑《え》みを浮かべて、そう呟いた。

もとよりファノンが速度と威力を調整していたせいでもあるが、この結果には、ゴードンとスザールの力も多少は影響している。【バルバロス】の最後の力でいくらかはダメージが軽減できたはずだし、【ヴェリクラーゲン】によって、先んじて数十枚程度の障壁が破壊されていたことも奏功したのだろう。

とはいえ、さすがの彼《かれ》らも今回は辛うじて命を拾った、という程度。

倒れているゴードンの【バルバロス】の外装はへしゃげており、彼も身体のあらゆる場所から出血している。おそらく体内に埋《う》め込んだ装具が抜けかけているようだ。ならばもはや操作もおぼつかず、AWRとして機能はしまい。

スザールの方は、【カリギュラ】を持っていた右腕《みぎうで》が肩から弾け飛んでいた。傷口からはボトボトと血が滴《したた》り、地面に赤い水溜まりを作っている。

その向こうには、もはやぼろぼろの肉塊《にっかい》と化した右腕の横に、あちこちが壊《こわ》れた銃《じゅう》型AWRの残骸《ざんがい》が転がっていた。

「痛い？　ねえ痛い？　もう少し優《やさ》しくしてあげれば良かったわねぇ」

唇を歪めてそう告げたファノンは、わざわざ相手をなぶるかのように、あえて全身から魔力を放出して見せる――彼我《ひが》の実力差を見せつけるために。

よろよろと立ち上がったゴードンとスザールを尻目《しりめ》に、ファノンは低く笑った。

「元シングル魔法師候補？　お笑《わら》い種《ぐさ》ね。私とあんたじゃ格が違《ちが》うのよ、三下」

根こそぎ戦意を削《そ》ぐつもりはない。彼女《かのじょ》としてはまず、手負いの獲物《えもの》がさらに狩《か》り立てられ、いつでも手が届く範囲内《はんいない》で無様に逃げ回る姿が見たかった。それからもう一つ……。

果たして狙い通り、屈辱《くつじょく》に顔を歪めたゴードンが動いた。

「ファノン様、もう決着はついたかと。それに肝心《かんじん》のAWRがあの様子では……いい加減、魔力も尽きるころなのでは？」

遥か遠くの、足を引きずるようにしつつ小さくなっていくゴードンとスザールの背中を見やりながら、エクセレスが呆れたように言う。

「ふっ」と笑んだファノンは、【バルバロス】が最後のあがきで見せた目眩《めくらま》しの光線にそっと目を細めつつ、冷酷《れいこく》に言い放つ。

「そう、軍人としての矜持《きょうじ》すら忘れたのね」

ここで殊勝《しゅしょう》にも敗北を認めたならば、不運を嘆く彼に爪《つめ》の先ほどの同情を抱いたかもしれない。殺さずに捕《と》らえるという選択肢《せんたくし》もあったのだろう。エクセレスならば自分を止めてくれるだろうから。

だが、もはや最後のチャンスは潰《つい》えた。無様に遠ざかっていく二人の犯罪者を見ながら、ファノンは内心で、準備していた計画を最終段階へと移行させることを決める。

「でもまあ……鬼《おに》ごっこじゃないけど、もうしばらくだけは待ってやりましょうか。結末は決まっているもの。エクセレス、現在地の確認《かくにん》と追跡《ついせき》を忘れないようにね」

「それはかまいませんが……これ以上、アルファ国内でやらかすのは不味《まず》いですよ。ただでさえ、周囲一帯が荒《あ》れ放題《ほうだい》なのに」

「大丈夫《だいじょうぶ》よ、ちゃんと考えてあるんだから。それに何かあっても、尻ぬぐいは元首か総督《そうとく》にやらせればいいわ」

「はあ、分かりました。それはそうと、ファノン様は気づいていたのですね？【バルバロス】が真の矛などではなかったことに」

一瞬、とぼけるような表情を見せたファノンだったが、すぐにニヤリと笑ったことから、おそらくエクセレスの推測通りだろう。

「普通《ふつう》、気づくでしょ。エクセレス、私のAWRの名前、忘れてない？」

「あっ……我《わ》がクレビディートの誇る【最強矛盾】でしたね。そうでしたか、もうすでに研究そのものは完了《かんりょう》していた、と……【バルバロス】は所詮《しょせん》、その過程で設計された試作の一つに過ぎなかった、ということでしょうか」

その問いに、ファノンは先程地面に投げ置いたAWRにちらりと目線をやりつつ、尊大に答える。

「まあね。最強の盾は【アイギス】で間違いない。そしてもう一つの最強の矛こそは、そこでまだ薄ら煙を上げてる【サウザンド・ロア】なのよ。盾と矛、すでに両方が私の手にあるってこと。そもそも何も心配はいらなかったの。【バルバロス】なんて、所詮は万が一最強の矛が折れた時のための、予備武装だったんでしょうよ」

（知らなかった。だとすると、【三器矛盾】最後の一つの使用を承認制《しょうにんせい》にしたことのみが、元首クローフ様がかけた最大の保険？　まあ、どうせファノン様がそこだけは譲《ゆず》って差し上げたのでしょうね）

ファノンについて知らないことはないと思っていたエクセレスだったが、推測交じりながらにも、裏でそんな密約があったと知り、ことさらに意外な思いだった。

ともあれ、これでクローフがファノンに甘すぎる理由にも納得《なっとく》ができた。あの老練な元首に、直接交渉《こうしょう》ができるのはファノンだけだ。本来ならば総督にでも権限を一任すべきなのだが、老練なクローフは、最終兵器の最後の発射ボタンだけでも、手元に置いておきたいのだろう。だからこそ、彼は常にファノンのご機嫌《きげん》を伺《うかが》わねばならないのだ。

（それはそうと……結局は矛と盾、どちらが上だったのでしょうね）

エクセレスが内心抱いた根本的な疑問を察したのか、ファノンは存外に真面目《まじめ》な面持《おもも》ちで口を開いた。

「ああ、気になるの？　まあ、あなたは戦闘《せんとう》要員じゃないけど、普通はそうよね」

「はい。【最強矛盾】の両方をファノン様が有している以上、この二つを直接的にカチ合わせたことは未だ無いわけでしょう？　まあ、ファノン様の名声はあくまで障壁魔法《しょうへきまほう》の使い手、いわば守護者の頂点としてですから、ならば結局は【アイギス】が上なのだろうとも思えますが」

「私もそう思うわ。攻性魔法は年々進歩しているけれど、行き着くとこまで行けば禁忌にぶつかる。あてにならないとはいえ、一応人間の理性の蓋《ふた》があるわけね。逆に【アイギス】は私と共にある限り進化し続けるもの。いつかはそう、世界の頂点に到達できる、はず……よ」

ここまで言って何を思ったか、ファノンはふと振り返ると、やや遠い目をした。彼女の視線の先には、アルファの広大な領域がある。そしてそこには、全魔法師最強の頂点が……1位が、確かに存在するのだ。

しばし無言になったファノンは次の瞬間、ふっと意識を切り替えたように「さて、頃合《ころあ》いよ。後始末をしましょう」とのみ発した。

エクセレスも、はっとしたように頷《うなず》く。

ゴードンとスザール……随分《ずいぶん》手こずらせてくれたが、今はあの負傷ぶりだ。エクセレスの特殊知覚【エイルヴニフス】から逃《のが》れることなど、もはや不可能だろう。

都合がいいことに、二人が向かった先はアルファの内地でなく外界の方向……そこまで考えて、エクセレスは気づく。いや、ファノンがわざわざそう仕向けたのだ、と。たぶんゴードンらは誘導《ゆうどう》されたのだ……唯一ファノンが包囲の壁を開けておいた、まさにその方向へと。

そうと悟《さと》れば、やるべきことをやるだけだ。厳格な副官として、エクセレスは隊員らに指示を飛ばす。

「あなたたちは、【カリギュラ】を回収しなさい。ま、あの状態ではあるけど、出来る限り部品を拾い集めてきて」

「あ、あ～、あの副官？　何を回収しろと？　え？」

ポカンとした顔で挙手しつつ、女性隊員のリューリエが聞き返してきた。

「あなたね、今はふざけている場合では……」

「すみません、副官。先の戦闘で片方の鼓膜？　が破れてしまったみたいで」

彼女が指差した側の耳からは、血が流れていた。それにしても、平然とした顔をしている。こんな負傷にもまったく動じていない軍人根性《プロこんじょう》には、エクセレスも呆れてしまうが。

「魔力《まりょく》での保護を怠《おこた》ったわね。もっともそれでも防げたとは思えませんけど、はぁ～、分かりました。ならリューリエは、あくまで支障がない範囲《はんい》で協力なさい」

確かに彼女は優秀《ゆうしゅう》な部下ではあるけど、変なところで気を抜く癖《くせ》は直させないといけないな、とエクセレスは思う。まあ、ファノンが女性隊員に甘《あま》いせいもあるのだろう。

（でも、この隊だとファノン様を除けば、リューリエが最大戦力なのよね）

実に悩《なや》ましいところだ、と眉間《みけん》に皺《しわ》を寄せるエクセレスに、ファノンが急《せ》かすように言った。

「エクセレス、銃砲身《バレル》だけでも構わないわ。それよりも例の二人を」

あの【ヴェリクラーゲン】を放ったことでも分かるように、【カリギュラ】の銃砲身には禁忌魔法《きんきまほう》の式も刻まれているはず。ファノンとしては、それだけでも回収できれば御《おん》の字《じ》ということなのだろう。

「かしこまりました。それでは、私が把握《はあく》しているゴードン、スザール両名の座標を伝えます」

「うし、それじゃ本当の狩りを始めましょうか」

ファノンは、己とエクセレスの二人だけで追撃戦《ついげきせん》を始めることを決め、残った隊員には【カリギュラ】の回収と、現場のせめてもの修復を命じた。

「それ、それ、それ！」

これで雑事が終わったとばかり、いつものおしゃれな傘《かさ》を取り出すと、ファノンは意気揚々とそれを振《ふ》り回す。

その度に少し先の空から【ランダー・ザ・ボックス】が降り注ぐ。それは彼女が好む少女らしいファンシーな世界観とはほど遠い光景だったが、この華奢《きゃしゃ》で小柄《こがら》な隊長は、いよいよ大詰《おおづ》めに入った狩りの高揚《こうよう》感で、どうにも浮かれてしまっているのだろう。ならば少々のことは大目に見よう、とエクセレスは思う。

「ファノン様。二人がクレビディートの国境を越《こ》え、外界へ出そうです」

「ようやく、ね」

二匹《ひき》の獲物がついに本来の狩場《かりば》に入ったことを悟り、しなやかな猛獣《もうじゅう》のように、ファノンの唇の両端《りょうたん》が吊《つ》り上がった。


しばらく後。

ファノンとエクセレスの姿は、クレビディート国内……正確には、そのバベル防護壁《ぼうごへき》のほど近くにある、軍の基地施設内《しせつない》にあった。

「ゴードン、スザールの両目標はゆっくりと移動中。やはり負傷が効いていますね、いまだ十分射程内です」

クレビディートの外壁《がいへき》は二年前に増築されたばかりであり、ここはバベルの防護壁外、つまり国境から少し外界に飛び出した、人類の橋頭堡のような状態となっている。

今日の外界の空は曇天《どんてん》模様である。やや湿《しめ》った大気の中、小さな砂嵐《すなあらし》が時折、吹き荒れている。

ゆうに三十メートルはある大防壁《ぼうへき》の上に立つファノンとエクセレス。眺《なが》め渡《わた》す視線の先には、外界の大樹林が広がっている。この中に潜《ひそ》むゴードンとスザールは、当然ながら姿形など一切《いっさい》の痕跡《こんせき》が見えない。おそらく彼らは、魔物《まもの》が活動的になる夜までだけでも、なんとかそこで身を潜めているつもりなのだろう。

現在、防壁の上には一個小隊にも満たない五名の魔法師が配されている。ファノンとエクセレスの姿に気づくと、彼らは一糸乱れぬ鮮《あざ》やかな敬礼で、二人を迎《むか》えた。

まずは女性指揮官が、最大限の敬意を払いながらファノンに向けて口を開く。

「ファノン様、本日もご機嫌うるわしゅう。私は第三防衛隊所属、その小隊長をしております……」

彼女が軍お決まりの長口上を始める前に、エクセレスが割って入った。

「知っていますよ、エンビケ小隊長。自己紹介《しょうかい》は、省いても差し支《つか》えありません」

エンビケと呼ばれた軍人は、三十代の女性魔法師である。順位は三桁《けた》前半であり、ここの防衛任務の責任者ということだ。

「はっ、失礼しました。エクセレス様。さすが情報通でいらっしゃいますね」

「もちろんです、あなたがここの管理を任されていることもよく知っていますよ」

「ありがとうございます。この度は、我らが誇る【オルガン】をファノン様にお使いいただけること、光栄に存じます。私が管理を任されているとは言いましても、あれを実際に使用することは、はなはだ少なく……」

「でしょうね」

と頷くエクセレスに、ファノンが続ける。

「ま、あれをホイホイ使うような事態がそう起きちゃ、それはそれで大問題でしょ」

「ファノン様の仰《おつしや》る通りです。もちろん現在、周囲三キロ圏内《けんない》から、外界担当の魔法師は全て退避《たいひ》させております。整備も抜かりなく、いつでも発射できます。それと今回は実射テストも兼《か》ねるため、技術部で事後に情報解析《かいせき》を行いたいとの申し入れがありました」

「技術部まで？　おおかた、あれの実戦使用データを取るための稀《まれ》にみるチャンスだとでも思ってるんでしょうね。本当に仕事熱心なこと」

エクセレスは未知のデータに関する軍技術部の貪欲《どんよく》ぶりに辟易《へきえき》する思いで、小さく肩《かた》を竦《すく》めてから、傍《かたわ》らの小柄な隊長の方を振り返る。

「ま、勝手にしなさい。さてファノン様、最後の仕上げです。魔力は大丈夫ですか？」

「結構減っちゃったけど、残りをほとんど使い切るつもりよ」

「分かりました。先にも言いましたが、後処理はお任せください」

それから満を持して、ファノンとエクセレスは防壁中央にある円形の魔法陣《まほうじん》が描かれたエリアに向かう。陣の周囲には魔力移送ケーブルが伸《の》び、全てがそのまま防壁内部へ潜《もぐ》り込んでいた。

「足元にお気をつけください、ファノン様」とエンビケが伸ばしてきた手を取り、ファノンは魔法陣の中にある、操作ボックス内へと足を踏《ふ》み入れる。直後、鋼鉄製の入場ゲートが重い音を立てて閉まった。

今、ファノンの前には物々しい装置や記号が描かれた制御盤《せいぎょばん》がある。瞬時に魔力の認証《にんしょう》が終わると、次々に各種データが表示され、盤上《ばんじょう》にはランプのような魔法光が灯《とも》されていく。

「エクセレス、標的座標は？」

「今もしっかりと捕捉しております」

「じゃあ、万全《ばんぜん》ね。防衛用固定砲台《ほうだい》【オルガン】を起動、全砲門《ほうもん》展開・魔力充填《じゅうてん》開始」

言い終えるや、防壁に格納されていた砲門が突《つ》き出るように伸び、一斉《いっせい》に外界へ向いた。

その数は、ゆうに百門に迫るだろうか。

その全てがデータ的に連結されており、制御盤で操作できる仕組みだ。おそらく他国にも察知されているであろう連結固定砲台ＡＷＲ【オルガン】……防壁上の要衝《ようしょう》と一体化しているその威容《いよう》は、まさにクレビディートが誇る怪物《かいぶつ》的大建築物といってよい。

続いてファノンの身体から膨大な量の魔力が放出され、魔法陣の上では普段《ふだん》は見られない緑柱石めいた輝《かがや》きが舞《ま》う。魔力は全て床《ゆか》の魔法陣に向かって吸収され、凝縮されていく。それらは刻まれた魔法式を激しく輝かせ、張り巡らされたケーブルを通して内部へと流れ込んでいった。

「す、素晴《すば》らしい！　まさに奇跡《きせき》的な魔力量！　このエンビケ、真に感動いたしました。魔法師百人分のエネルギーを、たったお一人でまかなえるとは！　さすがはクレビディートの【最強矛盾】にして、唯一無二のシングル魔法師っ！」

単純な驚《おどろ》きから重々しい感嘆《かんたん》へと器用に感情を切り替えつつ、エンビケは大仰《おおぎょう》に膝《ひざ》を曲げて敬意を表した。

最終魔力を注入する前に、エクセレスが手を伸ばし、ファノンの指先に触れる。

以前、ゴードンらが首都を襲撃《しゅうげき》した際にファノンが市民をことごとく守れたのも、あらゆる人々の現在座標をエクセレスから共有されていたからだ。

彼女が傍《そば》にいれば、文字通り頭ではなく身体全体で認識《にんしき》できる。今、ファノンもまたエ

クセレスが視《み》るもう一つの世界《魔力領域》を俯瞰《ふかん》できているのだ。

制御盤に手を乗せると、瞬時に座標を読み込み演算処理が行われる。砲門の射角等の微《び》調整《ちょうせい》が一斉に行われ、重々しい駆動音《くどうおん》が、ゆっくりと防壁全体を震《ふる》わせていく。

「粉々になれ」

バッと腕《うで》を突き出したファノンの号令をもって、連結固定砲台【オルガン】は喰《く》らった膨大な魔力を解き放ち、破壊の限りを尽《つ》くす神世の終末曲を奏《かな》でる。

外界の空を無数の黒点で埋め尽くし、ターゲットとなったエリアを赤や朱色《しゅいろ》の炎《ほのお》で染め上げる一大砲撃《ほうげき》は、それからしばらく続いた。地形を変え、そこに存在するありとあらゆる物を燃やし尽くし、文字通りの焦土《しょうど》と化していく。

【瞬炎地雷《クレイモア》】と同じく、【オルガン】には特定の単一魔法式が組み込まれている。魔力の充填さえできれば操作者の系統に関係なく、火系統の上位級魔法相当の砲撃を連射できるのだ。

やがて千発余りを撃ち尽くした絨毯爆撃《じゅうたんばくげき》は、クレビディートの大防壁上から見える外界の景色を一変させた。

上位級魔法とはいえ、これだけの数を撃てば破壊力《はかいりょく》だけでも最上位級を上回るだろう。

エンビケはもはや開いた口が塞がらない様子で、炎と黒煙《こくえん》に埋め尽くされた外界の様相を呆然《ぼうぜん》と眺めていた。

【オルガン】が設置されてから実際に運用された回数はそう多くないとはいえ、かつてこれほどの猛砲撃《もうほうげき》があっただろうか。

同時、シングル魔法師の底知れぬ魔力量がいかに化け物じみているのかが、一見して腑《ふ》に落ちる。軍人としてはもちろん、元首達《たち》までがその力に縋《すが》りつきたくなる気持ちも、少しは分かろうというもの。

砲撃音のせいで耳が少し馬鹿になったのか、やや遠くに聞こえる声に、エンビケは慌《あわ》てて顔をそちらに向ける。

「ファノン様！」

見ると、エクセレスが倒《たお》れこんだファノンを抱《だ》き抱《かか》えようと、腕を回しているところだった。顔色は蒼白《そうはく》、身体はぐったりとして手足はピクリとも動かない。

「ど、ど、どうされました⁉」

「ファノン様の魔力が底をついたのです。ですがエンビケ小隊長、ファノン様はここに置いて、我々はすぐに外界へ出立せねばなりません。とある任務の最中でして」

エクセレスの緊迫《きんぱく》した声色《こわいろ》に、エンビケも背筋が粟立《あわだ》つのを感じた。事前に受けた指示では、【オルガン】を使用するので入念に整備するように、とのことだけだった。しかしなんと、それが本当に使用されただけでなく、まさかこんなことになろうとは……。

「でしたら、私の小隊をお使いください」

「いえ、それには及《およ》びません。あとは我ら、ファノン様直属部隊が引き受けます。何より、これは、上層部からの極秘《ごくひ》任務に関《かか》わる問題。エンビケ小隊長には、使用後の【オルガン】の総点検をお願いします」

「分かりました。お任せくださいエクセレス様」

恭《うやうや》しい敬礼もそこそこに、エンビケはすぐに防壁の内部へと戻《もど》っていく。

その背中が消えるのを確認したエクセレスは、急いでファノンを救護室へと運び込んだ。

どこで聞きつけたのか、すぐに見慣れたファノン隊の面々が集結してくる。

エクセレスはそんな彼・彼女らに、直ちに目標地点へ向かうべしとの旨《むね》を伝える。あれほどの火力であろうとも、ゴードンと共にある【バルバロス】の基礎《きそ》部分だけは、確実に現場に焼け残っているはずだ。何しろ回収済みの【カリギュラ】と異なり、【バルバロス】の基部は未知の至宝たる鉱石、超硬度《ちようこうど》を誇《ほこ》るメテオメタルで作られているのだから。

「ファノン様はしばしご休息に入られるので、これより部隊指揮は私、副官エクセレスが執《と》ります。さあ、急ぎの回収任務に向かいますよ！」

凛《りん》とした美人副官の号令一下、再び防壁内が慌ただしくなる。やがて各々《おのおの》最低限の装備だけを整えたファノン隊の精鋭達《せいえいたち》は、取るものも取りあえず、次々と外界へ向かって飛び出していった。

第89章「博士と傀儡士《くぐつし》」

時はかなり遡《さかのぼ》り——。

厳しい寒風が吹《ふ》きすさぶクレビディートとイベリスの排他的《はいたてき》管理領域、いわば境界線上。外界に造り上げられた秘密監獄《かんごく》【トロイア】のあちこちから、薄らとした煙《けむり》が上がっていた。今は文字通り炎のように燃え広がった囚人《しゆうじん》達の大暴動も終わり、脱獄騒《だつごくさわ》ぎの喧噪《けんそう》もようやく一段落しつつある。

だが、地下深くに作られた監獄を一望できる、吹き抜け構造の建物の底の底には、施設内に再び訪《おとず》れた静寂《せいじやく》とはうって変わって、酷《ひど》く凄惨《せいさん》な光景が広がっていた。

トロイア最下層である五層には、上層階から突き落とされた人間の死体が、山と積み重ねられている。看守らだけでなく、そこで働いていた職員もまた一人残らず、解放された囚人達の恨《うら》みつらみと怒《いか》りのはけ口とされたのだ。

あちこちに新鮮《しんせん》な血の臭《にお》いが立ち込めているが、それでも以前の鬱屈《うつくつ》とした雰囲気《ふんいき》と饐《す》えた臭いの中、放置された囚人の亡骸《なきがら》から死臭《ししゆう》が漂《ただよ》ってくるような状態よりは、まだ幾分《いくぶん》かはマシと言えるのかもしれない。

監獄はほとんど無人となってしまい、がらんとした物々しい鉄の箱が連なっているかのようだ。

そんな中、ふと、何者かがカツカツと歩を進める靴音《くつおと》が、鋼板の床と壁《かべ》に反響《はんきょう》する。

両腰《こし》のポケットに手を突っ込んで歩くその人物は、小さく背を丸めており、全身にどこか気だるそうな空気をまとっている。あちこちに横たわる職員の死体の間を縫《ぬ》うようにして進むと、彼女は一際《ひときわ》凄惨な、とある遺体のもとにたどり着いた。

それから、ほとんど壁に埋め込まれるようにして絶命している狂気《きょうき》の研究者――かつてゴードン元所長によって惨殺《ざんさつ》されたクウィンスカ博士――の姿を見つめる。

その頭部は明確に粉砕《ふんさい》され、大量の血を吸った白衣は、今や乾《かわ》ききってあちこちが赤黒く変色していた。

やがてその人物は、呆《あき》れたような溜《た》め息《いき》とともに、小さく呟《つぶや》く。

「ったく、派手にやってくれたねぇ。研究者の大事な頭脳をなんだと思っているんだろうか。ふむ、それにしても変な気分だよ……自分自身の殺された死体をこうして傍で立って眺めるなんて。まあ、世にも奇妙《きみょう》で貴重な経験をさせてくれたゴードン所長には、せいぜい感謝しなくてはね」

そう言い捨てると、新たに現れたクウィンスカ博士は、白衣のポケットから震える手で、すっかりしけた煙草《たばこ》を取り出す。続いて薄暗《うすぐら》い地下にマッチの火が輝き、煙草の先に赤い火が点《とも》された。

彼女の着る薄汚《うすよご》れた白衣は、目の前の惨殺死体のものとまったく同じだ。髪《かみ》の長さに色、顔立ちも、身長も、話し方さえも一部の狂《くる》いもなく、生前のクウィンスカ博士その人だった。いや、新たな彼女の方は、放置されていた死体の方に比べると、風呂《ふろ》上がり程度には小綺麗《こぎれい》ではあった。

「さて、面倒《めんどう》なゴードンらは消えてしまったわけだが。私がこうして顔を出すのを遅《おく》らせた甲斐《かい》も、少しはあったかな。……おや？」

独り言めいた言葉を漏《も》らした後、クウィンスカ博士はちょっと驚いたような表情を見せた。それから少し先の独房《どくぼう》に立ち込めている闇《やみ》の中に、ちらりと視線を投げかけ。

「ふぅん。お爺《じい》ちゃんは一緒《いっしょ》に逃《に》げなかったのかな？」

「………」

返事はない。だが、確実に中からは人の気配がする。ちなみにその独房の扉《とびら》は開いたままだったが、中から魔力供給刑《けい》用のチューブがいくつか伸びているのが見て取れた。

どうやら収監《しゅうかん》されている罪人は、一息に死ねる死刑《しけい》に勝るとも劣《おと》らない、この【トロイア】で一番重い刑罰《けいばつ》を受けていたようだ。もっともこの監獄自体が機能しなくなった今、魔力の供給自体は止まっていたが。

だが、やはりどうにも腑に落ちない。なにしろその独房の扉は、すでにすっかり開け放たれているのだ。この監獄最下層に収監されていたということは、かの老人は極悪非道《ごくあくひどう》な重罪人であるはず。しかもこのチューブに繋《つな》がれていたとあらば、待ち受ける運命はまさに絶望的。生きて娑婆《しゃば》の空気を味わえることなどまずなく、最後の命が尽きるまで魔力を吸い出されるしかないのだから。

にもかかわらずこの老人だけはなぜ、ほかの者と同じようにダンテらに促《うなが》されるまま、この地の底から脱獄《だつごく》しなかったのだろうか。

「まぁいいさ、グラム老。ここの囚人の中でもアンタだけは、少し特殊《とくしゅ》な事情持ちなんだっけね。ま、いつかちゃんと出られることを祈《いの》ってるよ。さて、私はもう少しだけやることがあるんで、このへんで失礼するとしよう。ああそうそう、もうここで起きた事件のことは、イベリスには伝わってる。クレビディートにもすぐに伝播《でんぱ》するだろう。多分すぐに内地の連中が飛んでくるはずだから、安心するといい」

人を食ったような博士の言葉に、グラムと呼ばれた老囚人は、乾ききった唇《くちびる》をようやく微《かす》かに動かし。

「お、前は、誰だ。な……にを、知って、る」

その声は、助けを求める哀《あわ》れな老人のものではまったくなく、まるで謎《なぞ》めいた事件の核《かく》心《しん》について問い詰《つ》める犯罪監査官《かんさかん》のように鋭《するど》かった。

「ん？　なんだ、まだ喋《しゃべ》れたのかい。惜《お》しいね、ならば年寄り同士、話す機会はもっとあっただろうに」

だが、その物言いはいかにも奇妙だった。クウィンスカ博士の見た目はぜいぜい三十代であるのに対し、老囚人であるグラムの姿は、八十をいくつか越えていそうな老体なのだから。

しかしそんな違和感《いわかん》をものともせず、マイペースな博士は柔和《にゅうわ》な笑みだけを老囚人に向けて、ぷかっと得意気に紫煙《しえん》を吐《は》き出した。

「私が誰か、か……そうだね、〝謎を解き明かす者〟とでも言っておこう。見たまんまの一介《いっかい》の研究者さ。そんな答えじゃ、ご不満かな？」

「……」

「だんまりは嫌《きら》いじゃないよ。だからついでなら、できれば私のことも黙《だま》っていて欲《ほ》しいね。なんといっても、今の私は【智慧《ちえ》之愚宗図】の謎を解き明かすことに夢中なんだから。君たち風にいえば【フェゲル四書】だっけ」

その台詞《せりふ》を聞いた途端《とたん》、老人は大きく目を見開くと痩《や》せて骨と皮だけの身体を震わせ、胡散臭《うさんくさ》そうに女博士を睨《にら》みつける。

「それ、を……解いてどうする?」

「どうもしないよ。言ったろ、私は研究者さ。未知の事物を解き明かしそれを己《おのれ》の知識としたら、後はそれにコレクション用の名前を付けるだけだ。その後のことは知らないし、どうだっていい」

「信用できる、か。ゲスが……」

「確かに、ここの囚人《きみたち》から何人も見繕《みつくろ》って人体実験した私が言うのは、おかしいのだろうけどね。ま、私が発見し体系づけた知識が誰《だれ》かに伝わることがあれば、有効利用してくれることを願いたいね。せいぜいお爺ちゃんも祈っておきなよ、そんな未来をね」

クウィンスカ博士はそう言い終えると、薄い笑みとともに、妙《みょう》に疲《つか》れたような表情を浮《う》かべる。そしてどこか哀愁《あいしゅう》を漂わせた態度で、煙草を指でピンと弾《はじ》いた。

「安心するといいよ。私は〝席者〟にはなれないし、そのポジションに収まるには、ちょうど理想の存在を見つけたからね。研究のパートナーになってもらうつもりさ」

「せきじゃ、とは……?」

「知るべき時が来たら知るもの、かね。それでは、ぼちぼち本当に失礼するとしよう。お話できて楽しかったよ、グラム老」

「……」

最後にもう一度だけ、傍で息絶えている己そっくりの亡骸――クローンを見やり、クウィンスカ博士は再び歩き出す。これから彼女は施設内上層部にある、己の研究室に向かうつもりだ。

足取りは相変わらず気だるそうだが、今や彼女の目には、不敵な光が満ち始めていた。

そんな彼女の頭の中では、何がクローンで何がオリジナルかといった哲学的《てつがくてき》な議論など、もはや意味を持たないのだろう。

いずれにせよ、両者が同じだけの知識と記憶《きおく》を持ち、得られた経験も同様なら、そこから生み出される感情も想《おも》いも、一片《いっぺん》とてブレず同じなのだろうから。そう、もしも人が己のクローンと議論でもしようものなら、得るものも失うものもない、実につまらない結果に落ち着くはずだ。

クウィンスカ博士は上層へ向かう階段を億劫《おっくう》そうに登りながら、また煙草を取り出す。ただ、今度は無造作に咥《くわ》えるだけで、火をつける気分にはなれない。

「それにしても……席者か。ダンテも焦《あせ》ってヘタを打ったものだよ。結局、私が何を研究していたかすら、ろくに分からないままだったようだしね」

ダンテの血液を、いやここ【トロイア】に収監された囚人全員の血液を調べ尽くした自分だからこそ分かることもある。

ダンテの魔力情報体に存在した基礎ワードは実に面白《おもしろ》い代物《しろもの》だった。それは、人類の狭《せま》い生存圏《けん》7カ国に生きる人間とは明確に異なるもの。生物学的に例えるなら、いわば肉体を構成するDNAの違いとでも言えようか。それも、人種の違いなんてつまらないレベルではない。ダンテのものは異様にして異形……ほとんど、生存圏内とはまったく異なる魔《ま》法環境《ほうかんきょう》体系で生まれ育ったのではないか、というほどの適応変化を遂《と》げていたのだ。

（もしかするとダンテは〝外〟の人間なんだろうかね。それとも本当に席者としての資格を有していたのかな？　いや、それはないかな。今となってはどうでもいいことかもしれないけど。そもそも奴《やつ》は、恐《おそ》らく四書のうち二冊を目にしただけに過ぎないだろうからね）

ふーむ、とクウィンスカ博士は、誰かに語り掛《か》けるように、独りごちる。【フェゲル四書】について考えを巡らせる時、考えを整理するためか、いつも思考を一度口に出してしまうのは、彼女の癖である。

「けど、もしかすると【フェゲル四書】を理解できたのなら、特定の項目《こうもく》を読むことで魔力情報が一部書《か》き換《か》えられることを知っていたか？　いやはや、血気盛んな若者の考えることは、私には理解不能だよ」

ダンテの生い立ちは誰にも分からない。戸籍《こせき》もなく身寄りもなく、存在するのは堂々たる犯罪履歴《りれき》だけ。

そもそも今の人類7カ国は、魔物の脅威《きょうい》から逃れるために世界中から集った人々が、バベルを中心としたエリアに身を寄せるようにして生まれたもの。当然､様々な人種や言語・文化などが入り交じっている。

しかし、現生人類の魔力情報体の根幹は、基本的には同質である。これはおそらく生活魔法《まほう》を使う過程で変化しており、一般人《いっぱんじん》のレベルを超《こ》えた高位魔法師などでは更《さら》なる違い……進化とも呼べる変化が生まれている。

しかしダンテの魔力だけは別物であり、しかもそれは生い立ちなどというもの以前の問題なのだ。いわばルーツの違いというべきか、人類とはまったく別の魔法体系によって育《はぐく》まれたのではないか、と博士は推測している。

(そもそも魔力は歴史だからね。個人を超えて、脈々と受け継《つ》がれる血脈と同じ……。さて、本人はどこまで知っていたのかね)

ただそんな彼《かれ》も【フェゲル四書】の一部に触《ふ》れただけで、世界の真理を得られたような気になってのぼせ上ってしまったと言える。結果、高慢《こうまん》になり己の力に囚《とら》われ、破滅《はめつ》した。

研究対象としては疾うの昔に興味が失《う》せてしまった相手だったが、ある意味では同じ目標を掲《かか》げていたライバルだったと言えるかもしれない。

「ははっ、ならばせめて私は、もっと慎重《しんちょう》に動くかな？　【フェゲル四書】を読んだからといって私程度では到底《とうてい》、席者の座には届かないからね。そもそもアレは【アカシック・レコード】の写本に過ぎないわけだし」

クウィンスカ博士はぶつぶつ呟きながら、ちょうど二階層ぶんの階段を上がりきると、踊《おど》り場《ば》でふと足を止める。そこから、かつてダンテの独房だった場所を見下ろした。

ダンテは自分が脱獄計画を知っているのか疑っていたが、当の本人から言わせてもらえば、そんなものは分からない方がおかしい。魔力貯蔵庫を管理していた博士の立場上、小細工などすぐに見破れる。そもそもこの監獄では、日常のあらゆる出来事が型に嵌《は》まったローテーション通り、つつがなく運行されるのが最上とされる。だからこそ、少しでも不《ふ》審《しん》だったり奇妙だったりする点は、嫌《いや》でも目立ってしまうのだ。

「〝イカレ博士〟か……はは」

クウィンスカ博士は、いつしか自分のことをダンテがそう呼び始めたことを知っていた。いつの間にかその蔑称《べっしょう》めいた二つ名は監獄内に広がり、所長たるゴードンらも、陰《かげ》でたびたびその名を口にしていたはずだ。

「いくら理解不能だろうと、それはいわば方向性の違《ちが》いに過ぎない。現象を単純化し、相手のおつむが自分より劣ると一方的に思い込《こ》んだその時点で、傲慢《ごうまん》が過ぎたというわけだ。まだまだ青かったね、ダンテ君」

博士は最後の煙草に火をつけて、一口だけ紫煙を吸い込むと、それを階下に向かって投げ捨てた。

「さて、こっちもそろそろかな」

職員通用口へと向かい、そこから更に一階分登ると、彼女《かのじょ》はついに研究室の扉を開けた。

そもそも施設《しせつ》自体が外界にあるせいか、研究室とはいっても余分なものなど一切ない殺風景な部屋だ。次いで彼女は幾《いく》つかの機材が整然と並ぶ中を歩き、一際奥《おく》まった場所にある壁に掌《てのひら》を押《お》し付けると、どこかで認証確認《にんしょうかくにん》を行う機械音が響《ひび》いた。

【トロイア】の誰にも知られることなく隠《かく》し続けた場所……クウィンスカ博士の〝裏庭〟もう一つの研究室。その特別な部屋は、研究のために連れ出した囚人を使って密《ひそ》かに掘《ほ》らせた横穴の中にある。機材を集めるのに苦労はしたが、長年監獄にいると勝手も分かってくるというもの。

魔力貯蔵庫の整備や改良、囚人らの精神管理装置その他、どんな適当な理由でも多少金さえ積めば、国家様がご丁寧《ていねい》に多様な素材・機材を外界まで届けてくれるのだから、至《いた》れり尽くせりだ。

　パチリという音とともに彼女が照明をつけると、闇の中に浮かび上がったのは、左右に立ち並ぶ特殊薬液が満たされた巨大《きょだい》容器の群れだ。一つ一つが大人がたっぷり横たわれる浴槽《よくそう》ほどの大きさで、そこに眠《ねむ》っているのは皆《みな》、同じ姿形をした人物。

　今の身体であるこれで、この奇妙な揺《ゆ》り籠《かご》から自らのクローンを呼び覚ますのは、いったい何体目になるだろうか。そう、《トロイア監獄》ができる前からだから、たぶん十体ではきかないはずだ。

「正直惜しいけれど、この大騒《おおさわ》ぎの後だ……内地から新たに調査隊が来る前に、これらは廃棄《はいき》しないとね」

　博士が自壊《じかい》コードを打ち込むと薬液のチューブが外れ、容器は横倒《よこだお》しになり……しゅうしゅうという音とともに、無数のクローンたちは、溶《と》け崩《くず》れるように煙を上げて姿と形を失っていく。

　同時、その煙を振り払《はら》うようにして、研究室の奥からそっと人影《ひとかげ》が歩み出てきた。ボロ布を羽織った若い女性……その布は以前、クウィンスカ博士が奥の椅子《いす》に座《すわ》る時、膝掛《ひざか》けに使っていたものだ。

　その女に、博士はニヤリと笑いかけて。

「それで、どうだい？　今の自分の身体は……ま、もちろん本来のってわけじゃないけどね。君の本体は、下の独房で腐《くさ》り果ててるから。これで君を助けるのは二度目だね」

濡《ぬ》れそぼった黒髪《くろかみ》を手に掬《すく》って観察しながら、女は多少混乱しているのか、どうにも怪《け》訝《げん》そうな顔をする。

目覚めたばかりだからだろうか、目つきはまだ険しいが、顔立ちや身に纏《まと》う雰囲気は、どこか慈愛《じあい》というか、母性的な深い情愛の持ち主であることを感じさせなくもない。背は高く、しなやか身体つき……だがその魂《たましい》は、決して善の側に属していないことは一目で分かる。

一見穏《おだ》やかなその瞳《ひとみ》の奥には、どこか狂気にも似た破壊的《はかいてき》な強い衝動《しょうどう》と欲望が渦巻《うずま》いているようにも感じられ、一種の危《あや》ういアンバランスさがある。

かつて彼女が何を見てきたのか、いまや記憶ははっきりしないようだったが、少なくともその内側には確実に過去、とある陰惨《いんさん》な事件に関わったことの強烈《きょうれつ》な印象が残っているはずだ。

血と炎にまみれたその光景こそ、彼女がまごうことなき【鮮烈《せんれつ》なる血の転向】事件を起した大量殺戮者《さつりくしゃ》であることを教えてくれる。

過去に違法《いほう》な人体実験を繰《く》り返してきたクウィンスカ博士とて人のことは言えないが、それでも彼女とは、決定的に何かが違うのだろうと思えてしまう。

「それで、記憶の方はどうだい？　ノ、ッ、ク、ス」

「……ええ、多分大丈夫《だいじょうぶ》。いえ……必要なことは覚えてるはず。予定通りだったかしら？　メクフィスに愛着のあった傀儡《ダキア》の身体が破壊《はかい》されて……後はイリイスに」

そこでノックスは記憶をより深く探《さぐ》ろうとするかのように、指でこめかみを押さえた。

「その前は……アルス・レーギン。かつて私を、殺した……いえ、私は何とか秘術を駆使《くし》したけど、秘密裡《ひみつり》に捕縛《ほばく》されて【トロイア】に……？　ああ、まだダメね、ぼんやりとして。でも、これだけは確かかね、私の身体だわ」

そんな彼女の様子を窺《うかが》っていたクウィンスカ博士は、当然のことだと言わんばかりに肩を竦めた。

「クローンではあるけど、間違いなく下で朽ちてる君の本体と寸分違《たが》わない。若さと性能面での違いはあるけどね。その身体は人工的に造られたばかりだ、詳細《しょうさい》な記憶の欠落は避《さ》けられないよ。けど、いくら急拵《きゅうごしら》えだったとしても、私のこの貧相な身体よりかは幾分マシだろうさ。以前と比べて性能もいいはずだしね」

「ふうん、それは……感謝しなくちゃね、博士。性能については、正直まだ実感はできないけど」

記憶が徐々《じょじょ》に戻ってきたのか、ようやくノックスも、クウィンスカのことは理解できてきたようだった。

「急拵えだからといって、手抜《てぬ》きはしないさ。寧《むし》ろ、君のためにわざわざ調整《チューニング》したわけだし、なんだったら男に抱かれて子供だって作れるかも、よ？」

「へえ。これも【フェゲル四書】による、神の知識の一端《いったん》かしら？」

ボロ布でざっと身体を拭《ぬぐ》いつつ、あくまで他人に与《あた》えられた知恵《ちえ》だろうと返すノックス。そんな皮肉を鼻で笑いながら、博士は白衣のポケットに両手を突っ込みつつ嘯《うそぶ》く。

「【フェゲル四書】なんて、ただの写しだね。私はその大元に興味があるんだよ。そんなことも忘れてしまったのかな？」

一方のノックスは、もはや迷いも見せず壁際のロッカーに向かい、用意しておいた新たな服を手に取る。

「いいえ、覚えてる。だから私は〝あれ〟を手に入れなきゃいけないのよ」

そう口にするノックスの顔を、クウィンスカはその意図を探るように見やる。

「さて……何を、だい？」

「【フェゲル四書】の一篇《ぺん》、第四章【オーデオゲヒト】……そう、まずはあれを絶対に手に入れないと」

「何故《なぜ》？」

「……そんなことはどうでもいい。とにかく私は【オーデオゲヒト】を……まだ混乱してるけど、それだけは明らか」

ノックスの瞳に、強く昏い火が宿る。まるで妄執《もうしゅう》、いやまさしく妄執そのものなのだろう。女がただ宝石を欲《ほっ》するように、欲望だけが絶対。その理由が分からなくても、必ず手に入れてみせるという強い決意が、新たなノックスの身体に満ち溢《あふ》れている。

これこそが記憶の欠落の影響《えいきょう》なのだろう。しかしそれは新たな身体の副作用めいたものというより、彼女自身の能力に依《よ》るところが大きい——そう、あまりにも大きいのだ。

ノックスは、クウィンスカが彼女と【トロイア】で出会った時からそうだった。すでに記憶のもっとも古い核心的《かくしんてき》な部分がごっそり消失してしまっているようだから、当時の記憶も怪《あや》しいものだが。

死んだ他人の身体に意識を流し入れる、オカルト分野なら憑依術《ひょうい》とでも呼ぶべき異質な技。それはどんな闇系統の魔法師でも不可能に近いはずだが、現に眼前で成《な》し遂げられている今、クウィンスカ博士は、この女に強い興味を抱かずにはいられない。

意識半分を残してきた元の肉体が廃人《はいじん》と化していたことを考えると、意識だけではなく魔力《まりょく》情報そのものの大部分を、新たな肉体に移《うつ》し替《か》えているのだろう。博士としては、それこそ情報の欠落の原因だろうと、推測している。

（ほかにも何かしら副作用はあるのだろうけどねぇ。何よりノックスがもっともご執心《しゅうしん》の【オーデオゲヒト】を探す動機、その根底の記憶がポッカリ抜《ぬ》け落ちちまってる。それも意識の奥深《おくふか》くから、ごっそり奪《うば》われてしまったようだ。とはいえ、今は）

不可解を不可解のままにしておくのは性に合わないけれど、考え直してみても、目の前のこの存在は、まだ到底博士の手に負えるものではなかった。それにどうせ、まもなくこのノックスは、またもやどこかに消えてしまうのだろう。どこまでも燃《も》え尽きない蝋燭《ろうそく》の芯《しん》のような強い衝動に駆《か》られて。

少し呆れた顔で、ポケットの奥を探る博士。ようやく探り当てた箱からは、煙草の滓《かす》だけが出てきた。仕方なくデスクの引き出しを漁《あさ》り、貴重な煙草が全《すべ》て切れていることに気づいた。とりあえず過去の経験から、引き出しをひっくり返すようにして探してみることにする。運が良ければ、一本ぐらい紛《まぎ》れ込んでいるかもしれない。

「ま、好きなようにするといいさ。どこかで【フェゲル四書】の情報が入ったら知らせてあげるよ。それで名前は……前と同じ〝ノックス〟のまま動くのかな？」

彼女は少し考えるような素振《そぶ》りを見せると、首を振《ふ》って見せた。

「いいえ、ダキア・アグノイズにするわ。ノックスは一度は死んだ人物、それに本当の名前なんて初めから覚えていないもの、愛着もないわ。それに裏世界にも聞こえた重犯罪者の名前じゃ、具合が悪いでしょ。名前から変に興味を持たれて、まとわりつかれでもしたら困るもの。しかもノックスに反応するのって、軍でもかなりの上層部の人間でしょうから、面倒臭《めんどうくさ》くなるの確定だし」

「そうかい、じゃあダキアの身体はどうなった？　そろそろ腐る頃合《ころあ》いじゃないか？　君の頼《たの》みで防腐《ぼうふ》処理を最低限にしたんだからね」

「ええ、ちょうどいい頃合いだったわね。彼女の身体はとても使い易《やす》かったけど、メクフィスに壊《こわ》されてしまった。できれば自然の中で朽《く》ちさせてあげたかったわ」

「無理をするじゃないか。思い入れがあったんだろう。記憶があるか知らないが、君はあの身体を抱えて訪《こ》ねてきた時から、万が一のときのためにと言っていたからね」

「そう、そうだったわね」

ダキアというのは、かつてある女の名前だった。陽気で愛嬌《あいきょう》があり、誰からも愛された女性。ただしその体は病弱で、優《すぐ》れた資質がありながら魔法師の道は選べず、二十歳《はたち》を迎《むか》えたとある夜一人静かに旅立った。きっと彼女が死んだ原因には強大な魔力量の影響もあったのだろう。魔力を扱《あつか》える素地が育たず、魔力が上手《うま》く放出されていなかったのだ。

かつてノックス――ただしその頃は別の名前だったはずだ。今となっては思い出せない――が偶然《ぐうぜん》出会ったダキアは、未練がましそうに魔法師となった自分を夢見ていた。今を楽しく生きている一方で、途絶《とだ》えた可能性をいつまでも夢想している哀れな女だった。だから彼女があっさり息を引き取った夜、ふいにどんな顔をしているのか見てみたくなった。死んだことで魔力が体外へと抜けていったらしく、魔力から彼女の居場所を突き止めるのは容易なことだった。

踏み固められた土の道路に面した瀟洒《しょうしゃ》な集合住宅の三階に彼女——ダキアの部屋があった。階下は酒場と、普段ダキアが働いていた薄暗い書店となっている。

そこらで拾ってきたような粗末《そまつ》なパイプベッドに薄《うす》いマット。ダキアはその上で、ペラペラに薄くなった綿のような布団《ふとん》を掛けて、眠ったように死んでいた。この綺麗《きれい》な顔のどこに病魔《びょうま》が巣食っていたのかと不思議でならなかった。窓を開けて換気《かんき》をし、夜風にあたりながら、しばし框《かまち》に腰《こし》掛けた。別に意味もなく、ただなんとなく彼女の顔を見て、少しだけその部屋に留《とど》まったというだけだ。

彼女の身体に目を付け、それを恰好《かっこう》の容れ物だと考えたのは、今でも理由が分からない。単に魔法師になりたかったであろうダキアの願いを叶《かな》えようとしたのかもしれないし……そうじゃないのかもしれない。ただ利用するにはうってつけの状況《じょうきょう》だったことだけは間違《まちが》いないだろう。いずれにせよ、ノックスが今後、ダキアの身体を使う時が来れば、生前彼女があれほど望んでいた魔法というものを用いる機会が、十二分にあることだけは事実だった。

その後、人知れずダキアの身体を持ち去ったノックスは、特殊な薬液と特製の冷凍《れいとう》ケースを用いて、爪《つめ》の一欠け、髪の毛一本たりとて腐り落ちることがないよう、完全完璧《かんぺき》に保存した。

それが、二十数年前。

その後、彼女は紆余曲折《うよきょくせつ》を経て、犯罪組織クラマに属することになった。元々偽名《ぎめい》を用いていたが、念のためクラマでもあえて「ノックス」というコードネームを名乗り、凄惨な事件を起こし……あの〝狂宴《きょうえん》〟の場でアルス・レーギンに討《う》ち取られて死を待つばかりの重傷を負った。

だがその後、密かに【トロイア】に運ばれ重罪人として収監されたノックスは、そこでクウィンスカ博士と再会する。

己のクローン作りをはじめ、肉体と意識をめぐる研究をしていた博士は、ノックスの秘術に以前から興味を持っていたのだ。

個人としての意識はもちろん、経験や魔力情報その他蓄積《ちくせき》されたもの全てを情報として他の身体に転写するノックスの秘術だが、その根源はやはり魔力を媒介《ばいかい》するものだ。加えて魔力領域よりさらに深い領域で、ノックスはいくつかの身体と己の存在の根幹をリンクさせて操《あやつ》ることもできる。ただ、本体が入れるのは死体に限られている。生きている相手、特に魔力を操れる魔法師などではノイズが入るため、新たな器には息の絶えた身体を使わなければならないのだ。その点において、様々な身体をいじり回し囚人の死体の扱いにも慣れているクウィンスカ博士との再会は、まさに運命的だったともいえるだろう。その後は博士の助けもあり、負傷した己の命が尽きる前に身体を捨て、内地に保管してあったスペアの器、あの女《ダキア》に乗り移った。

そう、これを起点にノックスはついに、ダキアとして活動を始めたのだ。

自分の身体を捨てトロイア監獄を脱出《だっしゅつ》し、ダキアとなったノックスはハイドランジ軍に仕官し、女性魔法師ダキア・アグノイズとして再び監獄外での活動を再開したのである。

アルスが親善魔法大会で見た姿は、そのハイドランジの魔法師としてのものであった。そこで情報収集に明け暮れ、魔法の奥義《おうぎ》を極《きわ》めていくことでノックスは愚《おろ》かなダキアの望みを叶えてやった。もっともその身体もいつかの遭遇《そうぐう》の折、メクフィスによって破壊されてしまったのだが。

その後はやむを得ず、クウィンスカ博士が作った予備の女型の身体をいくつか使って活動を続けてきた結果、さらに新たな収穫《しゅうかく》があった。

メクフィスが隠していた【フェゲル四書　第一篇】の隠し場所を突《つ》き止めることができ

たのは、中でも一番大きな成果といって良いだろう。またハイドランジの魔法師としては、政治的パイプを使っての種々の情報も大っぴらに手に入れることができた。

もっとも本当の名前を思い出せるのが一番良いのだろうし、いっそメクフィスに知られている名は捨て、このまま別人に成りすましても良かったのだが、ダキアという名前には妙に愛着があった……どこか懐《なつ》かしい気がしたのだ。ノックスという偽名の代案として真っ先に浮かんだからには、少なからず縁《えん》もあるのだろう。

あのおっとりした外見の雰囲気と、それに相反するように内に抱えている苦悩《くのう》。きっと彼女の苦悩は、類まれな魔法の才という可能性を蝕《むしば》み続ける、宿業《しゅくごう》的な病気のことだったのだろうが、意識と肉体の乖離《かいり》を常に抱えている身としては、妙にしっくり来る気がした。

だからこそ、この身体でダキアを名乗ろうと決めたのだ。

何より……。

「〝ノックス〟でいるより、ダキアの方が気が楽なの……よ」

実際、自分のアイデンティティを「ダキア」と決めた途端、彼女の周囲に張り詰めていた空気が、いささか弛緩《しかん》したようだった。

確かにクウィンスカ博士としても、こちらの彼女の方が話し易い。

「分かったよ、ダキア。あんたはあんたの目標のために、私は私の目標のために動こう。

ま、互《たが》いに利害が一致《いっち》したからできた協力関係だしね」

「ええ、分かってるわ〜。それで、私が眠ってる間に何か面白いことがあったのぉ？」

たちまち喋り方まで朴訥《ぼくとつ》な娘《むすめ》風に変化するダキア。肉体はもはやおっとりした小娘《こむすめ》というには大人なので、まだ多少違和感はあるが。

博士は一度頬《ほお》を緩《ゆる》めると、すぐに肩《かた》を竦《すく》め、口端《くちはし》をニッと上げる。

「その口調、見た目と合わないよ。それはそうと無論、大事件はあったさ。静観すると決めていたバナリスで、面白い事象が観測できた。あの地に姿を変えて潜《もぐ》り込み、天候操作魔法によって雪で閉ざしたメクフィスの小細工とは別に、だ」

「ふぅん、何が目的だったんだか。でもどうせあいつ、失敗したんでしょ？」

「……さあね、どうかな。それよりも」とそれについては興味なさげにさっさと否定した直後、矢継《やつ》ぎ早《ばや》に捲《まく》し立てた。

「なんと、誰かがかの地で、【アカシック・レコード】にアクセスしたんだよ。私ではなく、クラマでも、勿論《もちろん》メクフィスでもない。こんな痛快なことがあるかい」

クフフフッと不気味に笑うクウィンスカ博士を目の前に、ダキアは幾分冷静さを取り戻《もど》したように。

「そう、ついに念願叶ったたってわけ。ああ、それで大事なクローンを廃棄処分にしたの？」

「ああ、長年の研究を一足飛びに後輩に追い抜かされた気分を、痛快と言わずしてなんと言おう。それに、ここを出ていくのにクローンは連れていけないからね。内地から調査班だか調査部隊だかが来る前に、データだけでも持ち出すつもりさ。クローンに詰め込んでいければ良かったんだが、仮想増設脳じゃまだ重複した記憶までは無限積蓄できず、同時稼働《かどう》も不可能だ。下手をすると一斉《いっせい》に自意識ごと吹っ飛んで、神経細胞《さいぼう》の自壊に繋がるんだよね」

ダキアの能力がクウィンスカ博士のクローン実験の精度を上げたのは確かだが、その貴重なサンプルにして協力者のダキア本人からしても、実験の詳細な内容まではさっぱりだ。

ただ大まかに言って、同じ記憶を持つクローンを同時に複数起動させることは危ういということだろうと理解する。

「それで、【アカシック・レコード】にアクセスしたのは誰なのぉ？　クラマの誰か、メクフィスあたりぃ？」

「この場所からじゃ、表向きはメクフィスが引き起こしたらしい異常事象を観測するのがせいぜいだったからね。とにかくあの場に禁断の領域を越えて、神だか悪魔《あくま》だかの叡智《えいち》に触れた者が出たってことだけだよ。いずれにせよ【アカシック・レコード】へのアクセスには〝鍵《かぎ》〟が必要だ。今後はそれを突き止める必要もある、やることは多いよ」

「随分《ずいぶん》と楽しみが増えてきたのね。それじゃあ、私はそろそろ行くわね」

「それには同意するけど、せめて私も、内地までは連れて行ってもらわないと困るよ。私みたいなひ弱な人間は、自分の足じゃ外界を半日も歩けやしないんだから。この身体は戦《せん》闘《とう》に不向きすぎて、ここらの魔物《まもの》相手にも二秒と持ちこたえられないだろうからね」

「ああ、そういう約束だったたっけね」

ダキアは思い出したように呟くと、新たな服を完全に着こなし、クウィンスカと一緒に研究室を出る。それから振り返りもせず腕《うで》を後ろに回しざま、無用となった秘密の部屋に向け、巨大な魔法の火を放った。

かくして――外界から内地に向け、二つの人影は歩み出した。

神をも恐れず無限の知識を暴《あば》かんとする無謀《むぼう》な智慧者《ちえしゃ》と、愛執《あいしゅう》に狂い魂の原型を求める異形の魔法師が、人の世に舞《ま》い戻る。

第90章「神智と魔書」

この第2魔法学院において、ダンテらの襲撃《しゅうげき》事件は、まさに歴史に残る最悪の一幕となった。警備員や教員らに死者を出した未曾有《みぞう》の凶行《きょうこう》により、本来なら、いつの間にか慌《あわ》ただしく過ぎゆくのが恒例《こうれい》のはずだった新年最初の日々は、稀《まれ》に見る激動のものとなってしまったのである。

魔物ならまだしも、人間の犯罪者によるものだったのだからショックは大きい。襲撃事件の余波を受け、生徒の精神ケアを重んじた第2魔法学院は、すぐに特別長期休暇《きゅうか》を設けることとした。

そして生徒の大部分が親元に一時帰省したのと入れ替わるように、学院の日常風景は一気に物々しくなった。明らかに軍関係者と分かる警備員の姿が増え、殺伐《さつばつ》とした空気が、学院に重くのしかかっている。もはや学舎としての活気は失われ、ほとんど軍施設《しせつ》の一部かと思えるような、剣呑《けんのん》な空気が漂《ただよ》っていた。

そんな中、アルスのもとへ秘密監獄《かんごく》【トロイア】から脱獄した囚人《しゅうじん》が全員、捕縛もしくは抹殺《まっさつ》されたという報告が改めて届いた。

それは、彼が脱獄囚を扇動したダンテを倒《たお》し、学院へと戻った翌日のこと。

あの戦いについてベリックへの報告は至極《しごく》あっさりしたもので済み、アルスは戦闘後、回収した【ミネルヴァ】を軍本部に提出、その後は簡単な調書取りに付き合っただけであっさり解放されている。

その翌日彼のもとに届いたのは、調書内容の念押《ねんお》し詳細確認《しょうさいかくにん》に加え、上記の事件の顛末《てんまつ》がまとめられた、一束の報告書のみであった。

もっともアルスの裏の仕事は大体こんなものである。特にこういった汚《よご》れ仕事は、公にされることなどなく、全ては上層部の限られた人間だけが把握《はあく》し、秘密裡に国家機密という暗闇《くらやみ》の河に流されて消えていくだけだ。

今、アルスが住んでいるのは、半壊《はんかい》した研究室に代わる仮住まいである。

そこにあつらえられた簡素な二人掛けソファーに座ると、アルスは同じく飾《かざ》り気《け》のない簡易テーブルを手元に引き寄せてから、その上に無造作に置いた資料を改めて眺《なが》める。

「ヴィザイスト卿《きょう》の方も心配だったが、さすがに杞憂《きゆう》だったか。国内にいた脱獄囚の残党も、人的被害《ひがい》を最小限に抑《おさ》えて制圧されたようだな」

文面こそ簡素だったが、この報告書は同時に、現ソカレント家当主の比類なき情報収集手腕《しゅわん》を証明している。

　中でも目を引いたのが「人間の魔物化」というオカルトめいた現象についての一項目だ。それを目にしてショックを受けた生徒達《たち》には、徹底《てってい》した緘口令《かんこうれい》が敷《し》かれたが不十分であるのは火を見るより明らかだった。

　なので世間的には、魔法犯罪者が秘密裡に魔物を内地へと引き入れたと報じられた。それでも軍への不信感が強まるのは避けられず、アルファ軍はやむなく、わざわざ魔法師第1位を投入したことで、迅速《じんそく》かつ万全《ばんぜん》な事態収拾《しゅうしゅう》に成功したとして火消しを急いだ。総督《そうとく》であるベリックには向かい風な状況を招いたが、各国も秘密監獄【トロイア】で起きた不手際《ふてぎわ》を隠匿《いんとく》するため協調姿勢で声明を出した。

　なお脱獄囚らが魔物化した〝人魔〟どもは、実は極秘《ごくひ》裏のうちにリリシャ率いる一隊によって処理されたようだったが、確かに学院内では、あの時ダンテが示唆《しさ》した通りの現象が起きていたようだ。

（まあ、対応としては最低限といったところか。外界と隔離《かくり》された生存圏内《けんない》で、一般《いっぱん》市民らの間でも人魔化が取りざたされるようになればパニックは避けられなかっただろう。総督、というより各国が首の皮一枚で救われたな。ヴィザイスト卿の情報遮断《しゃだん》処理も流石《さすが》だ）

　そのヴィザイストといえば……娘たるフェリネラが、学院で脱獄囚の中でも要注意人物であったミール・オスタイカと一戦交えている。

その結果は、アルスにとっても驚《おどろ》くべきものであった。なにしろフェリネラがミールを始末したというのだから。本来、相手が一級犯罪者となれば、学生身分の彼女ならば難を逃《のが》れるだけでも精一杯《せいいっぱい》というのが普通《ふつう》だろう。

アルスとしても詳細を知りたいという思いはあるが、報告書の中でも、フェリネラの戦闘の関連部分になると、どうにも手が止まってしまったのも事実だった。

なにしろ、他の部分ではあくまで淡々《たんたん》と理知的だったウィザイストの報告書文面が、ここだけは実に混沌《こんとん》とした表現になっている。あっぱれとばかり娘の実力を誇《ほこ》らしく思う気持ちと、男親として大事な宝を危機にさらしたという忸怩《じくじ》たる思いのせめぎ合いがストレートに文面に出ていて、第三者としては、どうにも読み進めづらいのだ。

なおかつ親馬鹿《おやばか》の極みとばかり「早く誰か、娘を完璧に守れるような実力ある男と、誠実な信頼《しんらい》関係を築ければ……」的な私信風の文面まで追加されている。アルスとしては、いわばお転婆《てんば》娘の早期保護を求められているようでもあり、正直、面倒《めんどう》くさい。

（そっちの詮索《せんさく》はしない方がいいな。いや、近いうちに見舞《みま》いにでも行くか）

最後に、もう数枚だけ追加されていた手書きメモを見つけ、アルスはさっと目を通す。

こちらは総督のベリックからで、連絡《れんらく》とも愚痴《ぐち》ともつかない懸案事項《けんあんじこう》が書き連ねてあるようだが、やはり最初の主題は「人魔化」関連のことだった。

「ふむ……確かに元凶《げんきょう》を深く探るには、人魔化に用いられたという高純度アンブロージア関連を当たるしか手がないだろう、というのは同意だな。ま、でもそっちは【アフェルカ】が動いているだろうし、俺《おれ》はノータッチだ。俺にだってやることがある、【フェゲル四書】関連の下調べとかな」

心なしか気分が高揚《こうよう》してくるのは、研究者としての性といえよう。チラリと金庫を見たアルスは、内心で素早《すばや》く今後の予定を組み上げる。

それから本当の締《し》めくくりとばかり、ベリックからのメモの最終段落を確認《かくにん》し。

「具体的な内容が明示されていないが、つまりはレティが【トロイア】の調査に赴《おもむ》いたということか？　確かに各国の合意に基づく建造物だったようだが、ずいぶん思い切った判断だな、そのおかげで初動はかなり早かったようだが」

脱獄《だつごく》事件の発生が判明した時点ですぐにレティに指示が出たようだが、そのタイミングなら、各国との政治的調整などが差し挟《はさ》まる余裕《よゆう》はなかったはずだ。

事件発生の場に直行とはいえ、アルファのみが独断専行で現場を荒《あ》らすことは許されず、当然この任務は隠密《おんみつ》性を帯びていただろう。あまり彼女向きの仕事とも思えなかったが、それなりの成果はあったようだ。

「ふむ。オートロックが切られ全独房《どくぼう》が外部から解錠《かいじょう》されている痕跡《こんせき》有り、か」

つまりは監獄の高位管理者の中に、直接手引きした者がいたということだろう。ファノンらの言っていた監獄の所長と副所長のことが即座《そくざ》に頭に浮《う》かぶ。動機は不明にしても、彼らがダンテと繋《つな》がっていたのなら、状況的《じょうきょうてき》にも納得《なっとく》はできる。

「それに、白衣を着た職員の不審な死体……?」

(服装からすると医者か学者、研究技術者? 医者以外だと監獄にいるのは不自然だが……ん、あそこじゃ、供給刑《けい》も執行《しっこう》されていたんだったか)

魔力を囚人から強制徴収《ちょうしゅう》する供給刑。それが実施《じっし》されていたというなら、搾《しぼ》り取った魔力を貯蔵する大掛《おおが》かりな機器が必要になるだろう。軍属のメンテナンス要員が駐留《ちゅうりゅう》していてもおかしくはないが。

次の記述に目をやると、そこには詳細説明の代わりに、半分焼けた跡《あと》のある写真が小さく加工されて貼《は》り付けられていた。

「クウィンスカ……。魔力貯蔵庫の責任者」

コピーとおぼしき写真付きの職員証はかなりぼやけている、が。

「肩書《かたがき》だけを見れば技術者っぽいが、こいつはたぶん裏仕事に通じた研究者だな」

倫理《りんり》や外面より己《おのれ》の知的好奇心《こうきしん》を優先する、危うい研究者肌《はだ》という意味では、アルスにはいわば似たもの同士として、直観的に理解できる部分がある。そもそも秘密監獄にいるという時点で、真っ当な研究者ではない。

死んだ者に興味など湧《わ》かないが、何故この資料を添付《てんぷ》しているのかは気がかりであった。レティは不審死というところに目を向けたのだろうが、ここから読み取れる情報は限定的で、結論を引き出すにしても強引《ごういん》な推論どまりだろう。

アルスは半ば強引に思考を切り替え、全情報をひとまず脳味噌《のうみそ》に叩《たた》きこむ。それからべリックの最後の指示に従って素早く指を弾《はじ》くと、呼び出した小さな炎《ほのお》で資料を燃やした。

そんなとき、背後から遠慮《えんりょ》がちな声がかかった。

「アルス様、お仕事は終わりましたでしょうか。ちょっとお聞きしたいのですがこの訓練は、どうなれば正解なのでしょう？」

魔法式が描《えが》かれた敷物《しきもの》の上で座ったまま瞑想《めいそう》していたロキが、片目を薄く開けて訊《たず》ねる。

確かに実験的な部分のある訓練方法だが、アルスが考えるに、継続《けいぞく》すれば確実に一定の効果があるはず。

「どうなれば、か。実験に自ら志願した割には随分と不安顔だな」

「いいえ！　そうではないのですが……あちらのその、資料のほうも気になりますし」

慌ててロキの視線が泳ぎがちに向いた先は、壁《かべ》の横に置いてある妙《みょう》な容器だ。ただし気になるのは容れ物そのものではなく、中の特殊薬液《とくしゅ》に浸《ひた》してある魔核《まかく》であろう。見れば室内にはその他にも、外界からの帰還《きかん》中に調達した貴重な素材や実験物がごろごろしている。

無論、本来なら内地に持ち込むだけで厳重な検査が必要なものばかりだが、件の魔核は、極めつけの代物《しろもの》といえる。

とはいえ魔核については、ロキとしても過去の対アルス戦での【依り代】使用をめぐる苦い経験から、あまり人のことを言えないのだが。

「大っぴらにはできんが、総督の許可はとってある。これまでも研究の素材としていくつか持ち帰っていたからな」

「それは、軍部内だったから許可されたのでは？」

「同じようなもんだ。それに活性化しないよう処理してあるから大丈夫だろ。そもそも今回の任務の特別報酬兼《ほうしゅうけん》【ミネルヴァ】奪還《だっかん》ボーナスとして総督を頷《うなず》かせたんだ。お互いに持ちつ持たれつでいいだろ？」

もっとも正確には、魔核の格付けについて最低限の制約はついている。この魔核はBレート程度で、万が一活性化しても十分対処可能だ。学院が厳戒《げんかい》態勢に入っている今の間だからこそ許された特例といえる。

「ダンテを屠《ほふ》った実績ついでに、国内危機管理用のリスクヘッジとして、俺の力も随分と

制限が緩和されたからな。とは言っても、その魔核が、お前に対してどこまでの効果があるかは分からないけどな」
「効果というのは？」
「まだ秘密だ。ま、そろそろ一息入れていいぞ」
「はい」
素直《すなお》に従い、ロキはストレッチ後のようなじんわり火照《ほて》った身体に、白い喉《のど》を鳴らして
手近なコップの水を流し入れた。その様子を尻目《しりめ》に、アルスは。
「そうだ、もう一つ面白《おもしろ》い報告がある。ファノン・トルーパーがアルファ国内で脱獄囚と
交戦した際に、件の新型ＡＷＲと思《おぼ》しきものがぶっ壊れて、あちこちに部品が四散したら
しい。もっともアルファの連絡員が、クレビディートの奴《やつ》らが慌てて回収してる様子を見
た、というだけだが」
「クレビディートで盗《ぬす》まれたというＡＷＲのことですよね？　確か名は、【バルバロス】
と【カリギュラ】」
「だな。向こうも仕事を完遂《かんすい》したようだ。んで、おそらく銃《じゅう》型の方の部品については一部
のみ、精密なコピーが取れたらしい。まあ俺にも詳細情報を出し渋《しぶ》ってるところを見ると、
軍の上層部もかなり興味を持っているみたいだな」

過去の銃型ＡＷＲはほとんどが実弾《じつだん》を撃《う》ち出す発想から抜けきれなかったため、対魔物《まもの》戦闘《せんとう》での有効性が低く、実用的ではなかった。アルスの記憶《きおく》が確かなら銃型ＡＷＲをより進化させるために、魔法《まほう》の力を封《ふう》じた【魔弾《まだん》】の製作が必須《ひっす》だ、と判明したあたりのところで研究が止まっていたはず。逆に言えばそれを利点に変換《へんかん》しない限り、魔物との戦いに銃型ＡＷＲを投入する意味はゼロだったのだ。

「一発一発を使い分けるとなると汎用性《はんようせい》に欠け、かつそれぞれの弾《たま》に魔法式を組み込《こ》むのも手間だから、７カ国でもさらに研究を推《お》し進《すす》めた国は、皆無《かいむ》だったはずだ。ちなみに魔弾の発想は弾そのものじゃなく、銃に魔法式を刻むといった実験的アプローチもあったようだが、技術的な問題で総じて実現しないままだったと聞いている。勿論どちらも魔弾には違《ちが》いないし、それぞれに利点と欠点があったようなんだが。ただ、今回の新型は、ついにその壁を突破《とっぱ》できたことが大きいんだろう。銃型はそこさえクリアすれば【魔弾】以外に、旧来の対人制圧用武器としても使用できるだろうからな」

「アルス様も、以前学園祭で熱心に分解されてましたよね？」

含《ふく》みのある言い方にアルスは、適当に相槌《あいづち》を打つ。

「まあな、俺もそれなりに興味があったんだ。魔弾以外に、杖《つえ》、槍、刀に剣《けん》といった通常ＡＷＲと同じように、魔法使用の補助機構も備え付けられれば、さらに利便性は増す。その技術的限界点が突破されたなら、おそらく今後量産も可能だろう、が」

「が？」と、ここで首を傾《かし》げたロキの頭がコトリと倒《たお》れる。

「長らく見向きもされてなかったタイプのＡＷＲだ、いまどきの魔法師は皆《みな》、一部例外を除いて、ＡＷＲといえば長物や通常武器タイプに慣れてる。果たして満足に扱える奴がどの程度いるかだな。後は、本気でやる気ならクレビディートの先行技術を追うような、本格的なプロジェクトを立ち上げなきゃならん。なのに、報告書を見ると肝心《かんじん》な部分の情報は取れてないようだ」

アルスの予想では、例の最新銃型ＡＷＲは、たぶん銃身《じゅうしん》に根幹となる機密があると考えている。先に触《ふ》れた、弾そのものだけでなく、銃本体にも魔法式を刻む発想だ。それも射出の工程で魔法式を辿《たど》れるように組み込めれば、一番いい。

自分なら絶対に銃身に工夫《くふう》を凝《こ》らす。だが、さすがに肝心の銃身部分の部品は、アルファの諜報連絡《ちょうほうれんらく》員もコピーすることができなかったようだ。

「クレビディートも、随分と進んでいるんですね。正直ＡＷＲ開発の分野については、アルス様と一部の突出《とっしゅつ》した秀才たちを擁《よう》するアルファか、企業《きぎょう》による総合研究開発力で勝るルサールカのどちらかが、最先端《せんたん》だと思っていました」

それにはアルスも同意である。アルファは個人用のカスタマイズ、いわゆるオーダメイドまで対応できるＡＷＲ職人が豊富だ。一方で大手のＡＷＲメーカーはルサールカに多く、大量生産に強い。現在、国際ＡＷＲ市場のシェアの半分はルサールカが占《し》めている状況だ。

「実際、クレビディートはその分野では後続だったのは間違いない。発想もちょっと異質というか、外見的に奇《き》を衒《てら》ったものが多いからな。先のファノンのやつを見たろ？　傘型《かさ》なんて、俺でも初めて見たぞ」

そう、確かにファノンの傘型ＡＷＲは衝撃《しょうげき》的だった。もっともそれを使いこなし、寧ろ傘型である利点を最大限まで引き出しているのは、ファノンの個性的な才能によるものだろう。ジャンの球体状やレティの指輪型も人のことはいえないが、全般《ぜんぱん》にシングル魔法師の愛用ＡＷＲは、尖《とが》ったものが多い。

「ですね。ですが結局は、ＡＷＲそのものの性能というより、それを最大限活用するための魔法式を工夫し、練り上げることこそ重要なのではありませんか？　ならば、アルファには最大の功績者がおられるかと……！」

我田引水《がでんいんすい》というわけではないが、何かとアルスを持ち上げようとする気配が感じられるロキの誘導《ゆうどう》と興奮がちな表情に、アルスはやや面映《おもは》ゆい気持ちで顔をしかめた。

自慢《じまん》する訳ではないが、確かに少し前までは、あらゆる魔法式は前例と定型を重んじ余計な工夫などは凝らさず、素直に組んでいくものという思想が主流だった。その流れを変えたのは、アルス自身だ。

そもそも魔法式の研究は根気が必要で、長い時間をかけて試行錯誤《しこうさくご》しなければ成果が出にくい。優秀《ゆうしゅう》な才能をそこに振り分ければ、資金だってかさんでいく。

そんな中、アルスはたった一人で独自に魔法式を研究することで、彼《かれ》オリジナルともいえる改良法をいくつも編み出している。既存《きそん》の概念《がいねん》に捉われず最高効率を求めての自由な発想が可能なのは、魔法そのものに対する深い理解と、系統を問わずあらゆる魔法に精通しているからこそでもあった。

「ま、AWRに刻む系統式と単一魔法式の発展への貢献《こうけん》に関していえば、俺も多少の自信はある」

「ご謙遜《けんそん》を。そもそも私の新魔法【火雷《ホノイカヅチ》】だって、あそこまで魔法式を改良できるのはアルス様だけでしょう！」

なるほど、そこに話題を着地させるかと、アルスはやや苦笑《くしょう》し。

「分かった分かった。それはもういい。実際に雷霆の八角位の中で二つも扱えるロキには敵《かな》わん。ロキが魔法を正しく再生できたのだから、お前の方こそ賞賛に値する」

「私ですか!?　は、ははっ、やめてくださいアルス様」

照れ気味のにやけ顔をぶんぶん横に振りながら、ロキは過剰《かじょう》な賞賛を固辞するように両手を押《お》し出し、謙遜の様子を見せる。

だがアルスとしても実際にお世辞などではなく、雷霆の八角位を扱える魔法師は限りなく少ないのだ。魔法式を入手することさえ難しい上、ましてや【ホノイカヅチ】には未完成の魔法だと思われる節がいくつかあった。

ロキが召喚《しょうかん》魔法の構成を組み込むという提案をしなければ、その復活は机上《きじょう》の空論で終わった可能性も高いのだ。

しかもアルスですら、一度は覗《のぞ》き見た【アカシック・レコード】の関連記憶が想起されなかったことを考えると、【雷霆】周りの魔法を開発・再生していくのは、非常に狭《せま》き道といえる。少なくともこの分野に対する直観的センスにおいて、ロキが非常に優れていることは疑いない。

お互いに褒《ほ》め讃《たた》えあうという奇妙《きみょう》な空気になってしまったが、アルスとしても【ホノイカヅチ】の件は、十分に満足いく成果があったといえる。

顔を真っ赤にしてもじもじするロキを呆《あき》れたようにもう一度見つめてから、アルスは、一先《ひとま》ずこの話題に終止符《しゅうしふ》を打つことにした。

「ま、銃型ＡＷＲがそれなりに簡易に大量量産できるようになれば、魔法師の戦術形態がガラリと変わる可能性は高いな」

そうは言ってみたものの、実態がどうなるかは、いざそんな未来が来るまではまだ不明な部分もある。何しろ戦場で魔法師が生命を託《たく》す装備なのだから、耐久性《たいきゅうせい》や実用性に関する試験その他、越《こ》えなければならない多様なハードルがあるはずだ。

とはいえ、一定の実用性さえあれば後は好み次第《しだい》、というところがあるのも事実だ。

俗《ぞく》に、一つの道に通じた名人・達人になればなるほど、粗末な道具でも実力を発揮できるという。これは逆にいえば、実力さえあれば使用するものの形は問われないのと同様。

繰《く》り返しになるが、現状のシングル魔法師達の愛用AWRとその形態についての実情が、それを明確に示している。

「そういうことでいうと、シングルのみならず二桁《けた》以下の高位魔法師にも趣味《しゅみ》人・変人が増えてくれれば、どんどん奇抜《きばつ》なAWRが出てきてもおかしくはないか」

「そういうものですかね？」

かくいうロキのナイフ型も実は言うに及《およ》ばずで、いちいち高価なAWRを何本も揃《そろ》え、投擲《とうてき》したり遠隔《えんかく》操作したりというのは、考えてみるとかなり贅沢《ぜいたく》な使い方である。

「そういえば、ロキのAWRは何本あるんだ？」

「まず、手元には常に百……あとは定期的に追加製作してもらっています。あっ、アルス様がご贔屓《ひいき》にされているAWR工房《こうぼう》があるとお聞きしましたが、今後、そちらに発注した方がよろしいでしょうか？」

大方【宵霧《よいぎり》】を製作したブドナ工房のことを言っているのだろうが、あの老人にそんな大量の発注をかけたら過労死するに決まっている。

「やめておけ。だいたいロキのＡＷＲは、全《すべ》ての主軸《しゅじく》となるとっておきの一本《マスターナイフ》があるんだろ？　ああだこうだ構うのはそれぐらいで、残りは大量生産がきく軍にでも頼んでおけ。【ホノイカヅチ】に関《かか》わるマスターナイフのメンテぐらいは俺がやってやる」

「分かりました」

とはいえ、安くはないナイフ型を定期的に追加発注とは、ロキも大概《たいがい》だと感じるやり取りである。相当に金食い虫なはずだが、軍にいた頃に随分と稼《かせ》いだのだろう。

それからアルスは、ロキのＡＷＲに施《ほどこ》した【ホノイカヅチ】の魔法式を再チェックする作業に取り掛《か》かった。

その作業の間、ロキはもう一度、例の瞑想めいた訓練に集中するようだ。

奮闘《ふんとう》中のロキの姿を横目に、ＡＷＲを分析《ぶんせき》機に通し、データを読み取る。

その間に、アルスはこれからやるべきことを同時に脳内でリストアップした。

1．【ミネルヴァ】についての考察

2．【フェゲル四書】の研究
3．脱獄囚の人魔化についての調査
4．テスフィアとアリスの訓練

（ふむ、とはいえ【ミネルヴァ】については、多少なりとも理解は進んだからな。あれが古代遺物の核《かく》で、同時にあらゆるＡＷＲの始祖的存在というのはどうやら本当らしい。未知の機構についてはもっと研究したいが、もはやあれは軍本部預かりになってしまったからな。次にお目にかかれるのがいつか、といったレベルだよな）

それこそ、もしかするとダンテが言い残した【ミェルカーヴァ】とやらが見つかった時、かもしれない。

（【ミェルカーヴァ】……神の移動要塞《ようさい》。ダンテはずいぶんご大層な名で呼んでいたが、古代の叡智を集結した遺物なんだろうな。一応、ベリックにも伝えてはおいたが）

アルスが伝えた情報の信憑性《しんぴょうせい》は、もしかするといずれ【ミェルカーヴァ】そのものの発見により、証明されるかもしれない。

詳細《しょうさい》は不明だが、それが隠蔽《いんぺい》されていると思しき座標は、ダンテが向かった外界のどこか……具体的にはアルスが途中《とちゅう》でダンテに追いつき、対峙《たいじ》した地点の近くだろう。

いわば大まかな場所のみは分かっている状態だが、アルファは現在、先の【アフェルカ】がらみのシセルニア弑逆計画や脱獄囚らをめぐる混乱の余韻《よいん》、加えて新たに〝学院襲撃と人魔出現〟問題で揺《ゆ》れている最中だ。

さらに諸々《もろもろ》の事件のせいで印象が遠ざかっているが、テスフィアのフェーヴェル家と【テンブラム】に直結し、なおかつ政界の裏で暗躍《あんやく》しているとおぼしきウームリュイナ家の問題さえ解決していない。

こんな中で、うかつに古代の大遺物などが発見されたら、それこそ事態の収拾が付かなくなる。老練なベリックのことだ、そのへんのことはたっぷり余裕を持たせ、時期を見計らって着手するつもりなのだろう。

（それにしても旧時代の遺物とは。【フェゲル四書】の一節に記載《きさい》があるだけでも、いくつか似た物が存在するようだが。いわば魔法遺物、アーティファクトと言ったところか）

すでに魔法に関しては、ほとんど全面的に精通している自分だ。それこそアルスの右に出る者は特定分野に関してのみ、ごく少数が存在するにすぎないというのに。

ここに来てまだ学びがあることが、己の知識に深長の余地があることが、どこか嬉《うれ》しくて仕方なかった。

しかし、何はともあれ【ミネルヴァ】関連が後回しとなれば、取っ掛かりになるのは【フエゲル四書】だろう。もっと研究し解明できれば、アルスの最終目的である〝自ら〟――正確には、己が持つ異能についても、何か分かるかもしれない。

そもそも異能は、今の魔法体系からしても飛びぬけて異質である。現代の魔法学では説明できず、それこそ物語や伝承に登場する不可思議な術、いわば「ファンタジー世界における魔法」に最も近いといえる。

ロキのAWR点検を終え、多少弄《いじ》くり回した後ナイフを綺麗《きれい》に磨《みが》きながら、アルスはなおも思考を続ける。

残る当面の課題は二つ。

まあ「3.」の人魔出現関連については、先に方針を決めた通り。研究者としての知見程度は求められるかもしれないが、それまでだ。そこから先は軍の、7カ国のトップが考えること。

人間の魔物化といえば、思い起こされるのは人魔化現象の最初のサンプルともいえるグドマ・バーホング……かつてアリスの事件をめぐって渡《わた》り合った男の風貌《ふうぼう》と狂気《きょうき》で歪《ゆが》んだ眼光を、アルスは記憶から引っ張り出す。

高純度のアンブロージアなる違法薬剤《いほうやくざい》が関わっているにせよ、おそらくこの現象が、グドマの研究と何かしら関連があることは想像に難《かた》くない。その道を突き詰《つ》めれば、肉体強化のみならず、人間が魔法を完全な形で扱《あつか》う糸口が見つかる可能性すらある。

だが……科学者の最後の拠《よ》り所《どころ》たる理性を捨て去り、異形の力に溺《おぼ》れたグドマの末路を、あの時乾《かわ》いた視線で見送ったアルスには今、胸に去来する空虚《くうきょ》な感情がある。

どこまでいっても所詮《しょせん》、自分は自分……何者にも成れず、成ることなく、ただ果てしないこの道を独りで行くと決めている。

(正直……興味はないな)

かくしてアルスは思考をその次、わざわざ最後の四つ目にすえておいた、内心でももっとも避《さ》けたかった課題へと、やむなく意識を向ける。

「正直、あまり乗り気じゃないんだよな」

訓練中だったロキの様子を改めて確認し、アルスは溜《た》め息《いき》を吐《つ》いた。

その光景を見る限り、やはり仮説は立証されたといえる――彼女《かのじょ》の周囲に舞う、一切《いっさい》の不純物を含まない〝限りなく純粋化《じゅんすいか》された魔力《まりょく》〟。それが今、ロキの体内に留《とど》まってきている。

アルスはそっとロキの背後に立ち、少し屈《かが》むと、彼女の背中に手をつけた。

「意識を次第に希薄《きはく》に……それこそ、何一つ考えないように努めろ。魔力の根源に意識を傾《かたむ》けるんだ。後は、俺が連れていく」

言い終えるやアルスの周囲に黒霧が漂ったかと思うと、それが周囲の光景に溶け込むように薄《うす》く広がっていく。

しばらく後――。

「ハッ⁉」

一種のトランス状態になっていたロキは、俄《にわ》かに弾かれたように肩を揺らし、大きく目を瞬《まばた》いて、きょろきょろと周囲を見渡《みわた》した。

アルスはその背中から、そっと手を離し。

「ここまでにしておこう。やってやれないことはないというのが分かった。そうだな、あとは導入薬代わりの《夢晩酔草》があると良いな」

「なんですか、それ？」

顎《あご》に伝った汗《あせ》を腕で拭《ぬぐ》いつつ、肩越《かたご》しにロキが疑問を投じた。

「学名だからな、外傷その他の鎮痛薬《ちんつうやく》に用いるのがあるだろ？」

「ああ、いわゆる露苦草《つゆにがくさ》ですか。ですがあれは外界にしか自生していませんよ？　それに直接は、内地への持ち込みも禁止されている植物ですよね」

「まあな。夢晩酔草は、治療《ちりょう》目的や研究目的での使用なら問題ないはずなんだが、まだ直接搬入《はんにゅう》については、禁止品種に加えられたままだ。精製された分泌物《ぶんぴつぶつ》ですら、厳重な許可制だからな」

「かつての外界由来の事物に対するアレルギーの名残《なご》りでしょうか。外界の植物に関しては、ときに異様な生長力が問題になることがあったといいますし」

「それもあるが、そもそも外界でも貴重な植物なんだ。そんなに多く自生しているわけじゃないからな」

「うかつに禁制が解かれて採取されすぎると、いざという時に困るわけですか」

アルスは頷く。実際、夢晩酔草は魔法師に重宝されている薬草の一つなのだ。

「ああ。ただ有効なのは事実だから、少量ではあるがきっと陰《かげ》でどこの国も採集しているだろう。どうせなら、俺もついでに採ってくるんだったな」

「はぁ……」

禁制のことなど気にもかけていないらしいアルスの態度を見て、ロキは呆れたように室内を見回す。例の魔核の薬液漬《づ》けは言うに及ばず、ここに転がるアルスが持ち込んだ外界からの戦利品の数々は、いくら総督の許可をこっそり得ているとはいえ、あまりに多すぎはしないか。

「ま、夢晩酔草についてはどうにかする、気にするな。それで訓練の成果はどうだ？」

ロキは一瞬《いっしゅん》、体内の魔力を探《さぐ》るように沈黙《ちんもく》。

その後、あまりの驚きに思わず目を見開いて、口元を手で覆《おお》うような仕草を見せる。

アルスに説明を求めたかったが、そもそも彼女は、今自分に何が起きたのかすら、正確に理解できていなかった。

「ア、アルス様っ……！　こ、これは一時的なものですか⁉」

ニヤリと笑うアルスは首を横に振《ふ》って「いいや」と答えた。

「では、この方法をアルス様も使われたのでしょうか。だから、それほどの魔力量を」

「俺は使ってない。言っただろ、実験も兼《か》ねてるって。前々から疑問だったことを研究していただけだ。最近、ちょっと〝知識〟を得られたんで試《ため》してみた」

「私が、実験台に使われるのは良いのですが……」

本当にいいのか、というツッコミはともかく、アルスはそんな彼女の様子を注意深く見守る。

「確かに……大幅《おおはば》に体内魔力の巡《めぐ》りが良くなっています」

「無制限には無理だぞ。事前に対象者の魔力量や魔力操作技術のレベルが一定の領域に達していないと、そもそも効果がないようだからな」

そう、魔力を血に例えるなら、そもそも血管が太く長く、あちこちに張り巡らされている成長後の身体でないと、いくら提供する血液量を増やしても仕方がないのと同様だ。

「もしかして、このためにこれまでずっと、魔力操作訓練を重ねる必要があったのですか？」

神妙《しんみょう》な顔つきでありながら、いっそ睨《にら》んでくるかのような強い目の輝《かがや》きを宿して、アルスに訊ねるロキ。だが、アルスの答えはにべもない。

「買い被《かぶ》り過ぎだ。それにロキ、そいつはたぶん、お前が思っているほど凄《すさ》まじい代物じゃない。魔力情報の成熟に伴《ともな》う固定化の問題で、成人済みの魔法師などには、ほとんど効果がないはずだ。確かに魔法師としての可能性は飛躍的《ひやくてき》に上がるが、前提条件に加えてリスクもある。さっきそれが分かった」

「そ、そうですか。しかし、この発見は……」

「秘密にしておけよ。一応この訓練法をテスフィアとアリスに教えるつもりはない」

「それ……嘘《うそ》、ですよね」

少しだけ唇《くちびる》を尖らせたロキに、アルスは微笑《ほほえ》み返す。

「いや、本気だ。もっともただの魔法師レベルに留まるつもりなら、という話だが。そうだな、あいつらがどこまで望むか次第だろ」

そこで言葉を切り、軽く頭を振ったアルスは、さっさと実験素材を片付け始めた。

その顔に落ちた影を察してか、ロキもあえて疑問を飲み込んでアルスを手伝う様子だ。

手を動かしながら、アルスは考える。

自分と関わらなければ、彼女達《かのじょたち》は一端《いっぱし》の魔法師になれた。

それなりに優秀ではありつつも、在り方としては普通の、この世界ではありふれた……あくまで人としての在り方を逸脱《いつだつ》せずに魔法を修めていく道を辿れたのだろう。

しかし今回、いわゆる外界の魔物《まもの》以上に壊《こわ》れた人間……世界の理不尽《りふじん》と暴力をその肉体で体現したようなダンテという存在が現れ、彼女達は学《まな》び舎《や》ごと戦渦《せんか》に見舞われた。

それぞれ性格や資質は違えど、根が聡《さと》い二人のことだ。現実に目の前で吹《ふ》き荒れた血と暴力の嵐《あらし》の前で、知ってしまっただろう。

一端、では到底《とうてい》足りない世界があることを。

かつてアルスが生きるために、強くならざるを得なくなったように、彼女達もまた、穏《おだ》やかな風が吹くだけの旅路では、届かない場所があることを実感してしまったはずだ。

普通に学院生活を送っていたならば、目にしなかったはずの光景。彼女達の前に本来立ち塞《ふさ》がるべきではなかった、血塗《ちぬ》られた壁の感触《かんしょく》を。

「ハァ～、誰《だれ》だよ、あいつらを外界で戦える魔法師にするって言ったのは……」

「アルス様では？　けれど、状況《じょうきょう》が変わってしまいましたね。だから、きっと明日から。あのお二人の瞳《ひとみ》には、たぶん昨日まではまったく違う世界の形が映ることになると？」

「まあ、な」

一つの世界の終わり。それを、アルスは実感する。

ならば、そこから先、あの二人のもとに訪《は》い出てくるだろう迷いは、きっと厄介《やっかい》だ。人が人を導こうとするとき、教師役は往々にして己の経験則を語ることになる。

だが、本当の意味で極圏《きょくけん》の厳冬を体験したことのない者に、どうして骨が芯《しん》から凍《こご》える、極限の寒さを伝えることができるだろう。獲物《えもの》を傷つけ何かを奪《うば》ったことのない人家育ちの仔犬に、真に狩《か》り狩られる恐怖《きょうふ》を教えることが不可能なように。

そうと知りつつ、アルスはあえてこの状況を甘受《かんじゅ》していた。二人を、魔法師の雛《ひな》を導くなどと称《しょう》しながら、確かに自分の後ろから迫《せま》る二つの足音を、そうとは知りつつ聞き流していたのかもしれない。

(前途多難《ぜんとたなん》……か)

これまで何度も、それに類する言葉を呟《つぶや》いたことはある。だが今日の一言ほど、重く感じられたことはなかった。そんなアルスに向けて、ロキがあえて明るく無邪気《むじゃき》さを装って、問いかけてくる。

「それでアルス様、先ほど仰《おっしゃ》っていた夢晩酔草の入手方法というのは?」

「ん、ああ、アテがないわけじゃない。色々と効能がある植物だから、どの国にも、密《ひそ》かに研究してる者がいるはずだ。その線を当たるのが手っ取り早いだろ」

「そうですか、では早速《さっそく》、入手しに行くのはどうでしょうか？」

ロキはわざと平静を装っているようだが、表情は興奮を隠《かく》しきれていない。今にも飛び出していきたいと言わんばかりに、うずうずとしている様子が、赤みを帯びた頰《ほお》にも表れている。

「念のためもう一度言うが、もう、お前に対してはさして効果が出ないからな？　それと誰彼《だれかれ》構わずできる訓練じゃないことも覚えておけよ。肝心なのは魔力の器だ」

ロキの手綱《たづな》を少し引き締めるべく、保険を掛けるかのような口振《くちぶ》りで彼女をたしなめるアルス。

なんだか先が思いやられる気がしてならない。

それでも必要な行動ではあるのだろうと、アルスは今回最も大きな貸しを作った相手の下へと出向くことにした。

仮住まいの場を後にし、アルスは半壊《はんかい》状態の本校舎へと辿りついた。

そこには、相変わらず物々しい姿の魔法師らが常駐《じょうちゅう》しているようだ。それ以外にも、各所で調査班らしき人影《ひとかげ》が、立ち入り禁止を示すイエローテープの中で作業をしている。

その数は一時よりは落ち着いてきていたが、いったいこんな光景が後どれくらい続くのか。

そして、無残な姿になった校舎や施設《しせつ》、脱獄囚《だつごくしゅう》らが残した破壊《はかい》の爪痕《つめあと》は、今もそのままである。

「補修工事でどうにかなるのでしょうか。それだけが心配です」

訓練場も被害《ひがい》を受けており、こちらはさらに大掛かりな修理が必要となる見込《みこ》みだった。かつて生徒らが切磋琢磨《せっさたくま》していた場内には、補修工事のために手配された、見慣れない部材が運び込まれている。

それらの光景を見て回るアルスだったが、軍の人間らが向けてくる目線は、どこか胡乱《うろん》げであった。だというのに、こちらがたまにちらりと視線を返すと、途端《とたん》に目を伏《ふ》せたり、しゃちほこ張った敬礼を返したりするのだから、奇妙なものだ。

アルスの存在は軍ではタブーではなくなりつつあるのだろうが、十六歳《さい》にして1位という不気味な存在を、未《いま》だに心中では忌避《きひ》する者がいるのだろう。外界に出ずっぱりだったこともあり、アルスの顔を知らない軍人も未だ多いのも事実だが。

この異物扱いには、どこか懐《なつ》かしさすら覚えてしまう。

次にアルスとロキが向かったのは、理事長室である。幸いシスティの部屋は被害を免《まぬが》れているため、特に遠慮する必要もなく、ドアを叩く。

「こんにちは、理事長」

ごく普通《ふつう》の第一声を、アルスは室内に送り込んだ。

ろくに返事も待たずに踏《ふ》み込んできたアルスとロキを迎《むか》えた部屋の主は、目元に深いクマを作り、澱《よど》んだ眼で、恨《うら》めしそうにアルスを睨む。

「アルス君……今、見ての通り大変なのよぉ～」

アルスとしては、あなたが守り切れなかった【ミネルヴァ】を取り戻《もど》してきてやったのは誰でしたっけ？　とでも言ってやりたいところだが、生徒を人質《ひとじち》に取られていた事情は既《すで》に理解している。一時であろうと賊《ぞく》に【ミネルヴァ】を渡すという苦渋《くじゆう》の判断は、あらゆる責任を負い、最悪地位を追われる覚悟《かくご》も決めた上であろう。そう考えると、システィは、立場と面子を捨ててでも生徒を守ったと言えなくもない。結局生徒にも死者が出てしまってはいるが、あの規模の事件にしては、本当に最小限に留まっているのだから。

自分も随分《ずいぶん》と大人になったものだ、と苦笑してしまうが、アルスはあえて軽い皮肉を言うに留めておいた。

「しかし今回は、随分と疲《つか》れましたよ。理事長も同様のようですが、お疲れ様の愚痴自慢《ぐちじまん》でもします？」

ちらりと目を落とすと、執務机《しつむづくえ》の上に山積みになった書類が目に入る。書類の山は、あちこちに開かれている仮想液晶《えきしょう》画面にもガッツリ干渉《かんしょう》し、仕事の効率は実に悪そうだ。

「はは……栄養ドリンクが欲《ほ》しいなら、そっちにあるわよ」

乾いた笑《え》みを浮かべてシスティは部屋の隅《すみ》を指差した。確かにそこには、箱に詰まった栄養剤《えいようざい》がぎっちり押し込まれている。よく見ると、部屋の片隅《かたすみ》には、空になったドリンクの容器が無数に転がってもいる。

「実はね、もう三日は寝《ね》てないのよ」

「さすがの理事長も、若干《じゃっかん》弱っているということですね。それは好都合」

ニヤリと意地の悪い笑みを浮かべるアルスの脇腹《わきばら》を、ロキが肘《ひじ》で軽く小突《こづ》いた。

「システィ理事長、この部屋、少しは換気《かんき》した方が良いですよ。身体を壊されては大変ですから……」

女神《めがみ》の微笑《びしょう》でもってロキは接し、換気のために甲斐甲斐《かいがい》しく窓を開けて回る。

「大事なお身体ですから、ね。もっと労《ねぎら》って差し上げないと。それに理事長には、まず第一に、やっていただかなければいけないことがあるかと」

疲れ切った目をロキに向けたシスティは、大きく溜め息をついて、全てをあきらめたようにぐったりと椅子《いす》にもたれかかった。

「その笑顔《えがお》、アルス君より恐《こわ》いんだけど。何かしらロキさん？」

ロキはすぐには応じず、「まあまあ」とシスティの後ろに立って、おもむろにその肩《かた》を揉《も》み出す。

ロキに似合わないゴマすりで、いったい何を企《たくら》んでいるのか。アルスは少々冷めた目で、そんな小芝居《こしばい》の様子を見守ることにする。

「おや、随分と凝っていらっしゃいますね」

「え？　……ああ、そうね。本当に忙《いそが》し過ぎて、んんっ」

肩を揉まれるに任せて、システィは身体をぐったり弛緩《しかん》させ、瞼《まぶた》を気持ちよさそうに閉じてリラックスし始めた。隙《すき》を見逃《みのが》さず、ロキは畳《たた》みかける。

「でしょうね。理事長はアルファでも、最も重要な人物のお一人です。それに、かつてのシングル魔法師にして、今も十分現役《げんえき》で通用する貴重な魔法師でもあります。さらにさらに、誰もが羨《うらや》む美貌《びぼう》をお持ちですし、うわぁ、この吸い付くような綺麗なお肌《はだ》、まさに全女性の憧《あこが》れといえましょう」

アルスからすれば見え透《す》いた追従《おせじ》なのだが、たちまちシスティは、にこにこした笑みを浮《う》かべ。

「あらあらそんな、綺麗だなんて……ロキさんはお上手ね。肩揉みの力加減も素晴《すば》らしいわぁ～」

「そう言っていただけて何よりです、理事長。是非《ぜひ》、今後とも若輩《じゃくはい》の私にご指導ご鞭撻《べんたつ》のほど、何卒《なにとぞ》よろしくお願い致《いた》します」

「いえいえ、あなたも今は学院の生徒なのだから、私にそんなによろしくしなくても良いのよ。そもそも、生徒の面倒《めんどう》を見るのは、私の職務なんだし」

ころころと笑うシスティに、ロキもにっこりと返す。どんよりしていた部屋に、どこか欺瞞《ぎまん》めいて居心地《いごこち》の悪い、なごやかな空気が満ち満ちていく。ロキに隠れた肩揉みの才能があったのはどうでも良いとして、権力者の懐《ふところ》に如才《じょさい》なく取り入るこんな技術を、いつ身につけたのか。

アルスがそんな疑問を胸に抱《いだ》いた次の瞬間《しゅんかん》、時は満ちたとばかり、ロキは一瞬、獰猛《どうもう》な肉食獣《にくしょくじゅう》のような笑みを浮かべると。

「ところで、理事長」

「何かしら……ああっ！」

同時にグッと肩のツボを押したのか、手応《てごた》えありとばかり、ロキは邪《よこしま》な笑みを一層深くしながら続ける。

「アルス様の研究室《おへや》があった研究棟《とう》の修復作業についてです。現状とその書類申請《しんせい》の進み具合を見る限り、どうもまだ手つかずのように思えますが。天下の第2魔法学院の理事長様が、教育者としての窮地《きゅうち》を救ってくれた第一功労者への感謝を、後回しにするはずはないとは思います、が」

空気が一変するとはまさにこのことなのだろう。ロキはグリグリとツボを押し、責め立てる。

「イタッ、痛たたたっ！　だ、大丈夫《だいじょうぶ》よ、ロキさんっ！　もちろん優先して着工してもらう予定よ。本当に、そこツボッ！」

感電でもしたかのように顔をわななかせ、叫《さけ》ぶシスティ。

「あ、安心して、ロキさん！　今、今さっき！　補修工事についても考えてたところ、だからっ！　この後、すぐにやる、わよっ！」

「そうですか。なら良いのです」

パッとシスティの肩から手を離したロキは、そそくさとアルスの隣《となり》に並んだ。

途端、書類の山を押しのけ、バタリと机に突《つ》っ伏《ぷ》したシスティは、弱々しい息をつきながら、「あ、ありがとう……」とだけ蚊《か》の鳴くような声で返す。

アルスとしては、システィに作った貸しは、もっと然《しか》るべきタイミングで返してもらいたかったのだが。結局、このカードは「研究棟の補修工事」という些事《さじ》のために切られてしまった形になる。まあ、それなりの優先度がある事案でもあったので、仕方ないかと割り切っておく。それにまだ、全ての貸し借りの天秤《てんびん》が釣《つ》り合ったとは言い難《がた》い。多少効果は薄れたかもだが、厳密に見ればもう一回ぐらいはどこかで使えるカードだろう。

そんな風に、アルスが胸算用《むなざんよう》をしていると。

「こんな格好で悪いけど、アルス君もありがとうね」

やつれていた顔に、少しだけ生気を取り戻した様子でシスティは言う。

「理事長が退任となると俺《おれ》も困りますからね。生徒に被害が出てしまいましたが、首の皮一枚は繋《つな》がったでしょう。それはそうと、今日はあのハイエナ親父《おやじ》を見なかったのですが」

「モルウェールド少将？　あのだらしない身体じゃ、毎日陣頭《じんとう》に立っての現場指揮なんて、できるわけないじゃないの、初日以降ぱったり見ないわよ。それに【ミネルヴァ】は、無事アルス君が取り返してくれたからね。本当に、感謝しているのよ？」

「そりゃどうも。しかし狡猾《こうかつ》な奴《やつ》のことだ、この機を逃《のが》すとは思えない。ベリック総督《そうとく》寄りで知られるシスティ理事長を、椅子から引きずり降ろす企《くわだ》てはしてるでしょうね」

「アルス君は知ってるでしょうけど、【ミネルヴァ】の管理責任問題については、クレビディート政府との交渉《こうしょう》をはじめ、各国内で水面下に調整されるみたい。ハァ～、これでまた、ベリックやヴィザイストにも借りを作っちゃったわ」

（過去にバルメスの危機を救ったこと、クレビディート所属のファノン・トルーパーの不法越境《えっきょう》の件、加えて【トロイア】最寄《もよ》りのもう一つの国家・イベリスの初動の遅《おく》れ、ルサールカとの友好関係……シセルニアも巻き込《こ》んでいろんなカードを切ったな）

政治の裏舞台《うらぶたい》のことは詳細こそ分からないが、アルスにもおおよその筋書きは想像できる。そして、あとはもう一つ、アルスとしては個人的興味はさほどないが。

「肝《きも》になるのは〝人魔化現象〟ですか？」

「ええ、直近の国際会議での最重要議題は、たぶんそれね」

システィが老獪《ろうかい》な笑みを見せ、小さく頷《うなず》く。アルスはそれにかぶせて。

「まあ、小細工でアルファの一般《いっぱん》層には秘密にしておけても、各国に提供しないのは不義理ですからね。事前に根回しの上、詳細情報を小出しにして、アルファとは関係が薄いハイドランジその他諸国の非難を牽制《けんせい》。結果、降ってわいた巨大《きょだい》な懸念《けねん》事項《じこう》の前に、【ミネルヴァ】の管理責任問題など小さく見えるように誘導……お咎《とが》めなし、に着地させるということですか。で、国家間で決まったことに対しては、さすがのモルウェールドも異を唱えることはできない、と」

満面の笑みとともに、システィは「よくできました、花丸回答よ」と応じる。

「ハァ～、まさにオトナの出来レースで、落ち着くところに落ち着かせるわけだ。でも、あのモルウェールドですよ？　ドロドロの政治劇と権力主義の中に心底浸《つ》かりきってる老害親父だ。素直《すなお》に引き下がるような、若者じみた潔《いさぎよ》さは持ち合わせてないでしょう。引き際を見極《みきわ》めるセンスもなさそうですし」

「それはそうね、モルウェールド絡《がら》みでいえば、私より目下、あなたの方が問題になるでしょうね。知ってるわよ、フェーヴェル家のテスフィアさんとウームリュイナ家の不良息子《アイル》との一件にも、巻き込まれているでしょ」

「【テンブラム】のことですか。ちょっかいを出してくると？」

「あの老害親父のメイン支持層は旧貴族派閥《はばつ》よ。中でもウームリュイナとは、特にべったりだもの。古臭《ふるくさ》いプライドのヤニと利害関係の泥《どろ》に塗《まみ》れた手で握手《あくしゅ》しあってるわよ。もう、手首ごと切り落とすしかないのよね」

　確かにアルスとしても、うんざりしてしまうところだ。モルウェールドは、アルスがベリックの配慮《はいりょ》により軍に所属した直後から、何かとちょっかいを出してきた上層部の一人でもある。実力主義の新興貴族であるヴィザイストはもちろん、ベリックにとっても政敵とも言える相手なのだ。

「あ、そうだアルス君。脱獄囚のミール・オスタイカが学院に潜入《せんにゅう》していた件で、ちょっと面白《おもしろ》い話があるけど聞く？」

ミールが第四層に収監《しゅうかん》されていた魔法《まほう》犯罪者で、フェリネラに倒《たお》されたことは、アルスも知っているが。

「その口振りからすると、そいつだけは学院に事前潜入していたというところですか」

「……可愛《かわい》くないわね。その通りよ。実はね、ミールが学院に現れた時に持っていた、紹介状が手に入ったの」

「脱獄《だつごく》中の身で大胆《だいたん》なもんだ。もちろん偽造《ぎぞう》ですよね」

「そうね、でも、ちょっとした手がかりがあるわ。この紹介状の紙に染《し》み込ませてある特殊《とくしゅ》インクに含有《がんゆう》される薬剤《やくざい》は、ちょっと特別でね。闇《やみ》市場から流れてきたようだけど、その出所というのが分かってきたわけ。さる貴族様が名前を伏せて利権を所持している、特殊薬品工場よ。あともう一つ、脱獄囚達《だつごくしゅうたち》がアルファ国内潜伏《せんぷく》中、一時的に使っていた根城が、同じ貴族様の廃棄《はいき》された別荘跡地《べっそうあとち》だったっておまけつき」

「ほう、で、その貴族様というのは？」

ここで、悪魔《あくま》が微笑むようにシスティがニヤリと笑った。

「ウームリュイナ」

その一言だけで、全てが大方把握《はあく》できてしまう。

「なるほど、アルファ国内に脱獄囚を手引きした者がいると睨んでいたが、それもおそらくは……」

「もちろん、ウームリュイナ家は公には否定しているわ。こっちだって明確に証拠《しょうこ》があるわけでもないしね。加えてあそこは元王族の大貴族の家柄《いえがら》だけに、あまり踏み込んだ調査はできない。仮に際どいとこまで追い込めても、お家の威光《いこう》を笠《かさ》に着て陰で悪事に手を染めてた、とかいう設定の執事なんかが一人、生贄《いけにえ》役に現れて終わりでしょう。利害関係や人脈という意味でもあちらこちらに防波堤《ぼうはてい》が存在するから、捜査《そうさ》の手も伸《の》びにくいしね」

なかなか事情に通じているようだが、先ほど言っていた「ヴィザイストに借りを作った」というのは、主にこういった裏情報の提供面でのことだろう。

ウームリュイナ家の後ろ暗い話については、いろいろとリリシャからも入ってきている。決定的証拠にこそ欠けるが、こうもあちらの失点が重なれば、いつかはその牙城《がじょう》が崩《くず》れる時が来るかもしれない。元王族だなんだとふんぞり返っていた奴らが、特権階級の椅子から転がり落ちる光景は、それなりに愉快《ゆかい》だろう。

これを機に【貴族の裁定《テンブラム》】がなくなってくれればありがたい、とすら思える。面倒ごとがあっちの事情で自ら遠ざかってくれるなら、良いことづくめだ。

しかし、そう簡単にことが運ばないだろうこともまた事実で、現にロキが早速《さっそく》懸念《けねん》点をあげてくれた。

「そもそも、その偽造された紹介状一枚では証拠として弱いですよね。相手が脱獄囚だけに、盗品《とうひん》がたまたま利用された可能性もありますし。それにしても手練《てだ》れの犯罪者にしては脇《わき》が甘《あま》いです。そんな紹介状なんて、いったん学院に侵入《しんにゅう》成功した時点で、何故《なぜ》さっさと始末しなかったんでしょう?」

「要は、ウームリュイナの裏切りに対する保険ということかもしれないな。ミールが筋金入りの魔法犯罪者だったというならなおさらだ。自分自身がモラルの欠片《かけら》もないからこそ、あの手の連中は、心の底から誰かを信用することもない」

裏の任務を請《う》け負ってきたアルスは、不倶戴天《ふぐたいてん》の敵であるクラマとの戦いの中で、その世界にもある程度通じている。システィやロキよりも遥《はる》かに深く、重犯罪者の心理や行動原理を理解できるのだ。

「ウームリュイナ家と脱獄囚どもに何らかの繋がりがあったのは、少なくとも確定だと思ってる。その前提で考えた場合、いくら手引きをしてくれたとしても、ダンテやミールが100%ウームリュイナを信頼《しんらい》するかというと、答えはノーだ。場数を踏んでる奴らだけに、そんなおめでたい頭はしてない。もちろんウームリュイナの方も、奴らの存在が不利益となったらさっさとトカゲの尻尾《しっぽ》切りに走る。いわば、お互《たが》いに利用しあうだけの関係だったんだろう」

「なるほど、悪党同士、あり得る話ですね」

ロキが頷く。

「そして、最終目的が今一つ分からんダンテはどうだったか知らんが、ミールはさらに小利口な立ち回りを考えていたのかもしれん。ウームリュイナが切りにきたら、逆に彼《かれ》らを脅《おど》せるネタとして、切り札の一枚ぐらいは抱《かか》えておきたかったんだろ。そうしておけば、万が一、自分の身柄《みがら》がアルファ側の手に落ちた時にも有用だ。それを開示するとチラつかせれば、場合によっちゃ、アルファ側・ウームリュイナ側、両方への取引材料にできる」

システィは深い溜め息をついて。

「なんとなくだけど分かったわ。裏切りが当然の世界で生きてきた者の、習慣みたいなものかしら」

「そう理解されるのがいいかもしれませんね。まあ、俺も好きで彼らの行動原理に詳《くわ》しくなったわけじゃないですが」

「はあ～、そんな裏世界の事情は、できれば知らないままでいたいものね。首を突っ込むつもりはないけど、近頃《ちかごろ》内地《ないち》も物騒《ぶっそう》になったわよね。平和ボケの陰で、ただれた毒を蓄《たくわ》え過ぎたってことかしら」

そんな軽口を叩《たた》きながら、憂《うれ》い顔で頬杖《ほおづえ》をついて見せるシスティ。

「理事長はベリック側で良かったですね。モルウェールドらは、いわば旧体制の悪弊《あくへい》を丸ごと積み込んだ泥の大船。大海にも漕《こ》ぎだせず、臭《くさ》い水沼《みずぬま》を彷徨《さまよ》って、後は勝手に沈《しず》んでくだけだ」

「上手《うま》いこと言うわね。でも私、所属派閥に関しては、別にはっきり表明してるわけじゃないのよね」

「軍の派閥でいうなら、理事長はベリック総督側だと思っていましたが」

意外そうなロキの言葉に、システィは首をかしげて。

「ん～、確かに腐《くさ》れ縁《えん》だからそう見られちゃうことも多いけど。でも教育者の本音としては何処《どこ》にもおもねらず、中立でありたいのも事実。ま、ベリックの方が、まだまともに軍を率いていけるのは確かだけど」

政争の第一線からはとっくに退いているように見えても、過去のしがらみは完全に切り離《はな》せないのだろう。伝説的といえるほどの逸話《いつわ》を持つシスティほどの立場になれば、苦労は絶えないということだ。

「なるほど。いかにも複雑な大人の事情というか……白か黒か、誰もが立場をはっきりさせるというのは、難しいことなのですね。そういえば、元首様はどちら側なのですか？　寧《むし》ろそれが一番大きな影響力《えいきょうりょく》を持つのではありませんか？」

このロキの率直《そっちょく》な疑問に対して明確な答えを示せず、アルスとシスティは揃《そろ》って難しい顔になる。

「ベリックを総督に任命したのだから、当然今の軍体制に反対ではない。それにアルファでは、そもそも元首と軍は政治的に分離《ぶんり》されている。軍に関して元首が持っている権限は、あくまでも総督の任免権《にんめんけん》だけ、というのが主流の考えだ。だからこそシセルニアは、先にあそこまで危険な賭《か》けに出て、元首直属の私設部隊として【アフェルカ】を再編成させることを望んだ」

もはやシセルニアについてはそっちのほうが詳しいだろう、と言いたげなシスティの目線を受け、アルスは仕方なしに口を開く。

「ああ、流石《さすが》にシセルニアがベリックと対立することはないだろう。だがあの女は、文字通り『天才であり天災』だ。付き従う者にとってはいつだって、予測不能なタイミングで頭上から一方的に降りかかってくる、呪《のろ》われた流星みたいなもんなんだよ。だから賢《かしこ》い貴族ほど、あの元首の動静を常に注意深く見守ってる。敵味方関係なしに巻き込まれかねないからな」

そういうアルス自身、直近で【アフェルカ】の問題に介入《かいにゅう》させられたばかりだ。

生きた美神を思わせる容貌《ようぼう》ゆえに信奉者《しんぽうしゃ》も多いが、同時に「元首シセルニア様被害者《ひがいしゃ》の会」でも作ったら、そうそうたる面子が揃うだろう。

言ってみれば今の貴族制度の支持者などは、とっくに古びたお飾《かざ》りの称号《しょうごう》に縋《すが》りつく愚《ぐ》者《しゃ》の集まりに過ぎない。辛《かろ》うじて腐りきらず、ぎりぎり残った僅《わず》かな蜜《みつ》を啜《すす》っているだけ。特に魔法師を雇《やと》える兵権をありがたがる様子は、まさに飴《あめ》に群がる蟻《あり》と似たり寄ったりである。だからこそそんなクズどもは、政治の世界に偏《かたよ》って生き残っているともいえる。政治的権力と武力はいつの時代もイコールであり、シセルニアのような両方の手綱を巧《たく》みに操《あやつ》ることで、貴族の増長を抑《おさ》えられる元首など、ごく稀《まれ》なのだろうから。

そんなアルスの評価を聞いたロキは、呆《あき》れたとばかりに深い溜《た》め息《いき》を吐く。

「は〜、アルス様も苦労が絶えないわけです。どうにも、傍迷惑《はためいわく》な元首様なのですね」

「その通りなのよ！　それがまた、最近は【アフェルカ】を手駒《てごま》に持っちゃったもんだから、もう、ねぇ？　でもまあ、正直、学院に現れた人魔どもの件では、助かったけど」

「あぁ、脱獄囚達が魔物化した件ですか。彼らを内密に始末し、その元凶《げんきょう》だと思われる違《い》法《ほう》薬物・アンブロージアについて探っているのも、【アフェルカ】でしたね」

「あのシセルニア様が、ついに権力だけじゃなく武力までも握《にぎ》っちゃったわけだからね。私も弱み握られちゃって。そのうちきっと飴と鞭《むち》で、何か無茶《むちゃ》を言い出されるわ。今からもう、頭が痛いのよぉ〜」

「ま、学院にはリリシャも相変わらず通ってますからね。せめて教育界と政界の癒着《ゆちゃく》がもたらすのが、実りがある未来であることを願っていますよ」

アルスは口先ばかりの慰《なぐさ》めを口にする。まあ、シセルニアの関心が自分に向いているうちは、システィに直接災難が降りかかるようなことはないかもしれないが。

貸し借りに癒着といえば……ベリックとはあまりにそれを重ねすぎて、もう何が何やら、という気もする。

（腐れ縁、いや、もはやそんな言葉でも表しきれない〝何か〟か……）

結局は、そんなものなのだろう。ベリックのみならず、眼前の〝魔女《まじょ》〟システィとの関係も似たようなもの。思えばレベルはだいぶ違《ちが》うが、テスフィアやアリス、リリシャとの関係性はどうなのか。

少しばかり思考の海に沈んで、アルスはそれが泥沼《どろぬま》になりかねないことに気づく。それからおもむろに顔を上げ、どこか諦念《ていねん》のこもった声を、相変わらず悩《なや》み顔のシスティに向けて投げかけた。

「……やめておきましょう。考えるだけ無駄《むだ》です」

「そうね。本当に考えるだけ無駄ね」

システィもしおらしくそう返してきたが、さっきのアルスの言葉もちろん、彼女《かのじょ》だけでなく自身に掛《か》けた言葉でもあった。

世の中には考えるだけ無駄ということもある。特にあのシセルニアの思惑《おもわく》など、いくら追っても辿《たど》りきれるものではない。考えても分からないものは切り捨てる、これもまた人生に必要な合理性だとアルスは無理やり割り切ることにした。

「まあ、ここまで来たら、理事長には是《ぜ》が非《ひ》でもその席を死守してもらわないと。不本意ですが手は貸します。シセルニアにもいくつか貸しがあるはずですので……多分」

「頼《たよ》りないわね。まあいいわよ。せいぜい天の助けには期待しないで、大人しく審判《しんぱん》の時を待つわ。書類の山と、本棚《ほんだな》の整理でもしながらね」

なんとも投げやりな態度を見せたシスティだったが、ふと思い出したように。

「そうそう、本っていえば、【フェゲル四書】はどうなったのよ？ 【ミネルヴァ】についてでもあるんだけど。アルス君は何か知ってるんでしょ？」

魔法師としてのシスティの好奇心《こうきしん》が、真っすぐにアルスに向けられる。

まあ、来ると分かっていた疑問ではある。アルスは指を弾《はじ》き、遮音《しゃおん》結界を張った。

それは盗聴《とうちょう》を懸念《けねん》して、というよりも次に話す内容の重要性を示す意味合いが強い。

「そうですね。まず【フェゲル四書】ですが、俺が知ってるのはその分冊の一部です。端《たん》的《てき》に言って、予言書というよりもシンプルに未知の知識が詰《つ》まった書物って感じですね。

おおむね、想像していた通りの代物《しろもの》です」

「やっぱり！　それでそれで、中には何が書かれているの？」

ここ数日の疲れなど吹き飛んでしまったのか、システィは食い気味に身体を乗り出す。

この食いつきぶりは、教育者というよりいまだ旺盛《おうせい》な魔法師としての知識欲からきているのだろう。

「そうがっつかれても、まだ【ミネルヴァ】関連のページをざっと分析《ぶんせき》しただけで、他の項目《こうもく》については手も付けられてませんよ。そもそも読み取れる情報というのが脳内イメージに転写される代物で、写真はおろかコピーも取れず、何一つ精査できないんです。複数人数で共有もしにくい上に、あの一冊だけだと情報が断片的《だんぺんてき》過ぎる。まあ、全部の解読は不可能じゃないですか」

アルスの知識をもってしても解読できるのはごく一部。全人類の叡智《えいち》を駆使《くし》しても、現段階で解読できるのは僅かなページだけであろう。

（おそらく【アカシック・レコード】が解読の鍵《かぎ》になる。そもそも記されている知識が、人類の先を行き過ぎているんだろう）

そんなことを考えながらも、アルスは興味津々《きょうみしんしん》のシスティに多少辟易《へきえき》しながら伝える。

「それでも、俺にとって興味深いことには変わりありませんから、いずれはじっくり研究してみるつもりです」

「そう、残念ね。ダンテが【ミネルヴァ】を狙《ねら》ってきた動機くらいは知りたかったのだけど。明らかに彼の目的はあれだったわけだし」

「分かりましたよ。先日、ベリック総督に伝えた内容程度なら、掻《か》い摘《つま》んでお話しなくもないですが」

「あら嬉《うれ》しい、ベリックと同程度には信頼してくれてるのね。その通りよ、今のあなたの周囲には、私ほど信用に足る大人はいないわ。だから、今後も頼りにしてくれていいわよぉ？」

「本気で言ってるなら帰りますよ？　まあ、魚心あれば水心っていいますし、情報料代わりに、今後何かしら便宜《べんぎ》を図《はか》ってもらうことになると思いますが、いいですか？」

「わ、分かってるわよ。私にできることなら、まずは一つくらいから聞いてあげるから」

「一つですか、まあ良いでしょう、せいぜい期待してます。さて、【ミネルヴァ】ですが、あれは古代の巨大建造物、いわゆる〝方舟《はこぶね》〟の動力源だったらしいです。もっとも具体的な詳細《しょうさい》までは分かりませんが」

　システィは目をぱちくりさせ、「へぇ～」と短い相槌《あいづち》を打つ。その態度には、さして驚《おどろ》いた様子もなかった。まあ、彼女は歴史家でも考古学者でもないので仕方ないが。

「だとすると、秘《ひ》められているあのエネルギーの巨大さも頷けるわね。でもダンテはその動力源を手に入れて、何をするつもりだったのかしら？」

「素直に受けとめれば、その方舟とやらを動かすつもりだった、と考えるのが一般的《いっぱんてき》でしょうか。どうも一種の、移動要塞《ようさい》らしいので」

「じゃあ、７カ国を相手に戦争を始めるための……戦力としてってところかしら」

しかし、そこについてはアルスも腑《ふ》に落ちない部分がある。ダンテが死の間際《まぎわ》に示した、意味深な仕草……彼が震《ふる》える指で差し示したのは７カ国のある壁《かべ》の内側ではなく、その反対——外界の果てだったのだから。

それにダンテが使った特異な魔法体系は、アルスでも初見のものであった。見たところ無系統に近い雰囲気《ふんいき》だったが、アルスとしては、どうやら重力そのものを操っていたのではないか、と睨《にら》んでいる。加えて【ミネルヴァ】の存在によって、普通の魔法以上に強化されたことも印象的だった。

いずれにせよ、ダンテが一度ならず【フェゲル四書】に触《ふ》れ、その内容を読んでいたことは間違《まち》いない。それも、今アルスの手元にある【第三篇《ぺん》】を。

「どうでしょうね。確かに戦闘狂《せんとうきょう》の気はあって粗暴《そぼう》な印象の男でしたが、単にそれだけではない異質さも感じました。戦争だけが目的だったと断じられるほど怨讐もないでしょうし無論、考えなしの殺戮者《さつりくしゃ》なはずもない。ま、そう単純な話ではなさそうってことです」

しばし言い淀《よど》んで、アルスはふと思い起こす。ダンテが口にしていた〝席者〟という言葉を。おそらく、現在の共通語にはない単語だ。あれはいったい何を指しての言葉だったのだろうか。

確か彼は、『席者同士』などという意味深な表現をしていたはず。何かの資格を持つ者同士、というような意味だろうか。それがダンテ自身とアルスを差していたというなら、両者の共通項《きょうつうこう》は……。

（おそらく【フェゲル四書】の内容を一部なりとも読んだ者……。今、分かるのはそれくらいか）

「ちょっと、アルス君……？」

システィの怪訝《けげん》な声が、思考にふけっていたアルスを現実に引き戻した。アルスは首を一つ振《ふ》って。

「まあ、一先《ひとま》ずダンテの意図が分からない以上、いったん保留ですね。後は人魔の件同様、軍に任せるなりするのが一番でしょう。いずれにせよ、理事長も俺もそんなに暇《ひま》じゃないわけですしね」

「ふぅ～、そうね。それじゃあ、ここでのお話タイムも一段落ね。さっ、急いで仕事に戻るとしますか、ほらほら、あなた達《たち》も早く帰りなさい」

さっさと立ち上がろうとしたシスティを、アルスは制して。

「ちょっと待ってください。そういえば、ここに来た目的を忘れてました」

「え～……もういいじゃないのよぉ～。面倒ごとは、もうたくさんよ」

思わぬ長話になったのに乗じて、上手く躱《かわ》そうとでも考えていたのだろうシスティは、小娘《こむすめ》のように口を尖《とが》らせた。

「理事長。さっきの約束、忘れたんですか？　〝何でも一つ〟ですよ」

「うぐっ！　も、もう使っちゃうの？　学院の理事長様になんでも言うことを聞かせられる権利よ、もっと有効なタイミングで活用すべきじゃない？　ほら、アルス君も若いんだし、大人の女の包容力を感じたい夜もあるでしょ。一度のディナーデートくらいなら付き合ってあげてもいいわよぉ？」

豊満な肉体をアピールするかのように腰《こし》をくねらせるシスティに、顔を強張《こわば》らせつつ、冷たい笑みを浮かべたロキが言い放つ。

「理事長、それでは安過ぎます。アルス様にとって、百回でも割に合いませんよ」

「えっ、安いって……私の女子力評価額、そこまで暴落してるの？」

実年齢《じつねんれい》はともかく、システィとて外見上は欠点らしい欠点が見つからない妙齢《みょうれい》の美女なのだが……ロキの手厳しいジャッジに、システィは相当なショックを受けたようだ。

自分の身体をあちこちと見下ろしつつ、「肌のハリがなくなった?」などと真面目《まじめ》な顔で自問している。そんなシスティに同情するどころか遠慮会釈《えんりよえしやく》もなく、アルスはさっさと切り出した。

「お悩み中のところ悪いんですが、理事長……《夢晩酔草》を下さい」

「あら、何よそれ。なんで私が持ってるのが前提なのよ」

「おや、持ってないんですか?」

「ちぇっ……ハイハイ、持ってるわよ。なんで分かったのよ」

「《夢晩酔草》は、健康だけでなく美容面にも効能がある成分が含《ふく》まれてると言いますからね。そっち方面に関心をお持ちの理事長なら、当然その成分も試《ため》されているかと」

「あ〜あ、この玉のお肌を保持するための企業《きぎよう》秘密だったのに。それで何株欲しいの?」

「株? 欲しいのは葉の方で十分ですが……」

「あっ⁉ 聞かなかったことにしてちょうだい」

アルスはもちろん、目当ての物さえ手に入ればそれで良いというスタンスだ。余計なことにまで首を突っ込む気はなかったのだが……。

ロキが、しっかりと聞き耳を立てていた。古来、女性を虜《とりこ》にする言葉の一つに「永遠の若さ」があるわけで、今のところ、それに一番近いのがシスティ・ネクソフィアなのだ。

もちろん〝魔女〟と呼ばれる彼女の場合は、秘めている魔力量《まりょく》が圧倒的《あっとうてき》に影響《えいきょう》している だろうから、一般女性が試したところで同じような効果は見込めないだろうし、《夢晩酔草》以外にも多くの材料が必要なはずである。

「アルス様、理事長は気前のよい方です。ここは葉といわず、株を丸ごといただいてしまっては？」

「ちょっとちょっと、貴重なものなのよ！　だから今回は、葉っぱで勘弁《かんべん》してちょうだいね……で、乾燥《かんそう》させてある物？　それとも何もしてない方がいいのかしら？　用途《ようと》は？」

「それじゃあ、乾燥させてあるもので」

「ということはアロマとかかしら？　確かに、香《かお》りのほうも悪くないものね。幾《いく》つ欲しいの？」

「そうですね、部屋で焚《た》きたいんですけど、小さめのアロマランプで十分間程度、もつだけの量をもらえますか？」

「いいわよ。葉なら結構ストックしてるから、余分に持っていきなさい」

システィはそう言って書斎《しょさい》の奥《おく》の部屋へと入っていくと、そこから小分けにされた袋《ふくろ》を大量に持ってきた。白っぽい乾燥葉で満たされた小袋《こぶくろ》は、何やら怪《あや》しげな気配を漂《ただよ》わせているようにも思える。

「へえ、それだけの量をよく持ち込めましたね。もしや秘密の商売でもしていたり？」

「してないわよ、あくまでも自分用よ！　それで、焚いてどうするのよ。急に色気づいちゃって、部屋に女の子でも呼ぶつもりかしら」

アルスはひとまず数袋ぶん受け取った《夢晩酔草》を仔細《しさい》に調べ、その質の高さを確認《かくにん》すると、満足げに言った。

「まあ、そうですね。呼ぶのは二人ほど。もっとも、目的は訓練のためですが」

第91章　「魔力の深奥《しんおう》」

《夢晩酔草》を入手した後、アルスは本校舎を出て、半壊《はんかい》した研究棟の横を歩いていった。

倒壊《とうかい》の危険はないのだろうが、そう簡単に直るとも思えない有様だ。

通り過ぎざまにちらりと視線を送ると、随分風通しが良くなってしまったかつての自分の研究室は、まるで外壁《がいへき》を取り外されたモデルルームのように、外から丸見えだった。

「アルス様、本校舎周辺には何人も魔法師がいましたね。いずれも手練れっぽかったですが、どうも純粋《じゅんすい》な軍属ではないような気配も」

ロキはしっかりとチェックしていたようだ。

「あぁ、高位の魔法師っぽいのが数名、その従者っぽいのも見かけたな」

「従者ですか、とすると貴族関連ですかね？」

現在、生徒達は基本休暇《きゅうか》中で授業も休講状態なのだが、あえて学院に残っている貴族の子弟《してい》もいるのだ。

「ああ、過保護な親が雇って付けた護衛達だろ。非魔法師も見かけたが、ああいうのはたぶん休講中の身の回りの世話係だろうな」

「いやはや、温室育ちですね」

「同感だな。とはいえ、正式にここの警備を担《にな》っている軍の面子もある。無駄な軋轢《あつれき》を生まないよう、最低限の人数だけのようだが」

「おまけの世話係という名目で、実質的な子弟の護衛役を水増ししている様子もありますが」

「強面《こわもて》がうろうろしてちゃ、学院というより文字通り軍施設《しせつ》みたいになってしまうからな。武装した部外者に関する人数制限は守ってる手前、理事長も拒絶《きょぜつ》できないんだろ。何しろあの出来事の後だけに分が悪い、学院の護衛役の何人かが早々に殉職《じゅんしょく》した挙句、警備を簡単に突破《とっぱ》されたんだし」

これにロキは、納得《なっとく》しかねたようで。

「しかし、襲撃者達《しゅうげきしゃたち》はいずれも凶悪魔法《きょうあくまほう》犯罪者の上、強者揃《つわものぞろ》いでした。しかも軍施設でもない、この学院に向かってくるなんて予想外もいいところです。あの襲撃を防ぎ切るのは困難だったのでは?」

「確かに不可能だったろうな。ミールや格下どもならともかく、俺が戦ったダンテなんかは、全盛期の理事長でも苦しい相手だったろう。そうはいっても世間的には関係ない話だ。

軍人を育てる名目の教育機関とはいえ大事な子供を預けているとなれば、感情的になる親も出るだろ」

むぅ、と不服そうにロキは口をつぐんだ。世の中、どんなに手を尽《つ》くしても不可抗力《ふかこうりょく》というものは発生する。それにあの脱獄囚《だつごくしゅう》らの襲撃はそこらのゴロツキが暴れた、というのとはレベルが根本的に異なる。いわば悪意の天災、嵐《あらし》や台風といったものにも近いとロキは考えられるのだ。しかも職員や警備担当、教員らに殉職者が出ているだけでなく、生徒も二名ほど亡《な》くなってしまっている。それでも客観的に見て、凶悪犯《きょうあくはん》相手に被害《ひがい》を最小限に収められたのは間違いない。もちろん理事長の立場を考えるなら、一人も死者を出さないのが最良なのだろうが、【トロイア】に収監されるような極悪《ごくあく》魔法犯罪者相手では、どうにもならなかったというのが正しいだろう。

しかし、そんなことなど被害に遭《あ》った親には関係ない。それも世間、特に子供のこととなると視野が狭《せま》くなりがちな親達には、到底《とうてい》理解できないものなのだろう。普段《ふだん》はともかく、今ならシスティにちょっとは同情してもいいような気さえする。

そんな間にも自然と歩は進み、やがてアルスとロキは、無事女子寮《じょしりょう》へと到着《とうちゃく》した。

目的は、テスフィアとアリスの容態を確認すること。

アルスがダンテとの戦いから戻《もど》っても仮住まいに顔を見せに来ないということは、快癒《かいゆ》には至っていないのだろう。

女子寮は脱獄囚の襲撃から難を逃れており、相変わらず城塞《じょうさい》めいた警備体制だ。門番として軍から派遣《はけん》されてきたらしい三桁魔法《けたまほう》師が、退屈《たいくつ》そうに待機していた。

今は認証《にんしょう》システムが稼働《かどう》できなくなっているのか、入館受付方法はまず名前を台帳に記《き》載《さい》し、学院のデータベースと照合するというアナログなものだった。

男性のアルスにだけは特に入念なチェックが入ったが、ここは花の女子寮なのだし、仕方ないところだろう。

女子寮に入ると、そこには本校舎近くでも見たのと似た光景が広がっていた。貴族の子女に付けられたのだろう従者達が廊下《ろうか》を行き交《か》い、時にはドアの前で待機している。

さほど多くはないが、従者の服装というのはまず学院では見かけないもので、どうにも奇妙《きみょう》な雰囲気である。

「場所柄《ばしょがら》でしょうか、女性の従者がほとんどみたいですね」

ロキがその中の一人を、そっと差し示しつつ言った。銀色のワゴンを押《お》しつつ、廊下をツンと澄《す》まして歩いている姿は、まさに貴族邸宅《ていたく》のメイドのそれである。

その周りを遠巻きにし、慣れない様子でぽかんと見ているのは、おそらく平民出身の女子生徒達だろう。

この女子寮の中では、あの襲撃を契機《けいき》として、平民と貴族との格差が、俄《にわ》かに目に見える形で広がってしまったようだった。

貴族嫌《ぎら》いのアルスとしては若干《じゃっかん》の居《い》心地《ごこち》の悪さを感じるが、仕方ない。ひとまず記憶《きおく》を辿りながら、テスフィアとアリスが暮らしているはずの相部屋へと到着すると、ドアをノックする。しかし、応答はなかった。

寮内《りょうない》がこうも物々しくなっている以上、今更《いまさら》、特別に警戒《けいかい》されるいわれもないのだが。痺《しび》れを切らしてロキがドアノブを回そうとした刹那《せつな》。

「……ちょっとお待ちを」

テスフィアともアリスとも違う聞き慣れない声と同時に、ドアが開いて――妙《みょう》な圧を感じたアルスは、とっさにロキの襟《えり》を掴《つか》んで後ろへ引き戻す。

思わず首が締《し》まったロキが小さく「ウッ！」と呻《うめ》いた直後、ヌッとドアの隙間《すきま》から人影《ひとかげ》が現れ出た。

ドアとアルス達の間の動線を綺麗《きれい》に塞《ふさ》ぎ、無言で仁王《におう》立ちしているその人物は、いわゆるハウスメイドの姿こそしているが、突き刺《さ》すような目線をこちらに向けている。

その鋭《するど》さ、全身から発する圧の強さ……裏の仕事もこなすアルスだから分かるが、絶対に堅気《かたぎ》の人間ではない。平和な女子寮においてなお、警戒本能を呼び起こされる異形の存在感。アルスはその気配に、覚えがあった。

「ああ……以前に会っているか。セルバさんのところのメイドだな」

その声に、相手は改めてじろりとアルスを見た。メイド服の可憐《かれん》な見た目に反して、ひどく無表情な女性だ――今のところ敵意はないようで、挑発的《ちょうはつてき》な気配も感じ取れない。ただ、戦闘《せんとう》機械が相手の能力を分析しようとするかのように、冷徹《れいてつ》にアルスを観察し続ける。

その瞳《ひとみ》の奥は、まるで深い闇が渦巻《うずま》いているようで、冷たく澱《よど》んでいた。

「……」

互いに無言の間があって、一拍《ぱく》置いてから……女性の唇《くちびる》の両端《りょうたん》が、ぎこちなく吊《つ》り上がって笑顔《えがお》のようなものを作る。今思い出した、と言わんばかりに。

「……お久しぶりです。アルス・レーギン様」

本当に女性が喋《しゃべ》っているのかと疑ってしまうほど、平坦《へいたん》で人間味を感じさせない声。眉《まゆ》を僅かにひそめたアルスと絶句しているロキを横目に、そのメイドは手ずからドアを開けて二人を招き入れ、慇懃《いんぎん》に一礼する。

「アル、入ってきて」

その奥から届く、聞きなれた声――テスフィアによる入室許可を受け、ロキは胸をほっと撫《な》で下ろして、部屋に足を踏《ふ》み入れた。

室内は、以前来た時と特段の変化があるわけではなかったが、よく見ると、キッチンの方で食器を下げているもう一人のメイドがいた。

彼女は慌《あわ》てて手を拭《ぬぐ》うと、深々と腰を折る。

「フェーヴェル邸にお越し以来ですね、アルス様。そちらはお嬢様のご学友のロキ様でよろしかったでしょうか。初めましてフェーヴェル家に仕えております、テスフィアお嬢様の侍女《じじょ》のミナシャと申します」

「ご丁寧に……ロキ・レーベヘルです」

礼には礼を返すロキは、しっかりと襟《えり》を正してお辞儀する。

挨拶を終えるやいなや「アルにロキちゃん、いらっしゃい～」とにこやかに迎《むか》えてくれたアリスと並んで、寝台《しんだい》から降りてきたテスフィアが、頬《ほお》を指で掻きつつ紹介《しょうかい》する。

「えっと、あの二人はお母様が派遣してくれたの。私の専属メイドのミナシャと、護衛メイド？　のヘストさん」

同時にミナシャは小動物的に素早《すばや》く、ヘストは威厳《いげん》あるベテラン傭兵《ようへい》のように重々しく、どうにもチグハグなお辞儀《じぎ》で応じた。同じようなメイド服だが「どちらが本職であるか」のクイズでも出せば、百人が百人とも間違えることはないだろうというほど、雰囲気に差がある二人だ。少なくとも片方にふさわしい本職は、暗殺者か何かだろう。

アルスは無難な自己紹介《しょうかい》を返しつつ、久しぶりに少々頬が引き攣《つ》るのを感じた。

このレベルの逸材《いつざい》が護衛メイドとは。先頃《さきごろ》、あの家を【アフェルカ】の旧構成員が襲撃する事件が起きたが、その時アルスが見た戦闘メイドらの中でも、この女は並みの者とは一線を画す存在だった。

それもそのはず、執事のセルバが直接育て上げたらしい、精鋭《せいえい》中の精鋭たる戦闘者である。真の意味でフェーヴェル家の戦力たりえる一人だろう。

(対人戦だけなら、ロキより上だろうな。相当の傑物《けつぶつ》だ)

現状ではセルバと同等か、それ以上ということしか分からない。諦《あきら》めたアルスが値踏《ねぶ》みを終えた途端《とたん》、ヘストの方からも全身に漂っていた物々しい気配が消失し、極端《きょくたん》に存在感が希薄《きはく》となった。

一応、安全な来客と認めてくれたということだろうか。

一方で、キッチンに向かったミナシャの後を、ロキが視線で追いかける。その視線にはどこか憧《あこが》れの色があった。おそらく本物《ヽヽ》のメイドの給仕《きゅうじ》スタイルを見習いたいのか、とアルスは察して。

「ロキ、手伝ってくればどうだ？　狭い部屋の中だ、少し離れてても会話ぐらい聞こえるだろ」

「で、では……ミナシャさん、お手伝いさせてください。後、紅茶を淹《い》れる時に何か気をつけることはありますか？」

「ありがとうございます！」

ちらりと首肯《しゅこう》するテスフィアの方を窺《うかが》いつつ、ロキのそんな申し出を、ミナシャは満面の笑みで受け入れてくれた。見るからに物腰《ものごし》が柔《やわ》らかいお姉さんタイプで、きっと誰《だれ》にでも好感を持たれる人柄《ひとがら》なのだろう。

ロキがミナシャから紅茶の淹れ方についてレクチャーを受けている間、ヘストは不愛想にドア側の壁面《へきめん》に突《つ》っ立っていた。一応はメイドだというのに、こちらは手伝う気が一切《いっさい》ないらしい。

（妙な二人だな。とはいえテスフィアには、あれでどうしてお似合いなのかもしれんが）

一先ず、ようやくテスフィアとアリスに向き合うことができたアルスだった。

「なんだかミナシャさんが来てくれたから、怠《なま》け癖《ぐせ》がつきそうだねぇ」

開口一番、緊張感《きんちょうかん》のないことを言い出したのは、アリスだ。

これまで部屋のことはアリスが仕切っていたようだが、ミナシャが来たことで、家事全《ぜん》般《ぱん》のイニシアチブを奪《うば》われてしまったらしい。

「まだ傷は完治してないんだろ？　それならいっそご厚意《こうい》に甘えてベッドで休んでればいい。どうせ休校中なんだし、訓練場が使えるわけでもないからな」

「え、聞いてないの？　この前通達が来て、訓練場の代わりに実習棟《とう》で訓練できることになったのよ。アルも今、そこに間借りしてるんでしょ？」

「……はあ？」

テスフィアから知らされた予想外の情報に、思わず上擦《うわず》った声をあげてしまうアルス。

実習棟で訓練ができそうなスペースとなると、まさに自分の部屋の隣《となり》だ。しかも不慣れな生徒らが魔法《まほう》の訓練をするというのだから、集中しての研究はおろか、読書すら落ち着いてできないだろうと予想できる。

「魔力置換《まりよくちかん》システムはどうするんだ!?」

「その心配はないみたいよ。軍から借り受けた疑似《ぎじ》装置を代用して、簡易的にだけど訓練場としての機能は果たせるみたい」

まったく、余計な仕事だけは早い――。

だがアルスとしては、簡易的というのがどうにも気にかかる。騒音《そうおん》は置換してくれないだろうし、程度の問題がある。そこらの生徒レベルの魔法なら実害が出ないようにできるだろうが、テスフィアやアリスのような優秀《ゆうしゅう》な生徒だと、果たしてどうなのか。

した。

だがテスフィアが、そんなアルスの懸念をいくらかは軽減してくれそうなことを言い出した。

「でも、私もアリスもまだ完治してないから、当分は利用できないわよ。せっかく空いてるってのにね」

「そうだねぇ。私もまだ握力《あくりょく》が戻らないから……う～ん、どれくらいで治るんだろ、これ？」

口を尖らせたテスフィアとは対照的に、アリスは微笑《ほほえ》みつつも、左手をそっと庇《かば》うように右の掌《てのひら》で覆《おお》った。そこには、脱獄囚の一人と対峙《たいじ》した際に受けた傷があった。

まだ包帯は取れておらず、思い出すだけで己《おのれ》の未熟さを訴《うった》えるように傷が痛むのだ。いわば、本物の戦闘の洗礼とでもいうべきか。そんなアリスの表情には、払拭《ふっしょく》しきれない翳《かげ》りが落ちていた。

「そうか、ならひと安心だな」

ひと安心って何よ、と突っ込《こ》むテスフィアに対して、アルスは鋭い視線を向け。

「フィア、お前、まだ腕《うで》が上がらないようだが大丈夫《だいじょうぶ》なのか」

「えっ!? ……う、うん、鎖骨《さこつ》が折れたんだけど、まだちょっと手が痺れる時があるのよね。まぁそれでも、生命があっただけ贅沢《ぜいたく》なんだけど」

アルスの様子をちらりと窺いながら、テスフィアは空元気を覗《のぞ》かせる。

脱獄囚との熾烈《しれつ》な戦闘は、二人の心にも軽くない傷を与《あた》えたようだ。本来魔法師が対峙すべき魔物《まもの》ではなく、グドマに操られたかつての【ドールズ】などともまた違う、凶悪《きょうあく》な人間との戦い。それはちゃんと意識を持ち、真の殺意を向けてくる敵と刃《やいば》を交える、人間同士の死闘《しとう》だったのだ。

本来なら、そんな〝死合〟とは無縁《むえん》な生活を送っていた二人だけに……。

さぞ、恐《おそ》ろしかっただろう。

さぞ、衝撃的《しょうげきてき》だっただろう。

「魔物なんかよりよっぽど恐ろしいだろ、人の悪意は」

反射的に何かを言いかけたテスフィアだったが、アルスの表情を見て、すぐにその唇は固く閉ざされた。

自分がこれから口にする言葉。それは、もしかするといわゆるお節介《せっかい》の類かもしれないと思いつつも、アルスは腹を決める。

二人の指導役として、初めて本気で伝える言葉。

妙な気分だが、なんだかんだ言いつつもこれまで結局、彼女らの指導に関して、自分はどこか中途半端《ちゅうとはんぱ》な覚悟《かくご》しか持ち合わせていなかったのだろう。いわば、先生ごっこの域を出ていなかったのだ。

しかし、ここから先は、アルスも責任をもって二人の雛《ひな》を教え導く覚悟を決めなければならない。

「お前達に一つ、訊《き》きにきた。今すぐ返答してもらう」

一瞬《いっしゅん》、二人が息を呑《の》むのが分かった。きっとアルスの言葉に、師弟《してい》関係の解消といったような意図を想像したのだろう。厳密には師弟関係ではないのだが、今更そこにこだわるつもりはない。既《すで》に彼女らには、一線を越《こ》えるほど多くの知識や技術を学ばせているのだから。

「脱獄囚らは今や全員が抹殺《まっさつ》もしくは捕縛《ほばく》された。だが今回の事件は、一つのきっかけに過ぎないと思う。魔法師の相手はあくまで魔物で、対人戦は別カテゴリというのがこれまでの常識だった。が、お前らは直接見たかも知らんが、あの〝人魔化〟現象が今後も起こりうる以上、もはや状況《じょうきょう》は変わったと思ってる」

これまで人類が腹の中で溜《た》めていた毒素が、ここにきて身体全体に影響し始めてきている。偽《いつわ》りの平和に内包されていた罪業《ざいごう》とも言うべき悪《あ》しき毒が、育ち過ぎてしまったのだ。クラマ然《しか》り、魔法という力が魔物のみならず、同族に向けられていることを隠《かく》しきれなくなってきたのだ。

アルスは指を三本立てた。

「そこで、これからお前達の指導をどうするべきか、俺《おれ》なりに考えた。具体的には三つの方針がある」

テスフィアとアリスは、同時にごくりと喉《のど》を鳴らす。

「もちろん理事長との約束もあるから、途中《とちゅう》でお前らをほっぽり出さないというのが前提だがな。さて、まずは一つ目。それは、このまま何もなかったことにしてお前らの心の安《あん》寧《ねい》を第一にし、あくまで魔物を倒《たお》す、既存《きそん》の魔法師としての道を歩ませることだ。まあ、国は人魔化現象を可能な限り隠蔽《いんぺい》する方針だろうし、大抵《たいてい》の生徒は学院の既定《きてい》路線で学び、卒業していくだろう。正直に言うがお前達には才能がある、そちらの方向でも大成できるはずだ」

その言葉に、二人は大きく目を見開いた。それもそうだろう、アルスが手放しに二人を称賛《しょうさん》するのは初めてのことだ。

アルスとしても、特にテスフィアに関してそれを認めるのは少々癪《しゃく》だが、すでに二人は力だけなら外界に出ていける最低限の水準に達している。低レートの魔物くらいならば単独で撃破《げきは》できるだろう。逆に言えば、足りないのは経験だけである。続いてアルスは、次のルートについて口にする。

「二つ目は、お前らが脱獄囚どもに毅然《きぜん》と対峙したように、必要があれば世界の暴虐《ぼうぎゃく》を断罪し、同じ〝人間〟をも屠《ほふ》り得る力と覚悟を身に付ける道だ。魔物を相手にする厳密な軍人魔法師とは違う。正義とまでは言わんが、秩序《ちつじょ》を守るための力ってところだ。いうなれば、古来にはあった〝戦護魔法師〟とでもいうべき在り方だな。対人戦をもこなすんだから、求められる能力も変わってくる」

「リリシャみたいに？」

絞《しぼ》り出すように、テスフィアがその名前を口にした。フェーヴェル家の執事《しつじ》であるセルバが裏の世界の住人であったことは、薄々《うすうす》テスフィアも気づいているはずだ。さらに、彼女はかつてグドマとの一戦で、限りなく人に近い〝ドールズ〟達を数人斃《たお》してもいる。意識せずとも、7カ国に存在する闇《やみ》について、鋭く察してはいたのだろう。

「まあ、そうだな。リリシャは情報戦や裏方メインだから厳密には違うが、実質【アフェルカ】のような仕事と思っていい。俺にもたまに回ってくる極秘《ごくひ》任務がそれだ。お前らがこのまま魔法師になったところで、その力は対魔物戦闘《せんとう》に限定される。今回の脱獄囚のように、殺しや暴力を生業としてきた者を圧倒《あっとう》する技術を身につけるのは難しい」

そのためには、単純な実力だけでなく、殺すための最短手順を知らなければならない。何事にも迷わない鋼の心を持ち、動揺《どうよう》もせず淡々《たんたん》と殺すための手段を講じる。

アルスはあえて口にしないが、テスフィアの護衛役であるヘストこそまさにそれだ。

無論、リリシャの裏仕事に関する適性が怪しいように、テスフィアとアリスもまた、真の意味での適性はないだろう。だからランクを下げて対魔法師戦に特化するタイプの戦護魔法師を目指すのも手だ。アルスやリリシャのように積極的に処理する裏方ではなく。

いずれにせよ、人を殺めることに慣れなければ務まらない。最初こそ悪人だからと己の良心を騙《だま》せていても、いずれは耐《た》えきれなくなるのが普通《ふつう》なのだ。

二人は軽く溜《た》め息《いき》をつくと、気まずそうに互《たが》いに顔を見合わせた。それをアルスは分かっていたかのように、あえて軽く微笑《びしょう》する。

「ま、提案してみただけだ。俺自身お前らに向いてる道だとは思わない。フェリネラのように諜報《ちょうほう》畑を目指す道もあるが、対人戦が中心となる以上、結局は似たり寄ったりだろう」

「そうだ、よね……。フィアなんて、感情が表に出やすいから尚更《なおさら》だよね。まあ、そんなフィアを見たくはないのもあるけど」

「う……！」

図星を突かれたとばかり呻くテスフィアを他所に、アリスは「当然、自分も無理かな……」と頬を掻く。

「わ、私だってやるときはやるのよ！」

ブゥーと頬を膨《ふく》らませたテスフィアだったが、一瞬《いっしゅん》眦《まなじり》を吊り上げた後、諦めたように脱力して呟《つぶや》く。

「でも、とにかく、今回の自分の無力っぷりは心底堪《こた》えたわ。あの人でなしども相手に無《む》茶《ちゃ》したあげく、痛い目にあったんだから。できれば、もう二度と味わいたくもない。正義や気持ちだけじゃどうしようもない、絶対的な力の差は確かにあって、無理な時は無理なんだよね、どうしたって……」

震える唇から、ぽつりと紡《つむ》ぎ出された少女の声。

それを聞いて、アルスはそっと目を閉じた。急激に腹の底が冷えていくのが自分でも分かる。驚くべきことに、自分が今感じているのは、軽い失望の気配だ。裏を返せば、期待をしていたのか。昨日までは勝気さばかりが目立っていた、眼前の赤毛の少女に？

「後悔《こうかい》しているのか」

責めるような調子にならないよう自制してはいたが、それでも驚くほど平坦な声が口から出る。それを、アルスはまるで他人の台詞《せりふ》のように聞いた。

見舞《みま》いに行ったあの時、はっきりと感じた。彼女達《かのじょたち》は確かに、後悔しないための行動をした。心からの衝動《しょうどう》が、彼女達を突き動かしたのだ。純粋な正しさに身を委《ゆだ》ね、心に従って、自分という芯《しん》を貫《つらぬ》いた。

無謀《むぼう》を通り越した馬鹿者《ばかもの》であるが、それゆえにアルスは世界に在るべき正しさというものを、これ以上ないほど正しい形で成《な》し遂《と》げた少女達の行動に、どこか憧憬《しょうけい》にも似た念を微《かす》かに抱《いだ》いてしまっていたのだ。

かつて、外界で仲間のために蛮勇《ばんゆう》を振るい、自分の生命を投げうった魔法師を、幾人《いくにん》も見てきた。そんな行動を一時は非合理の極《きわ》みだと割り切り、軽蔑《けいべつ》してきた。

けれど、そこにはアルスにはない何かがある。理屈《りくつ》ではない、何度考えてもそこに合理的な判断は見当たらないというのに。

ただの統計上の死者として、無機質に増えていく膨大《ぼうだい》な数列。そこに並び入りつつ、何かに抵抗《ていこう》し燃《も》え尽きた者達を、犬死だとして、心の底から蔑《さげす》むことはできなかった。

昔、自分が軽々と切り捨て、置いてきてしまった何かをそこに見た気がしたのだ——自分に欠けてしまった大事な何か。

テスフィアとアリス、そんな未熟な二人の面倒《めんどう》を、ここまでアルスはずっと見続けてきた。愚痴《ぐち》をこぼしながら、割に合わないと内心で何度も思いながら。

自分という難解なパズルに欠けてしまっている、大事な破片《ピース》を二人は、それを持っているというだけの話なのだ。

だが、一度失ってしまったものは、二度と元に戻らないのだろう。

それでも何が欠けたのかだけは知りたい。何故《なぜ》ならば、それこそが無限に変わりゆく世界の中で、己がいくら研究しようとも解明できないほどに美しいもののはずだから。

テスフィアは……アルスの低い声色《こわいろ》の中に、確かに責めるような色を感じ取ってしまったのだろう。彼女《かのじょ》は赤毛のサイドテールを揺《ゆ》らし、むきになったように、反駁《はんばく》する。

「そんなわけない!!　ただ、大事な人達が殺されそうになってる時、メチャクチャな暴力に逆らえないなんて嫌《いや》なのよ！　ただそれだけ！　守りたくて立ち向かうのに、為すすべがないなんて！　そんな無力感なら、もう二度と……あ、ィタッ！」

テスフィアは勢いよく口にしざま、鎖骨を押さえて呻いた。

「アル、私たちは大丈夫だよ！　確かに〝次〟も起こるかもしれない、でも同じ失敗はしないよ。もっと力をつけて、次は負けないから！」

テスフィアほど力強くはないが、確固たる意志をもってアリスも口を開いた。

ずっと考えていたのだろう。二人で話し合ったのだろう。

世界には、常に二つの貌《かお》がある。このところ、嘆《なげ》きと血にまみれた残酷《ざんこく》さにしか直面していない彼女達だが、可能なら、対となる美しい側面も見せてやりたいものだ。

何かが欠け落ちて、外の世界の美しさしか知らない自分だが、それでもいつか、その輝《かがや》きの断片《だんぺん》程度を見せてやれる機会くらいはあるだろう。

「そうか、分かった。なら、もう試すような真似《まね》はしない」
道は定まった、そう思いながら、アルスは同時にどこかで安堵《あんど》している自分がいること
に気がついた。このままどこまでも真っすぐで在ってほしいと、二人に対して、妙な親心
にも似た気持ちが湧《わ》いてくる。
力をつけて、誰にも負けないほど強くなったら、その先で彼女達はどんな戦場に立とう
とも、自分の望むままに戦うことができるだろう。
抵抗虚《ていこうむな》しく外界の土へと還《かえ》った先達らとは違《ちが》う、本当の魔法師になれるのだろう。自分
のような、心を無くした紛《まが》い物ではなく。
どこかいたたまれない気持ちで、アルスの視線は自然に落ち、ただ項垂《うなだ》れる。いや、眩《まぶ》
しくて顔を上げるのが困難なのだ。
少女達はいくら無残に敗北しても挫《くじ》けず、世界には愚直《ぐちょく》な正義が残っている。
以前、セルバが語った言葉を思い出した。
テスフィアに世界の裏側を見せたくはない、と嘆いたその言葉を。今なら、あの律儀《りちぎ》す
ぎる老人に、その心配はないと胸を張って言えるだろう。きっと魔法師を目指す上で、見
なくて良いものなどないのかもしれない。
ふと、優《やさ》しげな声がスッと耳に入ってきた。

ああ、この声はアリスの声だ。

「アル、負けないよ。自分にもね」

「何がだ？」

「う〜ん、深い考えがあるわけじゃないの。なんとなく、アルが心配してるかなって思って」

えへへっと誤魔化《ごまか》し笑いを浮《う》かべたアリス。図《はか》らずも心の機微《きび》を読まれた形だが、今に限ってはそう悪い気もしない。

それはそうと、咄嗟《とっさ》に口から出たにしても、アリスは随分《ずいぶん》と優しい言葉を吐《は》く。

「そうそう、こんなことで挫けないわよ！　私達を甘《あま》く見ないでよね」

続いて、頬に柔らかな指の感触《かんしょく》。視線を横に向けると、ちょん、と人差し指を伸《の》ばすようにしてアルスに触《ふ》れてきた、テスフィアの笑顔がそこにあった。

いかにも生意気そうで、大胆不敵《だいたんふてき》ないつもの笑《え》み。

「はい、どうぞ」

加えて実に嬉《うれ》しそうな声とともに、湯気を立てる紅茶がそっとテーブルに置かれた。その仕草と声色だけで、ロキの表情が分かってしまう。アルスの内心を、彼女は確かに鋭く読み取って、自然に微笑んでしまっているのだろう。

だからこそ絶対に今、彼女の顔を見るわけにはいかない、とアルスは自分に言い聞かせた。

俯《うつむ》いた視界の端《はし》を、柔らかな笑みを浮かべたミナシャが無言で横切り、テスフィアとアリスの前に新しい紅茶を注ぐ。

真新しい湯気が立ち昇《のぼ》り、清涼《せいりょう》な果実の香りが鼻腔《びこう》を抜《ぬ》けていく。その香りに包まれると、何故《なぜ》か自分が、いろんなものに見守られているような気持ちにさせられた――そこに惨《みじ》めさはない。

「アル、どうしたの？　まだ、あんたの立てた方針を全部聞いてないけど。三つ目は？」

そんなアルスに、してやったりとばかりテスフィアがどこか楽しそうに催促《さいそく》してくる。

もはや、ここにきて腹立たしさは感じない。何より最後の一つは、彼女らの選択《せんたく》によって詳細《しょうさい》が分かれるはずの道だったからだ。

今、二つ目という答えが出た以上、彼女らはきっとそれを、最高に意義あるものと感じてくれるだろう。

熱い紅茶で舌を湿《しめ》らせ、ほんの少しだけ喉に送ってから、アルスは口を開く。

「お前のメイド二人、口は堅いだろうな？」

「え？　ん～、まあ大丈夫だと思うけど」

テスフィアは、ミナシャとヘストに確かめるように、ちらりと視線を向ける。

「私は問題なしですよ」と胸を叩《たた》くミナシャ。だが一方のヘストは首を傾《かし》げて「あいにくですが、お約束はできません」と告げてくる。

どうやら指揮系統上、彼女はセルバとシトへイマ侍従長《じじゅうちょう》、当主フローゼに詰問《きつもん》されれば、見聞きしたことを必ず話さなければならないらしい。

実に彼女らしい融通《ゆうずう》の利《き》かない返事に、一瞬アルスは迷ったが。

「でしたら、そこに関して尋《たず》ねられた場合、フローゼ様のみにお伝えする形でどうでしょう。それならばギリギリ規則に準じた対応の範囲内《はんいない》です。また返答は私からではなく、お嬢様《じょうさま》に直接お聞きくださるようにお願いできれば、万全《ばんぜん》かと」

「えっ!?　それって結局、私に返ってくるやつじゃん」

テスフィアは驚《おどろ》いたように言いつつも、アルスに視線で促《うなが》されて、肩《かた》を竦《すく》める。

「はいはい、分かったわ、じゃあそれでお願いね、ヘストさん」

「承知いたしました」

ニコリともせず、ヘストは返事をした。ほとんど簡単な受け答えをするだけの人造人形であるかのようだ。

「じゃあそれで一件落着だ。さて、三つ目だったな」

仕切り直しとばかりに、アルスは本題に進む。

「結論から言えば、お前らを更《さら》に強化する。これまで通りの訓練は、いくら続けても仕上がりは予想の範囲内で収まるものだった。仮に一流であろうと、既存の概念《がいねん》に沿った魔法師を目指すなら、それでも十分だと思っていたからな」

「そ、そうだったんだ!? でも、アルのおかげで、私、成績も実力もめちゃくちゃ伸びたと思ったけど」

「そうそう、私もぉ！　新魔法だって使えるようになったんだよ!?」

びっくりしたように口を揃《そろ》えたテスフィアとアリスを、アルスは手で軽く制した。

「これまでの訓練によって、お前らがすでに頭角を現してるのは間違《まちが》いない。けど、それはあくまで学生レベルかつ、二桁魔法師を限界として設定した場合、というニュアンスがついて回る。現状じゃその上を目指すことはできないし、限界はすでに見えてる。だからこその新プランだ」

「限界って、それにちょっと待ってよ！　ねぇ、アルが言ってる〝それ以上〟って、もしかして……」

「うん、もしかしなくても、シングル魔法師のことだよね？」

ぽかんとする二人に、アルスは真剣《しんけん》な顔で向き直る。

「ま、そうなるな。僅《わず》かながら可能性はある」

本当は、話したくない内容なのだ。こんなことは百害あって一利なしなのだから。これからどんどん能力を伸ばしていくだろう成長盛りの二人だ。そんな彼女らの鼻先に言葉ばかりの希望をぶらさげ、結局それが果たせなければ、かえって絶望の谷底に突き落とすことになりかねない。

「えっ⁉　私たちがシングルになれるの⁉　ホントに⁉」

果たして、食いつくように身体を乗り出してきたテスフィアは、アルスの瞳の奥《おく》を、真《しん》偽《ぎ》を問うかのように覗き込んでくる。アリスも同様で、榛《はしばみ》色の目を輝かせ、興奮に頬を赤く火照《ほて》らせていた。

そんな二人の期待をピシャリと断《た》ち切るように。

「早まるな、あくまでも可能性の話だ。理事長もそうだが、シングル魔法師が化け物と呼ばれる理由を知ってるか？」

「化け物？　それって普通の魔法師じゃ届かないくらい強いからじゃないの？」

抽象的《ちゆうしようてき》ではあるが、テスフィアの言い分も正しい。

現1位のアルスからすれば、何をもってシングルを化け物クラスとみなすのか、それを示すのは至極《しごく》簡単なことだ。

「二桁魔法師とシングル魔法師の決定的な違い……それは魔力量《まりょく》だ。これはある意味、血筋を含む天稟《ふく てんぴん》で決まる。いくら非凡《ひぼん》な才能があろうと努力を重ねようと、現状の改善はできても、潜在的《せんざいてき》な限界量は自《おの》ずと決まっているんだ。例えば9位のシングル魔法師と10位の二桁魔法師の間には、埋《う》めようもない差があると言っていい。つまり、文字通りの桁違《けたちが》いってことだ」

「それでそれで!?」

かつてないほど興奮した様子で、テスフィアが火照った顔を近づけてくる。アリスもこれ以上ないほど熱心な雰囲気《ふんいき》で、握《にぎ》った拳《こぶし》には大きな力がこもっているのが見えた。

今や9位がシングル魔法師に相応《ふさわ》しいかの議論は置いておくとして。

「さらに言えばシングル魔法師でも3、4位より下とそれ以上の差は、また別格。詳細は割愛《かつあい》するが、7位のレティでさえ、普通の魔法師の基準からいえば、並外れた魔力量を有していることになる」

実はこの話について、以前は3位より下とそれ以上で線引きしていたが、最近4位のフアノン・トルーパーと一戦交えた経験をもとに上方修正を加えている。

現状アルスの認識《にんしき》では、魔力量だけを測るなら、4位より上の者こそ真にシングル魔法師と称《しょう》するに足る水準となる。

だが、驚くべきことにアルスはさらに別格……現1位の自分と2位のヴァジェット・オラゴラムでは、さらに天と地ほどの開きがあるはずだ。実のところ今のアルスの魔力量は【背反の忌《い》み子／デミ・アズール】との戦いを機に爆発的《ばくはつてき》に増加している。数値計測ができたならば、以前の自分と比較《ひかく》してすら、さらに桁が二つは違うことだろう。

ただ、そんな残酷すぎる現実を叩きつけ、少女二人の希望の芽を摘《つ》み取るのはあまりに酷《こく》な話だ。だからあえて黙《だま》っておき、アルスは先を続ける。

「で、強力な魔法は魔力消費が大きいため、無理に挑《いど》んでも試行にすら手間取る。最適化ができない未熟な状態なら、なおさらだ。結果、魔法習得においても魔力量は大きな枷《かせ》となるんだ。ま、シングル魔法師を語る上で魔力は大きな指標の一つであることは間違いない。ここまでは分かったな」

残念なことに、魔法師の道に熱心に挑むものほど、世界の不平等さをまざまざと見せつけられるのが現実だ。稀代《きたい》の天才が死《し》に物狂《ものぐる》いの努力をして、ようやく9位に手が届くかどうか。しかもさらに上を目指そうとするなら、さらに分厚い世界の壁《かべ》が待ち受けている。

シングル魔法師、しかも上位になればなるほど、順位が変化することは稀《まれ》だ。文字通り誰もが怪物《かいぶつ》級であるがゆえに、新しい傑物が登場してランクが塗《ぬ》り替《か》わることは少なく、それこそ上位者の死亡や引退といったことがない限り、定まった地位が揺らぐことすらめったにないと言える。

「そこで、お前達《たち》だ。将来のシングル魔法師となる者は、学院に入学した時点で、必ず頭角を現す。現にレティはここの卒業生だが、在籍《ざいせき》中は一目で分かる資質に溢《あふ》れていたはずだ。ま、隠そうとしても隠せる類の才能じゃないからな。今度理事長にでも、レティの学生時代の話を聞いてみるといい」

そこでアルスの肩を指で突いた者がいる。ロキだ。

「当時のレティ様の実力は、どれほどだったのでしょうか？」

「気になるか？　あくまでも推測だが、魔力量だけでも二桁レベルは確実にあったはずだ。ちなみにこの二人だと、魔力量の多いフィアでも、三桁下位くらいだ。アリスの魔力量も他の生徒と比べれば突出《とっしゅつ》しているが、魔力量だけで判断するなら、今軍に入っても大した使い道はない。そこそこやる新米クラスだな」

「はうっ⁉　私を例に出さなくても」

傷ついた様子のアリスを無視して、興味津々《きょうみしんしん》なロキの目がアルスに訴えかけてくる。

「ん？　ああ、ロキは俺と同じで、特別訓練所を経て幼少期から外界に出ていたからな。学生スタートの二人とは前提がかなり違う。と言うか、ロキは興味があるのか？」

「はい、アルス様の助けとなるのであれば、愚民《ぐみん》を屈服《くっぷく》させる権力を持つのも悪くないかと」

鼻息を荒《あら》くして意気込《いきご》むロキだが、少なくともその理由には賛同できない。現状、民衆の上に立つのは軍や国家であり、下手をするとより上手の者に、巧《たく》みに使い潰《つぶ》されて終わるだけなのだ。まあ、さすがに勢いで出た言葉だとは思うが。

「ロキについては、シングルを目指せる可能性はさらに高い。なにせ、その年で極致級《きょくち》魔法を習得できる魔法師なんて、まずいないだろうからな。とはいえ、まだまだ魔力量が足りないから地道に増やしていくしかないだろう。というか、俺のパートナーとしては、探知魔法師であろうと、いずれシングル魔法師並みの力はつけてもらうつもりだが」

「そうですか、そうなのですか。コホン、確かにアルス様のパートナーの座に在る者として、目標を高く掲《かか》げるのは当然のことでしょうから」

冷静さを装っているようで、内心はかなり嬉しそうである。シングル魔法師なんて、そんなに良いものじゃないとは、流石《さすが》に言えないが。

「話が横道に逸《そ》れたが、ここからがお前達に提案する三つ目だ。簡潔に言えばシングルの頂に手を掛《か》け、戦護魔法師の道も視野に入れていくために、魔力量を増やす秘策がある。だが……」

「「やるっ!!」」

アルスの言葉の先を待たず、息の合った返事を重ねて、二人は即答《そくとう》した。

「待て、まだリスクについて話してない。言っておくが、これに失敗すれば魔法師としては終わる。もちろん死にはしないが、魔法を使うことは不可能になるだろう。そのぐらいに重い賭《か》けなんだ」

「「……!!」」

今度は一転して揃って絶句する二人。

「選択はお前らに任せる。さっきは戦護魔法師などと綺麗《きれい》な言い方をしたが、対人——殺しの技術など身につけなくとも、お前らなら生き方はある。普通の魔法師としてこのまま歩んでいくだけでも、十分に己の才能と力を活《い》かせる道だと言えるんだ。だから、よくよく考えて……」

「やるわ！」

「私も！」

テスフィアとアリスは一切の迷いなく、強い眼差《まなざ》しを向けて答えた。その力強さを支えるものには、アルスに対する信頼《しんらい》もあるのだろう。

「そうか」

少し目を閉じたアルスに、ロキが傍《かたわ》らから囁《ささや》く。

「アルス様、もう宜《よろ》しいのでは？　少々癪ですが、お二人の覚悟だけは本物ですよ。それに私も、その秘策というのを実行したく思います」

「お前も、か？」

「はい。私とてアルス様のパートナーである以上、上を目指し強くなることへの覚悟は同じです。認めていただいた通り、修行《しゅぎょう》を重ねれば無理せずともいつか、というのも正しいのでしょう。ですがアルス様の側にいれば力不足を痛感するばかりですし、初めから安全な道程を歩むつもりはありません。〝いつか〟を気長に待つなんてありえないことです」

ロキは淡々と続ける。

「そもそも私自身、まったくのリスクなくして強くなれるなどという絵空事は信じていません。お褒《ほ》めいただいた現在の力とて、かつて一度は全《すべ》てを失ったからこそ、得ることができた強さです。この世界に、アルス様がいてくださったおかげで」

そして、銀髪《ぎんぱつ》の少女は真っすぐにアルスを見つめた。

「それにお二人に話すとお決めになられた時点で、アルス様は内心で、失敗のリスクを半ば除外されていたんじゃないですか。いえ、アルス様だからこそ、失敗はほぼないとすら思えるんです。そもそもリスクがどうであれ、私はアルス様を信頼するだけですから」

にっこり微笑むロキに、アルスもこれ以上言葉を紡ぐことを止めた。洞察力《どうさつりょく》がどうこういう以前に、ロキには最初から最後まで読まれていたらしい。

しかし、秘策といってもこれはいわば裏技《うらわざ》に近いものだ。それだけに、ロキの言ったことは半ば正解だが半ば外れでもある。

つまりはアルスとて「ここから先」に絶対の保証を付けることはできない。この世に光があれば必ず影《かげ》が落ちるという関係に似て、どこまでいっても、リスクはリスクとして付きまとうのだから。

「ハァ～、じゃあロキもしっかりと聞いておけ。ここから先は、ちょっと面倒なお勉強だ」

「ええっ」とテスフィアが困惑《こんわく》したような声を上げるが、その顔はやる気に満ち溢れている。アリスもまた、渋面《じゅうめん》を作るアルスに向けてにっこりと微笑みながら、椅子《いす》に座《すわ》り直す。

無残に破壊《はかい》された学院の中、しかしこの部屋には、確実にあの頃《ころ》の空気が戻《もど》ってきているようだ。

ふぅ、と溜《た》め息《いき》をつきながら、アルスはふと視線を上げる。

女子寮《じょしりょう》の窓に四角く切り取られて、久しぶりの青空が見える。いかなる嵐《あらし》が吹《ふ》き荒《あ》れても、未《いま》だ世界には、その〝蒼《あお》さ〟だけはぽつりと取り残されているようだった。

せめて、ということでティータイムが終わるまで間を置いてから……。

アルスは、テスフィアとアリス、ロキに向けて改めて説明を始めた。

彼女らには少し難解な内容ではあるかもしれないが、ここを省くわけにはいかない、と判断してのことだ。

「魔力量を増やす裏技について説明する前に、お前達に基礎《きそ》的《てき》な部分を話しておく」

「ど、どうぞ?」

さっきまでの勢いはどこへやら、ごくりと生唾《なまつば》を飲み込むテスフィアの手が、微かに震《ふる》えている。

「ふむ、良い心がけだ。じゃあ、お前らは〝魔力領域〟について知っているか?」

考え込むテスフィアに少し先んじて、アリスが恐る恐る、といった調子で答えを返す。

「……えっと、魔力が干渉《かんしょう》できる領域のことかな?」

「読んで字の如くというか、そのまま過ぎるな。まあいい、魔力領域とは、魔力が持続的に滞在《たいざい》できる空間のことを呼ぶ学術的名称《めいしょう》だ。手っ取り早く言えば、魔法が世界の法則に干渉する前には、まず現実空間の中に必ず、その魔力領域と呼ばれるものが顔を覗かせる。一時的に世界が重なりあって存在している、と言えばいいか」

アルスは呆《あき》れたような表情ながら、小首を傾げる二人に向けて、レクチャーを続けた。

「で、ロキが探知を行う際の魔力ソナーも、実は魔力領域を知覚することから始まっている。そもそも魔法自体、作用が事象化される前の段階で、まずは魔力領域へ働きかけているんだ。だから魔法師は誰《だれ》でも無意識のうちに、魔力領域に干渉できることになる」

「つまり、魔力粒子《りゅうし》で構成された亜空間《あくうかん》というか、もう一つの別世界という感じでしょうか？」

　ロキの解釈《かいしゃく》に、アルスは小さく頷《うなず》いて見せた。厳密に言うと学術的にはもっと深く掘《ほ》り下げる必要があるのだが、二人に説明する上で、それは分かりやすい例えだった。

「そうだな、今はひとまずそう捉《とら》えておけばいい。で、最新の学説では魔力領域も一つの空間である以上、いくつかのレイヤーのようなものが重なっていると仮定されているんだ。具体的にはその深部、奥の奥というべきエリアが存在すると思われる。専門用語にはなるが、それを【魔力深域】と呼ぶ。ここまで来ると普通の魔法が影響《えいきょう》を与えられる領域じゃないから、通常は観測することすらできないと考えられている」

「ええっ……!?　観測できないんじゃ、本当に存在するかどうかも分からないんじゃないかな？」

　疑問顔のアリスに続き、テスフィアも大きく頷く。そもそも実在が証明できないのなら、ある意味では存在しないのと同じではないか、と。

　だがアルスは、魔力深域の存在を疑っていない。一般《いっぱん》的には確認《かくにん》のしようがないというだけで、理論上存在すると考えたほうが、様々な魔法現象を上手《うま》く説明できる傍証《ぼうしょう》があるからだ。並みの魔法師ならいざ知らず、アルスほどの使い手になれば、多種に亘《わた》る魔法理論や魔法の深奥《しんおう》にも通じているぶんだけ、その実在性は直観レベルで正しいと感じられるのだから。

その具体的手段はまだ明らかではないが、ファノン隊にいるエクセレス・リリューセムや【プロビレベンスの眼】を持つ魔眼保持者のリンネ・キンメルといった一流の探知魔法師にも、同じことが言えるのではないか。

アルスが考えるに、彼女らは自覚的にか非自覚的にかの差はあれど、やはり魔力領域はもちろん、ときにより深い魔力深域にまで触れることで、並外れた力を発揮している可能性が高い。

「それじゃあ、こう考えてみろ。そもそも、お前達の扱《あつか》っている魔力というものは、どこに貯蔵されてるんだろうな？」

「どこって……魔力を扱うには、精神力や血の巡《めぐ》りが物をいうんだから、身体の中じゃないの？」

「そうだよね、授業でもそう習ったよ？」

首を傾げたテスフィアとアリスに、アルスはさらに畳《たた》みかけた。この手の知的な議論は、いつでもアルスを大いに昂《たかぶ》らせる。根っからの魔法研究者肌《はだ》だと自分でも呆れてしまうが、天性ともいうべきものは、本人にもどうしようもないのだ。

「確かに、体内にある魔力を術者は知覚できる。だが、お前も知っているかもしれんが、ときに限界を超《こ》えたはずの術者が、さらなる魔力をいずこからか引き出し、死に物狂いで力を行使することがあるだろ。限界を超えている以上、もはや体内魔力では補えないはずなのに、だ。そもそも、さっき魔法師ランキングの話の時、さんざん話題にした魔力量という概念だが、通常目に見えることはない魔力を、俺達《おれたち》はどうやって把握《はあく》しているんだと思う？」

悩《なや》みながらも、テスフィアが答える。

「そりゃ、機材で測定もできるわけだし、何かしらの手がかりがあるんじゃないの？」

「そうだな、それには魔力の器という概念が有用になる」

「うん、だからその器ってのが、魔力を溜めとく場所なんでしょ。アルが魔法師ランキングの話の時に言ってたみたいにある程度の限界はあるとしても、今使える器を少しでも広く大きくするために、私達は血のにじむような訓練をするわけだし、日常的に魔力を消費するのも魔力量を増やすためなんだから」

アリスも同調するように頷くが、ロキはあえて口を挟《はさ》まず、聞き役に徹《てっ》しているようだ。

「まあ、教科書通りの模範《もはん》解答だな。俺達が普段《ふだん》言ってる魔力量の増大というのは、確かに器の大きさに依《よ》る。持って生まれた魔力量というのは、この器のサイズと同義だ」

アルスはいったんここで言葉を切ると、次に移る。

「で、ここからが本題だが、そもそも魔力を収める器とはなんだ？　生成場所が仮に心臓ならば、器は何処《どこ》にあたる？」

「そういえば、どこなんだろう？　お腹《なか》の辺りかな？」

「そうですね、私もなんとなく、そのあたりなのかと」

この話題にはアリスに続き、ロキも乗ってくる。アルスは少しもったい付けるように間を置いて。

「実は誰にも分からない。機械で測定しているのは、器そのものの形や広さではなく、その作用として身体の周囲に現れる現実空間への影響を、一種の魔力波みたいなものとして視覚化、査定しているに過ぎないんだ。俺達が感覚で捉えている、他の魔法師の存在を感知する魔力圧《オーラ》なんかの概念も、それと似たようなものだ。アプローチが機械式か魔法師的直観か、という違いに過ぎん」

「えっ⁉」

テスフィアとアリスが驚く一方で、ロキは熟考するように、細い顎《あご》に手を当てて思考を巡らせる。

「確かに、魔力の器なんてものが体内にあるとしたら、死亡した魔法師の遺体を解剖《かいぼう》でもすれば、一目瞭然《いちもくりょうぜん》なはずですからね」

「察しが良いな。もちろん、魔法師をいくら解剖しても、魔力を溜《た》める臓器なんぞ出てこない。かくして疑問はスタートラインに戻る。じゃあ魔力はいったい何処にあるのか？」

「もしかして、それはお話に出ている魔力深域に？」

ロキの言葉に、アルスは今度こそ、大きく頷く。

「その通り。たぶん魔法師というより人間には、誰にでもそいつがある。身体と重なるようにして存在する亜空間だかに、通常では見えず触れることもできない器があるはずだ。で、魔力深域にある魔力の器とは、どんな形状だと思う？」

我《わ》が意を得たりと熱を帯びてくるアルスの声に対して、テスフィアとアリスはやや困惑気味に言葉を紡ぐ。

「え、っと……バケツみたいな感じ、かな？」

「コップ、かなぁ？」

「確かに魔力が溢れるという表現があるから、それも悪くない答えだ。ロキはどうだ？」

「わ、私ですか⁉　そうですね、イメージするのは薄《うす》い膜《まく》に包まれた球体でしょうか」

「ほう、それもまた面白《おもしろ》い答えだ」

「アルス様はどのようなものだとお考えですか？　器というのは比喩《ひゆ》だと思うのですが」

「答えは……不定形だ。魔力領域および魔力深域は、俺達の存在する現実世界のような通常次元じゃない。距離《きより》、時間、奥行《おくゆき》や縦横といった空間概念が通用しないから、形という発想自体が、そもそもナンセンスなんだ」

「何よ、それ。なんかズルくない？」

口を尖《とが》らせるテスフィアに、アルスはニヤリと笑って。

「ただ、古書を辿《たど》れば、答えはその限りじゃない。人間が何か超常《ちようじよう》的な力を得て、いわば脳というツールに扱える範囲《はんい》で無理やり器の形を認識しようとするならば、答えはちゃんとある」

アルスはそう言いながら、手で空間にまず丸い円形と、それを真ん中ですっぱりと水平に区切るように、一本の横線を描《えが》いて見せる。

「魔力を溜める器の形はおそらく、こんな感じで底が半球に近い半月状の『杯《はい》』となって見えるはずだ。最古の記述《レリック》や失われた文字《ロスト・スペル》にも杯を示す象形文字が存在するからな。いずれにせよ、上から溢れ出すというイメージを考慮《こうりよ》するなら、一応はアリスのコップ型がもっとも近いだろう。おめでとう、アリス。もっとも、何も賞品は出ないが」

そんな軽口を挟んだアルスは、ここでついに核心《かくしん》に切り込《こ》む。

「で、俺《おれ》の推測があっていれば、とある方法でこの杯自体を大きくできる。つまり器に繋《つな》がるちゃっちいパイプとかじゃなく魔力量の限界自体を増大させられるわけだ。しかし、この杯を強引《ごういん》に広げるのだから、当然負荷《ふか》がかかる。結果、杯が壊《こわ》れてしまえば魔力を溜める器が消失することになる。先にリスクとして説明した、魔法師としては最悪の結末だ」

「やはり器の限界を探《さぐ》りながら、になるのですか？」

不安も恐《おそ》れもない真《ま》っ直《す》ぐな目でロキは問いかけてくる。もはや、ここでそれを曖昧《あいまい》にすることはできない。

「そうだ。そもそも器が魔力深域にある限り干渉はできないんだが、外から魔力を吸収する特別な方法を使えば、というのが俺の説だ。いわば俺だからこそできる方法といえる」

さすがに彼女らには明らかにできないが、それはアルスの異能たる【暴食なる捕食者《グラ・イーター》】と手に入れたばかりの《夢晩酔草》を、一部活用するというものだ。

加えて今のアルスには、以前と異なる力がある。【アカシック・レコード】を覗《のぞ》き見て、そこから得られた知識は、文字通り彼《かれ》の魔法師としての枷を外し、アルスを更なる高みへと導いた。

ダンテとの戦いの折、【ダモクレスの剣《けん》】を完全な状態で発現できたのが、その証拠《しょうこ》だ。あの技こそは、異能と魔法の複合現象である。一度なりとも、それを自在に扱うという経験を経たアルスは、異能に対しての理解度をもさらに深めたと言えよう。

続いてアルスは、三人にさらなる説明を行った。

具体的には、アリスとテスフィアにそれを行うためには、周囲から隔絶《かくぜつ》された空間が必要だということ。それこそ無菌室《むきんしつ》並の密閉空間であることはもちろん、音や魔力波など、外部からの一切《いっさい》の干渉があってはならない。

先にロキを実験に付き合わせたこともあり、成功率は思ったほど低くないという感触を得ている。もっともそれとて、アクシデントなどがあれば脆《もろ》くも崩《くず》れてしまう前提だが。

三人の了解《りょうかい》さえ取れれば、後は手続き上の問題だ。

ひとまず施術《しじゅつ》の決行は明日と決めた。

理事長に実習棟を貸切にしてもらい、明日は一定時間、何者も完全に立ち入り禁止とするつもりだ。

この秘術はアルスにしか不可能なだけでなく、国際的に禁忌《きんき》指定を受けてもおかしくないものだ。用心はいくらしてもしすぎることはない。一定の手間はかかるものの、何しろ悪用すれば、才ある一人の魔法師を廃人《はいじん》にしてしまいかねない恐るべき技術なのだから。

(こいつらのためには、何もここまでするつもりはなかったかも知れんが)

アルスはそう思いながらも、そっと目を閉じる。

彼女らの選択。世界の残酷さに立ち向かえるだけの力。ただ望む者に、それを与《あた》えるというだけ。それにこれは魔法研究者としても、限りなく興味深い領域に手を伸ばすものだ。そうであるならば、アルスにとってはもはや禁忌に触れ得るリスクすらも、さしたる問題ではないと言える。

(当然、万が一にも失敗は許されないが。今の力があれば九割以上の確率で成功できるはずだ)

得も言われぬ昂りとともに、アルスは己《おのれ》の力を確かめるかのように、手をそっと開くと、改めて強く握りしめた。

第92章 「器の世界」

明日の大事を前に、一旦《いったん》アルスは、仮の住まいへと戻ることにした。

その前に、テスフィア達の施術の現場となる実習棟の部屋に立ち寄り、いろいろと確認しておく。外部からの隔離性《かくりせい》はもちろんだが、壁や天井《てんじょう》の造りの頑丈《がんじょう》さも、訓練場に引けを取らないようだ。これなら安心だろう、とあたりを付けてから、アルスは一度自室に引き上げることにした。

仮住まいの現在の自室は、以前にもまして荒れている。それこそ研究室にあった機材を乱雑に放り込んでいるため、生活空間は完全に圧迫《あっぱく》されてしまっていた。寝具《しんぐ》は添《そ》え物であるように隅《すみ》に追いやられ、広い室内の大半を占《し》めるのは、日常生活に必要のない物ばかり。

とはいえ、アルスの足取りは軽い。なんと言っても、ここには今彼が最も求めている刺《し》激《げき》があるからだ。部屋に戻るともはや我慢《がまん》できないといった様子で、背後で溜《た》め息《いき》をつくロキの姿も気にせず、アルスは一直線に金庫へと足を向けた。

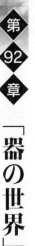

金庫自体は年季の入ったものだが、ライセンスの設定番号から暗証番号を自動生成するタイプで、十分信頼できる優《すぐ》れものである。

（えっと、ライセンスは……ああ、あそこにあったか）

机に置いてあったそれを手に取って、金庫に翳《かざ》す。読み込み中を示す白ランプが点灯し、その色は解錠《かいじょう》の完了《かんりょう》とともに青に変わった。

おもむろに扉《とびら》を開け、中に保管していた【フェゲル四書】を取り出そうと手を伸ばし……。

「は？」と思わず頓狂《とんきょう》な声を上げてしまったのは、あるはずの物が消失していたからだった。

「ロキ！　金庫を開けたか？」

「いいえ、私は触れてもいませんよ。えっと、そこには【フェゲル四書】を保管されていたのですよね？　もしかして、ないのですか！」

頷きながら、アルスは頭を冷やそうとするように額に手を当てた。この金庫のセキュリティの確かさは、自分自身がよく知っている。アルス本人のライセンスがないと、決して動作しないはずなのだ。そのライセンスだが、日常的に必要となることが多いため、大体はきちんと持ち歩いている。今だって……いや。

（ん？　さっき俺は、ライセンスを自分の机から取ったよな。さっきまで持ち歩いていたはずなのに……なんであそこに？　あっ！）

アルスは舌打ちをして、部屋を見回す。慣れない仮住まいの場だけに、室内の僅かな変化にすら気づくのは難しかったが……。

「やられた！　この俺が……？」

いつの間にかライセンスを摺《す》り取られ、先に自室に侵入《しんにゅう》されていたらしい。おそらく金庫の中身も、その不届き者の仕業《しわざ》だろう。

「大変です、どうされますか？　ここまで手際《てぎわ》がよいなら、学院の防犯網《もう》も容易に突破《とっぱ》できる者かと。見つけ出し次第《しだい》、血祭りにあげましょう！」

ロキが叫《さけ》んだ時、ドアの方から、呆れた声が届く。

「ちょっとちょっと、あんまり物騒《ぶっそう》なことは言わない方が良いわよ」

金髪《きんぱつ》を流し、後ろで一つに纏《まと》めたポニーテールの少女。それは、もはや見慣れた顔が、ちょっとばかりイメージチェンジした姿でもある。

「リリシャ、やっぱりお前か」

「しょうがないでしょ、回収までが私の仕事だったんだから。それに最初から【フェゲル四書】は一時貸与《たいよ》扱《あつか》い、あげるなんて言ってないでしょ⁉」

あげないとも言っていない、などと返したところで、子供の屁理屈《へりくつ》なのだろう。確かにそうだった、彼女《かのじょ》はアルスに【フェゲル四書】を渡しただけ。脱獄囚《だつごくしゅう》を捕捉《ほそく》する手掛《てが》かりを見つけるためだったのかもしれないが、そもそもあの元首が、無償《むしょう》提供してくれるなどあり得ない。

こんな初歩的なことを見落としていたとは、とアルスは内心で舌打ちする思いだった。どうせなら自室の金庫などといわず、初めから誰にも手が届かない場所に隠蔽《いんぺい》してしまうべきだったのだ。

知的好奇心《こうきしん》という悪性の病に取り憑《つ》かれたばかりに、警戒《けいかい》をすっかり怠《おこた》っていた自身に、アルスは愕然《がくぜん》とする。だが、ある意味では無理もないことだ。【フェゲル四書】は、好事家《こうずか》垂涎《すいぜん》の代物《しろもの》であり、アルスとて例外ではない。いや、寧《むし》ろアルスほどそのページをめくることを渇望《かつぼう》していた人間もいないだろう。

だからこそ元の持ち主がたとえ元首であろうとも、気にも留《と》めないほどにのめり込んでしまったのだ。加えて一度、あの中身を覗けたばかりに、その価値が計り知れないことに気づいてしまった。

「ちっ、しまった」

「アルス様、完全に元首様の掌の上ですよ」

認めるのも癪《しゃく》だが、ロキの言う通りだ。【フェゲル四書】が元首の手に戻った以上、もはやそれを取り戻す術は、彼女に対する貢献《こうけん》しかあるまい。あまりに姑息《こそく》な手を使うシセルニアには、忠誠の代わりに罵倒《ばとう》の一つも捧《ささ》げてやりたい気分だ。

アルスは普段の冷静さも自制も忘れ、思わずギロリとリリシャを睨《にら》みつける。

「はぁ～、最悪だな。で、暇人《ひまじん》のリリシャは揶揄いに来たのか？　そうか、なら相手をしてやる。ちょうどこの建物の実験場では、模擬《もぎ》戦もできるようになったらしいからな。さて、頭痛のレベルは、どれくらいが好みだ？」

訓練場におけるダメージ置換《ちかん》の結果は、頭痛に代表される苦痛となって現れることを逆手に取って威嚇《いかく》するアルス。

「い、嫌《いや》、絶対嫌だから!!　だいたい、私みたいな可憐《かれん》な女子で憂《う》さ晴《ば》らしなんて、恥《は》ずかしくないの⁉」

狼狽《ろうばい》しながら、リリシャは全力で首を振《ふ》る。確かに結局のところ、リリシャは良いように使われただけだろう。【フェゲル四書】の中身についてすら、ほとんど知らないに違《ちが》いない。

「くっ、仕方ない。相手が元首《あいっ》じゃ、当分の間はどうしようもないか」

もちろんこうして回収した以上、あの元首は【フェゲル四書】の価値を熟知しているはずだ。手放すにはあまりに惜《お》しい叡智《えいち》が記録されている書物。四冊の内の一冊とはいえ、そこに秘《ひ》められた知識は、今の人類の文明到達《とうたつ》レベルを遥《はる》かに凌《しの》ぐ領域のものばかりなはずである。

一先《ひとま》ずアルスはいったん怒《いか》りの矛先《ほこさき》を収め、部屋を出て実験スペースに足を運ぶことにした。なぜかリリシャも、ひょこひょこと付いてくる。

「ねえ、何をやるつもりなの？　えへへ、ちょっと興味が……」

「うるさい奴《やつ》だな。ストレス発散というわけじゃないが、ちょっと新しいことを思いついただけだ。何ならまず、お前に一発かましてやろうか」

「えっ！　じょ、冗談《じょうだん》でしょ？　ねえ？」

「安心しろ、お前程度じゃ新魔法の実験台にすらならんからな」

改めて実験場を訪《おとず》れたのは、リリシャが現れたことをきっかけに、テスフィアに聞いた話を思い出したからだ。実験場が模擬訓練場代わりに使えるというのなら、試《ため》してみようと思い立ったのだ。そもそも明日の本番に先んじて、アルスが新たに手に入れた力については、改めて試験運用してみる必要があった。

やがてアルスらが立ち入ったそのスペースは、整地こそされていないが、ある程度なら動き回っても差し支《つか》えない運動場といったところ。

訓練場よりも一回りほど狭《せま》い印象だ。もちろん観客席なんてものはなく、二階部分は単なる通路である。

突貫《とっかん》工事の成果なのだろう、一応は訓練場でも見慣れた機材群と、魔力置換《まりよくちかん》システムのコントロールパネルが設置されていた。一角には、訓練場から持ち出されたらしい、貸し出し用のＡＷＲも陳列《ちんれつ》されている。

「アルス様、それで新魔法というのは？」

「あぁ、昔考案した魔法だったんだが、事情があって使うことができなかったんだ」

「それが使えるようになったと？　いつの間に訓練されていたのですか？」

「別に訓練はしてないぞ。異能の使い方にちょっとばかり慣れてきたんで、おまけ的に使えるようになった、が正しい」

訓練着に着替《きが》えるわけでもなく、アルスは持ってきた【宵霧《よいぎり》】の鞘《さや》を腰《こし》に装着して刀身を引き抜《ぬ》く。

一緒《いっしょ》に引き出された鎖《くさり》が、金属の擦過《さっか》音を実験場内に響《ひび》き渡らせていく。

リリシャとロキは一歩引いて、そんなアルスを見守る。

「え、なんか新魔法のご披露《ひろう》なの？　なら私、ここで見てて良いのかな？　一応、元首様直属の立場なんだけど」

リリシャが、所在なさげにロキに囁いてくる。それはそうと、彼女がロキに直接話を振るのは比較的珍《ひかくてきめずら》しい。テスフィアに対してよりは、まだ随分《ずいぶん》と距離感がある印象だ。そんな彼女に向けて、ロキはあくまで辛辣《しんらつ》な口調で。

「まあ確かに、私はアルス様のパートナーですから、あなたはある意味で優遇《ゆうぐう》されてますね。とはいえ、テスフィアさん程度に苦戦するリリシャさんですから、気にする必要などない、というお考えなのかもですが」

「むうっ……あなた、歳下なのに言うじゃない！　これでもフランクに話してるつもりだから、そう邪険《じゃけん》にしないでくれるとありがたいんだけどぉ！」

「アルス様が制止しなかった以上、私も従いますが、もう後戻《あともど》りはできませんよ」

「分かってるわよ、アルス君には恩もあるからね……もちろんあなたにもだけど。アルス君がその気なら、私も見聞きした秘密を、そうそう漏《も》らしたりしないわよ」

とはいえ、ここでリリシャを取り込むというか、巻き込むことは決して下策ではない。以前助けた貸しに加えて、秘密を共有させることで、彼女はより心情的にアルス寄りになってくれるだろう。

そこまで考えた上で、ロキはこの一連の出来事を、実にアルスらしいやり方、もとい誠意の見せ方なのだとも評価していた。既《すで》にリリシャとは切っても切れない関係で、来るべき【テンブラム】では、彼女のフリュスエヴァン家は、審判員《しんぱんいん》としてそれなりの役割を果たす立場でもある。ならば、腐《くさ》れ縁《えん》をさらに強化しても問題ないだろう。ただロキからすると、彼女がどの程度本当の意味でアルスの役に立つのか、甚《はなは》だ疑問であったが。

ロキのそんな心中を鋭《するど》く察したのか、リリシャはふくれっ面《つら》で不満げに言う。

「何？　どうせ、こいつがどれくらい役立つのか、とか考えてるんでしょ！　確かにあなた達のおかげではあるけど、今は私だってちょっとしたもんなんだから！」

「ちょっとした、というのはどれほどなのですか？」

「言ったでしょ、私は今、新生【アフェルカ】の隊長！【アフェルカ】が再編されたことで、実質的にはフリュスエヴァン家での最高権力者に等しい立場にもなったの。当主というわけじゃないけど、リムフジェ五家でも重要人物ナンバーワン！」

「なるほど。【アフェルカ】が元首直属になりあなたが仕切ることで、旧来の権力バランスが崩れたと。リムフジェ五家の統治管轄権《かんかつけん》の天秤《てんびん》が、元首様寄りに大きく傾《かたむ》いた部分もあるのですね」

軽く鼻を鳴らし、リリシャは「そういうこと」とさらりと認めた。

「リムフジェは【アフェルカ】あってこその一族だからね。旧来派閥《はばつ》を束ねていたお兄様が私に表舞台《おもてぶたい》を任せたことで、かえって迅速《じんそく》に皆《みな》の心が纏まったわ。ま、結果的には元首様にこき使われてるわけだけど」

「だから？」

「だ・か・ら～、アルス君の後ろ盾《うしだて》にだってなれるのよ。今のところあなたのところのご主……パートナーは、無鉄砲《むてっぽう》に貴族を敵に回しまくってるでしょ」

「一理ありますね。でも、大きなお世話かもですよ。アルス様の後ろ盾には、すでにソカレント家だっていますし」

　ここでリリシャはわざとらしく目を剥《む》いて、盛大に溜め息を吐《つ》いた。

「ソカレント家は社交界では新参扱いよ。ウィザイスト卿《きょう》の権勢は大きいから皆黙《みなだま》っているけど、旧貴族の間にわだかまってる反感は、思ったより根強いわよ。そこへ行くと今、元首直属部隊の名誉《めいよ》を戴《いただ》いてる私達の一族は、ついに日の当たる道に出てきた。ぶっちゃけ、威光《いこう》が盛り返してきてるわけ！」

　フリュスエヴァン家はこれまで後ろ暗い仕事に手を染める異端《いたん》の貴族として、微妙《びみょう》な扱いを受けてきた。だが、これからは元首の側近として周知され、社交界でも本格的に台頭する日も遠くないだろう、とリリシャはいう。

「どう、分かった？」

「あ～、何がですか？　すみません、私、アルス様に意識を集中してて、よく聞こえませんでした」

このわざとらしいロキの返答は、どうにもリリシャの意に染まないものだった。改めて身体ごとロキに向き直ったリリシャの顔は、怒りで少し赤くなっている。

「だ・か・ら！　私がいる内は、フリュスエヴァンはもちろん、リムフジェ五家が総出でアルス君を支援《しえん》するわよッ!!」

「……アルス様、言質《げんち》取りました」

ロキがはっきりとした声で実験場の中心に立つアルスに朗報を届けると、無言でグッと親指を立てるサインだけが戻ってきた。

一方のリリシャは、体《てい》よくしてやられたことにも気づかず、ぽかんとして。

「は？」

「は？　じゃありませんよ。今、はっきりと言いましたよ。ま、最低限それくらいは約束してもらわないと」

あっと絶句したリリシャは、一拍《ぱく》後には諦《あきら》めたように手で顔を覆《おお》った。顔の赤みはたちまち引いて、今度は水に落ちた犬のように、しょげかえった雰囲気《ふんいき》になる。

「で、でも、いきなり大金貸して、とかはナシでお願いするわよ？　今、急に要職についちゃったもんで、ウチの一族も何かと物入りで……やりくりがね、その……いや、もういいけどさっ」

「お金はどうでもいいです、言っておきますけど、アルス様の財力は大貴族に匹敵《ひってき》しますよ。力を貸してくれるだけでいいんです。それとなく社交界で立場を明確にしてもらうといった程度で。アルス様はどうか知りませんけど、私にはいろいろと懸念事項《けねんじこう》があるんですよ」

少し真面目《まじめ》な声調で、ロキは軍から離《はな》れたアルスの現状を憂《うれ》いた。

「へえ、懸念ねえ。でも私は、そうは思わないけどなぁ」

皆まで言わずとも、リリシャはそんなロキの内心を、しっかりと察してくれたようだ。元は監視役《かんしやく》としてベリック総督《そうとく》から派遣《はけん》されただけあり、しっかりとアルスの経歴や周囲の状況《じょうきょう》を洗っている彼女だ、現状にもある程度の調べはついているのだろう。

「アルス君みたいな突出《とつしゅつ》したお化け戦力、どうしたって邪険にはできないでしょ」

「いいえ、そうとは限りませんよ」

ロキはそっと胸に手を当てる。その顔には、憂いの影が落ちていた。

アルスには、生来頑《かたく》なにして強硬《きょうこう》なところがある。本人は本人なりに気苦労が絶えないというのに、周囲からは勝手気ままに見られており、誰かにおもねることがない、とすら思われている。実際、彼が元首の威光にすらひれ伏《ふ》さず、手綱《たづな》を誰にも握《にぎ》らせぬ異端者なのは事実だ。だからこそ、ロキはいつか……いつかアルスが、アルファから排除《はいじょ》される日が来ることを恐れていた。反感や恐れを持つ者が偶然《ぐうぜん》にでも一枚岩となり、国際的な状況でも重なれば、総督たるベリックの庇護《ひご》すら脅《おびや》かす状況が来るのではないかと。

そもそもアルスという少年は、狭い人類の生存圏内《けんない》においてはイレギュラーに過ぎる。強過ぎる力は尊敬という域を越《こ》えて、畏怖《いふ》しか呼ばないのだ。

「だから、私は少しでも欲《ほ》しいんですよ」

「仲間が？」

「ええ、しいて言うなら〝愉快《ゆかい》な仲間達《たち》〟が」

なぬ？　と頬《ほお》を引き攣《つ》らせるリリシャ。さっきまでぷんぷんしていた彼女なのに、その落差ある態度が今は妙《みょう》におかしくて、ロキは思わずクスリと微笑《ほほえ》んだ。

そう、仲間がいれば心強い。

上司や部下でなく、同僚《どうりょう》や利害共有者でもなく。

テスフィアやアリス、今のリリシャやフェリネラ達。あえてやわらかくロキが〝愉快な仲間達〟と例えたような、緩《ゆる》やかな関係で繋がった人の輪が。

それがきっと、いずれアルスの力になる。

「まあ正直、いざという時にアルス様のために動いてくれそうな方は、あれで結構いるのですけどね。強力な助っ人方《すけと》が」

「でしょうね。彼、意外と優《やさ》しいし ぃ？」

桜色の唇《くちびる》に指を当てて、急に考え込んだ様子のリリシャを見て、ロキは。

「あ、そういうのはいいんで。立候補とか間に合ってますから」

「誰がよ！」

口を尖らせるリリシャに向け、ロキはコホンとわざとらしい咳払《せきばら》いで、喉《のど》の調子を整える。それから彼女は、アルスの声色《こわいろ》を無理に少し真似《まね》て。

「すまない。君は俺のタイプじゃない、興味がない。いちいち小五月蠅《こうるさ》い上に、遠慮《えんりょ》ってものを知らない。えっと、後は……」

「別にコクってない！　何、勝手に振ってくれちゃってるわけ？　あと、後半は完全にただの悪口だし！」

「そうですか、それは失礼」

そんな他愛《たあい》ないやりとりで一気に肩《かた》の力が抜けたらしく、リリシャはふぅっと息をつき、実験場へと何気なく視線を向け。

「それより、私達が喋《しゃべ》ってる間に準備はできたみたいよ。というか、こっちが気になって始められなかったんじゃない？」

「ここらで、余計な口を閉じるとしましょう」

リリシャは軽く手を振って、始めてどうぞとサインを送るが、返ってきたのは冷ややかなアルスの視線だった。

「あ……怒《おこ》られたら、リリシャさんのせいです」

「良い性格してるわぁ、あんた」

そんなやりとりの直後……ふと、場に満ちた空気の異様な変化を感じ取り、二人は同時に押《お》し黙《だま》った。その視線の先には、アルスの姿がある。

今、アルスは【宵霧】を逆手に握っている。

その全身から不吉《ふきつ》な黒い影《かげ》が漏れ出るように溢《あふ》れ出したが、ロキが見たことのある異能【暴食なる捕食者《グラ・イーター》】とは少し異なり、そこに異形の口などはなかった。

しかし、それでも宙を舞《ま》う蛇《へび》のような姿には、【背反の忌《い》み子／デミ・アズール】戦で見た意思を持つ黒霧に似た印象を感じ取ってしまう。

様々な懸念が積み重なった妙な息苦しさが、ロキの身体を襲《おそ》った直後。

「【ダモクレスの剣】」

静かに唱えられた魔法名とは対照的に、短剣《たんけん》状だった【宵霧】が黒に包み込まれ、刀身を伸《の》ばす。大気が震え、床《ゆか》がひび割れそうになる、重苦しい音が実験場内に響いた。

「あれって、闇《やみ》系統⁉」

リリシャの驚《おどろ》きにも頷ける。見た目だけならば、確かにそれは闇系統に分類されることだろう。しかしさすがのアルスにも、エレメントと呼ばれる二極属性を扱うことはできなかったはず……。

「違います。かと言って、何属性かは分かりませんが」

相変わらず、空気が吼《ほ》えるように振動《しんどう》している。実験場の仮設置換システムがあってもなお、荒《あ》れ狂《くる》った異風が強化ガラスを順に割っていく。

これだけ離れていても、ぞくりと背筋が凍《こお》る。直感的に場の誰もがアルスの生殺与奪《せいさつよだつ》の手の内……あの長剣《ちょうけん》の射程内にいるのが分かってしまうのだ。

アルスは深呼吸しながら、手探《てさぐ》りで魔法を構築しているようだった。些細《ささい》な異変も見逃《みのが》さないように、発動した魔法に注意を注いでいるのが分かる。

それだけ、常軌《じょうき》を逸《いっ》した魔法なのだろう。

ロキが知る極致《きょくち》級魔法とは比較《ひかく》にならないほどの威圧《いあつ》感が、そこにあった。

「シングル魔法師がいくら化け物だからって、こりゃないでしょ⁉」

内心の動揺《どうよう》を誤魔化すかのようにリリシャは口角を上げて悪態をつく。

彼女の気持ちも分かる、アルスはここ数ヶ月で、飛躍的《ひやくてき》に成長を遂《と》げているのだ。魔法のバリエーションはもちろん、魔力量《まりょく》も比較にならないほど異様な増加を示している。

かつて経験したことのない圧に、リリシャは歯を食いしばっていた。殺気や魔力圧に反応して湧《わ》き起こる、通常の恐怖心《きょうふしん》ではない。そんなものは、理性と頭で理解できる彼我《ひが》の力量差の表れにすぎない。

対して今のこれはなんだろう、抵抗《ていこう》を試みる気すら起きない。

この力の矛先が自分に向けられたら、もはやちっぽけな己は、自害すらいとわないのではないだろうか。それこそ命乞《いのちご》いの言葉すら発せず、無言で縮こまり、平伏《へいふく》しなければならないという気にさせられる。測定不能な魔力量が注がれ、脳が理解すら拒《こば》むほどの魔法の顕現《けんげん》。緊張《きんちょう》や恐怖といった感情を通り越し、その荒唐無稽《こうとうむけい》さに、いっそ軽薄《けいはく》な笑《え》みすら溢れてきてしまうほどの圧迫感だ。

「【千剣黒曜《センケンコクヨウ》】」

実験場内の空間が捩《ねじ》れ、更《さら》なる圧迫感が二人を襲う。あまりの圧に背中を痛いほど壁面《へきめん》に押しつけられつつ、リリシャは、それでも目だけは逸《そ》らせずにいた。

黒い影を纏った【ダモクレスの剣】……それが、次々と複製されていく。整然と並ぶ黒剣の一つ一つが、異界の物体めいた魔力と情報量を兼《か》ね備《そな》えていた。果たしてこれを魔法と呼んで良いのだろうか。

「アルス様が使われる、【朧飛燕《オボロヒエン》】と似ていますね」

「そんなこと言ってる場合かいッ⁉　もう置換システムも機能してないんだし、建物が崩れるわよ！」

「――⁉　アルス様‼」

ロキが危機を察して声を張り上げた直後、まるで嘘《うそ》のように黒剣の群れが消失する。周囲には一瞬《いっしゅん》で静寂《せいじゃく》が戻《もど》ってきたが、何もなかったと済ますには、すでに建物に損害が出すぎていた。

「ここらが限界だな」

意外なことに、あのアルスが汗《あせ》を掻《か》いている。それに気づき、ロキはこの魔法《まほう》が、膨大《ぼうだい》な魔力を要するだけでないのだと理解した。

何より、あの黒い靄《もや》のようなものは、以前に見たアルスの異能【暴食なる捕食者《グラ・イーター》】とも酷似《こくじ》している。

一方、ロキの視線の先で【宵霧】を鞘に納めたアルスは、それでもどこか物足りなさそうに、軽く足先で床を蹴《け》ってみせる――片目を閉じる様子を見やれば、その瞼《まぶた》は小刻みに痙攣《けいれん》していた。やがて息を大きく吐き出したアルスは、ゆっくりと瞼を上げる。

目ざといロキの視線の先で、一瞬アルスの白目に黒い濁《にご》りが浮《う》き上がって見えた。

「ちょ、ちょっとあんな魔法使うなら先に言えっての！　流石《さすが》に不味《まず》いでしょ⁉」

「何がだ？」

とぼけた様子のアルスに、リリシャは眉間《みけん》を摘《つま》みつつ、馬鹿《ばか》でも分かるとばかり、指を実験場の外へと向けた。

「ここにはそれなりに警備担当の軍人がいるんだから！　皆、すぐに集まってくるわよ」

探知するまでもなく、ロキも大きく頷《うなず》いて同意を示した。

だが、いくら騒《さわ》がれようと気にもならないのか、アルスは余裕《よゆう》の態度で周囲を見回す。

「ふむ、置換システムは壊れてないな。大幅《おおはば》に上限値を超《こ》えたから、強制停止したか」

アルスが確認《かくにん》したのは何も機材だけでなく、周囲に滞空《たいくう》する魔力の有無《うむ》もである。

【グラ・イーター】が魔法に組み込まれているおかげで、すっかり魔力の気が消失している。試しに空間をも裂《さ》いてみたかったが、【次元断層《ディメンション・スラスト》】を凌ぐことは分かりきっているので、影響《えいきょう》を予想することが難しい。

明日には魔力増加の秘術を試すのだから、今日はこのへんで我慢すべきとアルスは軽く息を吐く。

「ちょっと聞きたいんだけど、さっきの魔法は何系統に属するわけ？」

リリシャの問いに、アルスは少し言い淀《よど》んだ。

見られるのはいいが、詳細《しょうさい》までを解説するべきか。

ただ最近、リリシャが得た秘密兵器たるＡＷＲ【天指】について勝手にロキに解説してしまったことを思えば、ここは義理を重んじるべきだろうか。

「……無系統だ」

「ざっくりしすぎ！　でもそれって初耳というか、無系統なんて既存《きそん》の魔法分類に含《ふく》まれてないよね？　もしかしてまったく新しい分野ってこと？　だとしたら凄《すご》すぎない？」

リリシャが驚いたように呟《つぶや》くと、アルスは得意げに唇を歪《ゆが》め。

「ま、それくらいは良いか、その通りだ。そもそもお前は俺の系統を知ってるのか？」

「知らないわよ。でもそうか、そもそも一番上手《うま》く扱《あつか》えるのがそれってことなの？」

「まあな。名前がないのもアレなんで便宜《べんぎ》上、俺は無系統と呼んでるってだけのことだ」

用事は済んだとばかり、アルスはさっさと部屋へと引き返すことにした。

しっかりとロキが場の照明を落とし、中に人がいないかの確認を終えて後にする。その帰り道、アルスは好奇心を隠《かく》そうともしないリリシャに、手土産《てみやげ》代わりのレクチャーを行うことになった。

「すでにそこそこ研究を進めててな。俺は無系統魔法を、いくつかの段階で独自に分類している。まず最初の段階は……空間干渉《かんしょう》魔法」

「ふむふむ、そうなんだ……って、でもあれ？　空間に干渉すること自体は、魔法を使う上では自然なことでしょ？」

「ご名答。対人戦が専門でろくに魔法が使えんわりに、よく勉強してるな。だが俺のは、魔法を使うために干渉するんじゃない。干渉結果として起こる現象そのものを、利用するんだ。いわば目的をすっ飛ばし、起こる副作用だけを抽出《ちゅうしゅつ》して拡大・活用する、というのに近い」

「奥《おく》が深いわね。でも、なんで公表しないのよ？　大発見じゃない」

「ただの魔法を発表するのとはわけが違うからな。異能も関係してる以上、知る者は少ない方がいい」

「ちょっと待った！　今なんて？」

「知ってる人間は限られてる、それだけだ。だからくれぐれも内密に願うぞ、新生【アフエルカ】隊長殿《どの》」

ニヤリと笑うアルスに、リリシャは「うっ」と頬を引き攣らせてパタリと足を止める。その背中を強めにロキに押され、やむなく再び歩き出した彼女に向けて。

「ベリックとヴィザイスト卿くらいかな。まあ鼻が利《き》く奴は気づいてるかもしれんが、秘密を知った以上、これでお前も一蓮托生《いちれんたくしょう》だ」

もはやリリシャは頷くしかなかった。好奇心《こうきしん》は猫《ねこ》を殺すではないが、気づいたら底なし沼《ぬま》に腰まで浸《つ》かっていた気分である。

「はいはい、秘密の共有ありがと。そもそもここに付いてきたのは私だし、他言はしないわよ」

「よろしい、それじゃあ続きだ。無系統の分類についてだが、空間干渉魔法の上に、空間掌握《しょうあく》魔法を位置付けた。空間そのものに歪みを生じさせる魔法だな。ここまで来ると、干渉の影響力《えいきょうりょく》は普通《ふつう》の系統魔法の比じゃない」

「アルス様の【朧飛燕】はどこに属するのですか?」

興味津々《きょうみしんしん》といった様子で、リリシャに代わって今度はロキが目を輝《かがや》かせた。以前にアリスに無系統を教えたこともあるが、あれはあくまでも入門編みたいなもの。だからこそ、今のロキには、まるで大賢者に教えを乞《こ》う熱心な生徒のような真摯《しんし》な様子が窺《うかが》えた。

「【朧飛燕】は、所属としては空間干渉魔法だな。とはいえ、あれは複数の魔法を組み合わせてるから、総合的にみても干渉度合いはそこまで大きくはない」

「では、先ほどの魔法は?」

おそらくそれがロキの本命で、【朧飛燕】についての質問は、ただの前振《まえふ》りだったようだ。とはいえ、これらの分類をロキやリリシャが聞いたところで何の役にも立たないのだが。

現状、無系統魔法を使えるのは、アルスを除けばアリスだけだ。加えてそれを魔法として成立させることができるのはアルスだけだろう。

「完全空間掌握魔法……かな」

ちょっと命名に自信がなさそうに、アルスは曖昧《あいまい》に呟く。

空間掌握魔法の、さらに一つ上位の段階。空間そのものに甚大《じんだい》な影響を及《およ》ぼす魔法、一先ずアルスはそう定義している。

実験で観測できるかはともかく、おそらく空間の層の断裂《だんれつ》度合いが、前段階のものとは決定的に異なる。

【ディメンション・スラスト】では空間を切り裂いた後に生まれた断裂は、理を保持する次元空間の自動作用により修復されていく。一方で【ダモクレスの剣】が裂いた空間の裂け目は、いわば世界の理によっても修復が間に合わないほど、深く大きいのだ。

その裂け目は、いわば世界の裏側に続く扉のようでもあり、いわゆる地獄《じごく》や冥府とも称《しょう》されるような異界へのとば口でもある。

あまりに危険な気配が漂《ただよ》う禁断の傷跡《きずあと》。正確なところは、ダンテとの戦いで初めてそれを生み出したアルスとて分からない。それこそ魔力領域や魔力深域が覗いているのかも知れなかったが、今のところ自分自身ですら、その異常な経験を理論立てて説明できないのだ。

いずれにせよ、今回の実験で分かったことがある。それは異能が暴走することなく、アルスの構成式の動力源となってくれている、ということだ。魔法との相互《そうご》作用によって、かつてない水準にまでその力を昇華《しょうか》する事ができている。

六系統複合魔法【始原の遡及《テンプルフォール》】を引き合いに出しても、また異なる作用だ。空間そのものを始原に遡及させる【テンプルフォール】とは違い、【ダモクレスの剣《けん》】もそれによって可能となった【千剣黒曜】も、攻性にとことん振り切られた文字通りの研《と》ぎ澄《す》まされた刃《やいば》なのだ。

(そもそも、俺《おれ》の適性系統のはずなのに、ここまでの魔力を消費するとはな)

無系統以外の系統は、そもそもアルスの適性ではない。ただそれらの魔法を、アルスは半ば強引《ごういん》に使用しているに過ぎない。結果、適性者に比べるといちいち倍以上の魔力を消費してしまうのだが、アルスは持ち前の並外れた魔力量によって、いわば力業でハンデを補っている。

卓越《たくえつ》した魔力操作技術により、魔力を最大効率で運用できるアルスですら、使用魔法に適性がないことの弊害《へいがい》は大きいのだ。

ただ、それと比較しても【ダモクレスの剣】に必要な魔力量は群を抜いていた。取り回しが良いとは言い難《にく》いだろう。

(【グラ・イーター】の一部も併用《へいよう》しているからな、どんな形でまた暴走するかわからない。使用限界は、ごく短時間と見た方がいいか)

だがそれを差し引いても、あまりある威力《いりょく》の魔法であることに変わりない。この魔法もまた切り札の一つに数えられるだろう。

まだまだ実験をしたいのは山々だが、そう簡単にはいかないのが、高威力の魔法にありがちな悩《なや》みだ。

(いっそ障壁《しょうへき》魔法のエキスパート、ファノン・トルーパーの協力でも得て、威力実験でもしてみたいもんだ。まあ無理だろうが、未知の要素がまだまだ多いのがこの魔法の厄介《やっかい》なところだしな。魔法式の構成や見た目の分析《ぶんせき》だけでは、きっと分からないリスクを抱《かか》えていそうでもある)

実験を経てそんな風に考え込《こ》んでいると、背後でリリシャの声が響く。

「ちょっと、会話の途中《とちゅう》にシャットダウンするのってどうなのよ?」

呆《あき》れ顔での苦情に、アルスはもはや一言も発せなかった。苦々しく笑って誤魔化《ごまか》すのが関の山だ。

「教えてもらってる分際で、調子に乗るな。実験の考察をだな」

「いいえ、アルス様は良いのです！　なにしろ別格なんですから！」

「そうやってロキが甘《あま》やかすから、傍若無人《ぼうじゃくぶじん》な癖《くせ》が直らないのよ。このまま大人になったら、えらいことになるわよ。困るのはアルス君本人よ？」

「お母さんみたいな口振《くちぶ》りですね！　そういうのを、余計なお世話というんです！」

もはや、無系統魔法のことなど何処《どこ》へやら。そこには、ぎゃあぎゃあと喧《やかま》しく叫びあう少女二人がいるだけだった。

廊下《ろうか》を歩きながら、アルスはふと、改めてリリシャに対して頼《たの》むべきことがあったと思い出す。

「おい、リリシャ。【アフェルカ】は今、違法《いほう》薬物について探《さぐ》ってたよな？　アンブロージアなんだが」

「何よ、なのにこんなとこに顔出してる暇人だって、冷やかしたいわけ？」

「いや、そうじゃない。大方、ウームリュイナが関与《かんよ》してそうだってとこまでは掴《つか》めてる……そうだったな？」

「はいはい、後ろの大物もね。とはいえ、政治系の裏事情関連の調査は別のところに引き継《つ》ぎになったけど。私はもう、アンブロージア関係専任」

意外なことに【アフェルカ】の任務を引き継げる組織が別にあったようだ。というか、心当たりとなると、もはや一つしかないが。

「ヴィザイスト卿か、相変わらず働き者だな」

愛娘《まなむすめ》のフェリネラが大怪我《おおけが》を負ったというのに、仕事熱心なことだ。過去、娘が熱を出したという理由で、早退した過去があるくらいだというのに。寧ろ、仇討《あだう》ちに燃えている可能性はあるが。

（そういえば、フェリネラと戦ったのは確か脱獄囚のミール・オスタイカ。脱獄囚といえば学院襲撃《しゅうげき》と人魔化事件だが、襲撃現場の学院に出張ってそれを調べにきてたお偉《えら》いさんはあのモルウェールドだ。なぜか秘密任務に長《た》けてるヴィザイスト卿じゃなかったな、そういえば）

あれはもしや、不都合な人材を不都合な現場から遠ざけた、上層部の人事的配慮《はいりょ》だったとしたら。

（自ら不祥事《ふしょうじ》に関《かか》わってそうな泥船《どろぶね》の長を、意図的に野放しにしたか。考えてみりゃ、この機会をベリックもヴィザイスト卿も逃《のが》すはずがない……わざわざ学院に出張ってこさせたな？　モルウェールドの性格からして自ら視察に来るはずだとも分かる。奴がベリック派のシスティを陥《おとしい》れるには絶好の機会だ、と考えることも明白だしな）

軍の頂点であるベリックには、ともに長年軍を支えてきた英傑《えいけつ》たる三巨頭《きょとう》がいる。内二人、システィとヴィザイストがベリックを支持していることは周知の事実だ。貴族派の筆頭であるモルウェールドがシスティを蹴落《けお》とせる機会をみすみす逃すはずがない。

アルスの意味深な沈黙《ちんもく》に、リリシャはかえって少し苛立《いらだ》ったらしく、少々自棄《やけ》になったように言った。

「もう、何が聞きたいの？　さあ、この際、何でも言ってみなよ！」

「じゃあ、率直《そっちょく》に聞く。今回、モルウェールドはどこまで関わってる？」

その名を聞くや、リリシャはいつになく怪《あや》しい笑みを浮かべてみせた。

「な～んだ、そこまでアテがついてるのね。そうね、決定的な証拠《しょうこ》はまだだけど、身辺がきな臭《くさ》くなってきて慌《あわ》ててるんじゃない？　学院の調査現場に来たのも最初だけで、あのオッサンはもう顔を出してないでしょ？」

「なるほど、火消しに躍起《やっき》になってる、と」

「そう。んで、【アフェルカ】だけじゃ手が足らなくなったわけ。ただ、こっちもそろそろ限界で、手が止まると思う。お兄様もかなり頑張《がんば》ってくれてるけどね」

リリシャの兄、レイリーは長年【アフェルカ】を率いてきた実力者だ。彼女の口ぶりからすると、情報収集や調査手腕《しゅわん》もかなりのもののようだ。とはいえ、一度シセルニアへの謀反《むほん》を企《くわだ》てた張本人でもあり、信用し切るには不安が残るが。

それでも、ちゃんとリリシャに情報自体は共有されているようで、一安心である。

「リリシャ、お前はアンブロージアを探る上で、過去のグドマ・バーホングの一件を調査したか？」

「もちろん、ソカレント卿から情報をもらったけど、背後関係は不明なまま。【エレメント因子分離化計画《ぶんりか》】の詳細な情報は破棄《はき》されてるしね。それ、アルス君の提案だって？」

グドマの研究に関連して多少なりとも残されていた、いかがわしいデータ資料や関連情報。それに軍上層部が興味を示していると聞いて、破棄を提案したのは紛《まぎ》れもなくアルス本人だ。

リリシャはその研究資料の中に、アンブロージアとの何かしらの関連性を見つけたかったのだろう。そこに例の人魔化事件も絡《から》めば、グドマ、違法薬物、人魔化現象の三者から、何らかの関係性を連想するのは容易《たやす》い。

「すまなかったが、そこは諦めろ。言ってみれば、これ以上アルファが腐敗《ふはい》するのを阻止《そし》したんだ。この国は魔法大国とか威張《いば》りくさっていても内実には結構問題があるからな」

「分かってるって。元首様が直属部隊を欲《ほっ》した理由も、それを正したかったんじゃないかなって」

ここでシセルニアを持ち出したリリシャに、アルスは渋《しぶ》い顔をして。

「あの女狐《めぎつね》をあまり美化するな。もっとろくでもない理由に決まってる」

「ふぅん、まあ、アルス君が苦手なのも分かるわ。どっか、似た者同士だもんね」

「失礼なことを言うな」

「はいはい、それでモルウェールドに関する情報だっけ」

「ああ、現状分かってることだけでいい。奴にとって不利な情報を、まずはシスティに流しておいてくれ。代わりにアンブロージアの背後関係について、有益そうな手がかりを教えてやる」

「へえ、ぶっちゃけ、ちょっとありがたいね」

「ダンテの話だが、クラマの幹部・メクフィスが関与しているらしい」

リリシャははっとしたように、脳裏《のうり》にその名を刻みつけるかの如く反芻《はんすう》する。

「メクフィス……初めて聞く名ね」

「俺もクラマとはやりあったが、中でも特に神出鬼没《しんしゅつきぼつ》っぽい相手だ。多分尻尾《しっぽ》を掴むのは相当骨が折れるぞ。それよりかは、アンブロージアの生産に関わっている輩《やから》を洗い出した方がいい」

「分かってるじゃん。クラマの幹部を一本釣《いっぽんづ》りできればいいんでしょうけど、ここまで各国が捜査《そうさ》しても尻尾を掴めないいんだものね。地道に手繰《たぐ》り寄せないと、本丸には辿《たど》り着くかないでしょうからね」

「そういうことだ、まずは下流の生産拠点《きよてん》から洗ってみろ。それとクラマとはくれぐれも直接戦うなよ」

その語気の鋭さに一瞬目を丸くしたリリシャだが、「ふぅん、了解《りようかい》」と意味深に頷く。

「ふっ……ありがと。おかげ様で総督にいい報告ができそう」

忘れていたが、リリシャは一応アルスの監視《かんし》任務も兼任《けんにん》していたのだった。どうせ形ばかりの任務だろうと思っていたが、しっかりと報告書を作っていたらしい。

「せいぜい恩を売っておけ。総督や理事長、お偉方《えらがた》に貸しを作っておくと、何かと役立つこともある……かもしれん」

「何よ、自信なさげね。それはそうと、あのモルウェールドについて不利になる情報をお偉方に知らせても、今更《いまさら》だと思うわよ」

「何故《なぜ》だ」

「アルス君も言ってたでしょ。火消しに躍起になってるんだろうって。数日前に旧来貴族のうち、三家が何者かに襲撃されたの。邸宅《ていたく》の土台まで徹底的《てっていてき》に焼けちゃって、生存者はなし」

「モルウェールドに関係してた貴族か。裏切りに走りそうな動きを察知して先手を打ったか？　もしくは証拠隠滅《しょうこいんめつ》にしても、根絶やしとは無茶《むちゃ》をするな」

「まさに、ね。どこまで火消しするつもりかな？　今はまだなにも証拠がないから静観してるけど、大ごとになるのも時間の問題ね。貴族の口に戸は立てられないってコト」

しかし、この状況下で随分強引《ずいぶんごういん》な手段を取ったものだ。彼《かれ》と因縁《いんねん》のあるヴィザイスト卿が背後調査に手を付けているタイミングでの蛮行《ばんこう》とあれば、尻尾を掴まれるどころではなく、首根っこが追手の前に剥き出しになったも同然。

モルウェールドの愚物《ぐぶつ》ぶりには、開いた口が塞《ふさ》がらないが……。それだけ切迫《せっぱく》した状況だという裏付けでもある。

「しかし、いくらモルウェールドだろうと、二大貴族ほどの武力は持ってないはずだ。それだけの無茶をやる兵隊を、どうやって集めた？」

「あまり公にされていないけど、モルウェールドには私兵がいるわよ。お兄様がいうには【アフェルカ】よりも残忍《ざんにん》だってさ。ただプロの綺麗《きれい》なやり口じゃないとも言ってたわ。標的周りを全員殺しちゃうらしいの。直に顔を合わせたことはないらしいけど、裏で動く部隊であるのは確かね」

「どこもかしこも、物騒《ぶっそう》なことだな」

「まったくね。ただモルウェールドは、もう一線を越えたわね。なり振《ふ》り構《かま》わない暴走ぶりが、どこに着地するかが見ものかな」

胡散臭《うさんくさ》い政治関連の任務はもう引き継いだとはいえ、いかにも他人事めいたこの口ぶりはいかがなものか。

「それにしても、変ですね」

唐突《とうとつ》にロキが、背後を振り返りつつ、訝《いぶか》しむように口にした。

少し遅《おく》れて追随《ついずい》するように、リリシャも小首を傾《かし》げる。

「確かに。さっきアルス君があれほどの魔法をぶっぱなしたのに、誰《だれ》も来ないわね。騒がしくなるはずのに」

二人が不思議そうに顔を見合わせるが、アルスはそれに構わず、部屋の前に立つとドアに手を掛《か》け。

「誰だか分からないが、お節介《せっかい》な不審者《ふしんしゃ》がいるみたいだ」

ドアにはなぜか、鍵《かぎ》がかかっていなかった。すぐにロキがアルスの前に滑《すべ》り込み、臨戦態勢を取る。

そんな二人の向こう、ドアの先から、緊迫《きんぱく》した場に似合わない呑気《のんき》な声が響《ひび》いた。

「悪いね。勝手にお茶をいただいているよ。ふぅん、インスタントでも、近頃《ちかごろ》のお茶ときたら、随分美味《ずいぶんおい》しくなったものだ」

アルスの目が険しくなった。その視線の先にある椅子《いす》には、まるで自分の家のように寛《くつろ》いだ様子の、妙な人物が座《すわ》っている。

こちらに向けた背中からは敵意も魔力も感じないが、かといってアルスの知り合いでもない。ちらりと視線を走らせたが、ロキ、リリシャにも心当たりはないようだった。

「……勝手に侵入《しんにゅう》してもてなしを求めるか。寛いでるところ悪いが、どちら様かな」

「いくら元々散らかってた部屋でも、不法侵入は褒《ほ》められたもんじゃありませんよ」

アルスに続くロキの警告に、その者は回転椅子ごとくるりと振り返った。

意外にも……女性である。人相は少々やつれ気味で、年齢《ねんれい》はせいぜい三十代くらい、という程度しか分からない。

背はリリシャより少し高いくらいか。髪《かみ》はまるで、いくつかの束により分けて乱暴に握ったように、クシャクシャによれている。

全体的に地味な印象の中で、汚《よご》れた白衣だけは妙に目についた。おかげで研究者か技術畑の人間なのだろう、と推測だけは立てられる。

「いや、悪いね。私もあまり、大手を振って表を歩ける身分じゃないものでさ。それと、できれば煙草《たばこ》を一本もらえないかな」

「ここは禁煙《きんえん》です！　何者なのですか、あなたは」

ロキの質問には答えず、その薄汚《うすよご》れた白衣の女は、勝手に飲んでいた紅茶のカップを置き、いつもの癖のようにポケットに手を差し込む。

「あら、たった一度で使い物にならなくなるなんて」

彼女《かのじょ》がポケットから取り出したのは、奇妙《きみょう》な小型機械であった。掌《てのひら》に載せた拍子《ひょうし》に、その中心に嵌《は》め込まれていた宝石のような物が砕《くだ》け、パラパラと光る欠片《かけら》が落ちていく。

それが何かをアルスはすぐに察した。

「魔力が外に漏《も》れ出さないように留《とど》めておく装置か。面白《おもしろ》い発明だな」

「さっきアルス君が使ってた実験場も、影響範囲《えいきょうはんい》下にあったってこと？　なら、外が静かなのは彼女のおかげってことね。でもあなた、呑気に構えてないで、さっさと名乗るべきじゃないの？」

リリシャが冷静に問うと、その女は心地《ここち》よさそうに微笑んだ。

「なかなかにやわらかく、耳に新鮮《しんせん》な声の響きだ。いつぶりだろうか、若く初々《ういうい》しい子供の声を聞いたのは」

クラシック音楽にでも耳を澄ませるように、恍惚《こうこつ》とした表情を浮かべた女は、おもむろに残ったお茶を飲み干す。

「さて、遅《おそ》まきながら自己紹介《しょうかい》させてもらうよ。私は神理を探る者、クウィンスカという。

まあ発音しづらければ、博士と呼んでくれればそれで良い」

図々《ずうずう》しさと紙一重《かみひとえ》の悠々《ゆうゆう》たる態度に白い目を向けつつ、ロキは足速に手近なインターホンを引っ掴み、警備員へと連絡《れんらく》を試みた。

「もしもし！　いったい警備は何してるんですか⁉　昨日の今日で、こんな身元不明者を侵入させる……」

なんて、と言いかけたところで、ロキの言葉が止まる。クウィンスカ博士と名乗った女が、ぽつりと発したその言葉に。

「身元なら【トロイア】の研究者といえば分かり易《やす》いかい？」

たちまち、ロキははっとしたようにアルスの方を振り返った。

リリシャは凍り付いたように動かず、アルスの鋭《するど》い目の光が、その一言でさらに増したように感じられる。

「まぁ、そんなに殺気立つことはない、中でゆっくり話そう。ああ、けれど椅子がちょっと足りないかもだね、不意の来客分くらいは用意しておきたまえ」

「図々しさが、歓迎《かんげい》すべき客だということの証明にはならんぞ」

とはいえ、面白い来訪者であることには違《ちが》いない。アルスはいったん手を上げて、警備に通報しようとしていたロキの動きを止めさせた。

本来なら用件も聞かずに軍に突《つ》き出したいところだが、【トロイア】の名前が出たとなると、少々気になることもある。彼女は【トロイア】関連の調査報告書の中では、死んでいたはずなのだから。

「そうだね。それでも多分君は私の要求を呑《の》むと思うけど、順序は間違《まちが》えないつもりだ。用件は最後にして、まずは君の疑問から答えようか、アルス君」

得体の知れない研究者クウィンスカ。

ベリックからの報告では、トロイア監獄《かんごく》には一人を除いて生存者はいないはず。

「言っておくけど、私は監獄では魔力貯蔵庫の責任者だった。だから囚人じゃなく、正確には職員の一人だねぇ。といっても秘密監獄の設備管理者だから、本来なら日の当たるとこにはいちゃまずい身ではあるけどさ」

「手引きした者を除けば、看守・職員に生存者はいなかったはずだ。全員脱獄囚に殺されたと聞いたが、お前はどうやって内地に入った」

「そうだね、えっと……つまるところ、死体を作って偽装《ぎそう》したのさ。ここじゃ確認はできないが、職員名簿《めいぼ》にあるクウィンスカは、確かに死んだはずだよ。囚人らが脱獄した後、私は協力者に頼んで、ここに連れてきてもらったのさ」

「その協力者とは？」

「それは言えない。意地悪をするつもりはないけど、あちらにも事情ってものがあるからね。いずれ君の前に姿を見せるだろうね。その時、立場が敵か味方かは分からないけど」

言えないとは答えたが、せめてもの誠意を見せるかのように、クウィンスカは即答《そくとう》してみせた。

「脱獄囚とお前の関係は？」

「ハッ、そこについては良いはずがないだろう、寧《むし》ろ最悪だ。私は魔力貯蔵庫の責任者ではあるが、別の目的もあってさ。簡単に言うと、研究の一環《いっかん》で囚人どもの身体を弄《いじ》りまわしてたからね。あっちで偽装してきた私の死体はほとんどもうボロ雑巾《ぞうきん》、頭は玉割りみたいになっちまってる有様さ」

ピクリとアルスのこめかみが反応する。彼女は大胆《だいたん》にも、秘密監獄の囚人を相手に人体実験を行っていたと自ら吐露《とろ》したのだ。

その直後、クウィンスカはやつれた顔に、自嘲《じちょう》気味な弱々しい笑みを浮かべ。

「悪いねぇ、あそこに長くいすぎたもんで、もう善悪の区別がつかないのさ。けど、内地に入った以上、自重はするつもりだ。その必要も無くなったしね」

「本当かどうかは知らんが……一先《ひとま》ず、何の研究をしていた？」

「さっきも言ったろ？　神理の探求、未知の解明。その手がかりが目の前にいるから世話になりに来たんだ、〝席者〟アルス君」

「――!!　席者とはなんだ」

それは、アルスと先に対峙《たいじ》したダンテが幾度《いくど》も口にしたもの。しかしその謎《なぞ》めいた〝席者〟というフレーズを、ここで彼女から聞くとは思いもよらなかった。とはいえ、ダンテとの会話自体が、まるで断片的《だんぺんてき》かつ一方的で、多くの疑問を残すものだったのだが。

しかしアルスの鋭い問いに対し、今度はクウィンスカも即答しない。代わりに彼女は、アルスの両脇《りょうわき》に立つ二人の少女へ、ちらりと視線を送る。それにいち早く反応したのはロキである。

「アルス様、私が聞いても大丈夫《だいじょうぶ》な内容でしょうか。そうであるならば同席させてください！」

「う～ん、どうせこの先もさっきと同じく機密扱いでしょ。私も口外するつもりないし、うん、アルス君も前に言ってた、一蓮托生ってやつで！」

ロキはともかく、リリシャは少々心もとないが、アルスとしても今更リリシャを叩《たた》きだすつもりはない。

それに、手元にあった異能への唯一《ゆいいつ》の手がかり【フェゲル四書】がない今、少しでも情報が欲《ほ》しいのも事実。ダンテとの会話については、まだまだ謎が多い。何より一つ一つの真偽《しんぎ》はもちろん、アルスが知らないことが圧倒的《あっとうてき》に多すぎるのだ。

アルスは即断《そくだん》し、クウィンスカ博士に先を促《うなが》した。

「いいから、さっさと話せ」

「う～ん、年長者への礼儀《れいぎ》をどうたら言うつもりはないけどね。もう少し持ち上げてくれないと、私もテンションが上がらないじゃないか」

ハイテンションな状態というのがまったく想像できない容貌《ようぼう》だが、彼女はどうにも人を食った調子で続ける。

「あ、おかわりをもらえるかな？　人に淹《い》れてもらいたいんだ、なにせ長年穴蔵《あなぐら》生活だったものでね」

クウィンスカはあろうことか、リリシャへと空いたカップを差し出した。

「えっ、私っ⁉　別にいいけど、美味《おい》しくなくても知らないわよ」

「まあ、珈琲《コーヒー》と紅茶とお茶ならあったはずですけど。なぜリリシャさんに……」

既《すで》にキッチンの全《じょうきょう》状況を掌握《しょうあく》しているロキが、ぶつぶつと不承不承ながらも言う。

「紅茶は飲んだから、次はお茶でも貰《もら》おうかな」

「リリシャさん、あっちの棚《たな》に茶葉のストックがあります。見れば分かりますよ」

「りょ、了解」

やや緊張気味に、それこそ初めてキッチンに立つかの如く、リリシャは空のカップをぎこちなく持ち、ロキの聖域に足を踏《ふ》み入れる。

その背中に、お湯はさっき沸《わ》かしておいたからと、クウィンスカがひょうひょうと告げた。

日陰者《ひかげもの》の身、しかも人の家でここまでの図太さを維持《いじ》できるのは、それはそれで凄いのだろう。アルスでも、ここまで傍若無人にはなれそうにない。

人体実験に手を出した時点で、彼女はグドマとそう大差ない罪を負っている。ただ、己《おのれ》の私欲のために人の身体にメスを入れるような人間とも少しだけ違っていそうな印象もある。総じて、どうにも奇妙で複雑な人物にも見えるのだ。

「まあ、何故君の前に現れたかというところから話そうかな。アルス君、君は【アカシック・レコード】を覗《のぞ》いただろ？」

「……!!」

アルスのその反応を見ただけで、クウィンスカは満足そうにカッカと笑った。

「驚《おどろ》くことはないよ。私が言う神理とは【アカシック・レコード】そのもののことだからね。当然、それに触《ふ》れる者について警戒《けいかい》もしていた。第三者が神理に足を踏み入れた時に発生する特殊《とくしゅ》な魔力《まりょく》波長……空間の歪みとも言えるが、【トロイア】じゃ、わざわざそれを感知できるシステムを組んでいたくらいだ」

　この女博士は、もしかするとアルスが長年追い求め、研究していたものに通じる巨大《きょだい》な手がかりとなる情報を持っているかもしれない。

　アルスは一際真剣《ひときわしんけん》な表情になり、慎重《しんちょう》に言葉を紡《つむ》ぎ出す。

「俺が見たのは、外界でだぞ。あんたのいた穴倉からは、かなりの距離《きょり》がある。事前に予想していなければ、微細《びさい》な波長や空間の歪みなんて察知できないはずだ」

　するとクウィンスカはほくそ笑《え》んで、世界の深淵《しんえん》を知る者として饒舌《じょうぜつ》に語り出した。

「カッカッカ、距離なんて問題じゃない。【アカシック・レコード】は普遍的《ふへんてき》かつ全《すべ》てを超越《ちょうえつ》した特異点だ。アクセスした者がどこにいようと、問題じゃないのだよ。そんで、そこにアクセスし【アカシック・レコードの欠片】を持ち帰った者を、我々は〝席者〟と呼ぶのさ」

「〝我々〟とは？」

　思わずロキが口を挟《はさ》んだが、確かにそれはアルスも気になるところだ。これまでの常識が覆《くつがえ》るような話っぽいが、あまりにスケールが大きすぎて、もはやいちいち信憑性《しんぴょうせい》を問う気力も湧《わ》いてきそうにない。

「我々は我々さ……私以外の、全ての探求者かね。ちなみに〝席者〟の資格については、おおまかに【アカシック・レコード】に触れた者、としか分かっていない。私はそっちには興味はないが、【アカシック・レコード】そのものには、大変そそられるものがあるね」

値踏《ねぶ》みするようにアルスを見るクウィンスカ。その目は単なる知識の探求者というレベルを超えて、それこそ世界の根源を探ろうとするかのように怪しく光っていた。

「なら、俺があそこにアクセスしたから、俺のところに来たのか」

「そういうことになるね。私は、研究さえできればいいんだ。フェゲルが覗いた世界の裏《うら》側《がわ》、奴《やつ》はそのほんの一部しか頭に詰《つ》め込めなかったが、それでも世界が変革するほどの啓《けい》示《じ》をもたらした。私はさらに奥へ進みたい、もっともっと先を知りたいんだ。分かってくれるだろう？　私はいわば、この知識と探究心を君に売ってやるためにここに来たんだよ」

話しているうちに興奮してきたのか、恍惚とした様子で一気に語り終えると、クウィンスカは荒々《あらあら》しい息をついて、再び椅子へと腰《こし》を落とした。

「いやあ、年甲斐《としがい》もなくちょっと初心を思い出して疲《つか》れてしまった。悪いけど座らせてもらうよ。言っておくけど私もそこそこ歳だからね、それ相応の体力しかないんだ。あとはそう、煙草の一本もあれば……」

惜《お》しそうにクウィンスカは爪《つめ》を噛《か》む。体力不足は不《ふ》摂《せっ》生《せい》な生活と喫《きつ》煙《えん》のせいではなかろうか、とアルスは思ったが口には出さないでおく。そんなところに、ようやくキッチンからリリシャが戻《もど》ってきて。

「はい、お茶持ってきたわよ」

　本当にただのお茶ではあるが、リリシャは不器用な手つきで、湯気の昇《のぼ》るカップをクウインスカの前のテーブルにコトッと置いた。

「悪いね、お嬢《じょう》さん」

　コップをゆっくりと口に持っていき、浸《ひた》るように目を閉じかけた直後。

「ん！　これ、まるっきり白湯《さゆ》じゃないかね⁉」

「え、えっ？」

「リリシャさん、茶葉をケチりましたね。ほとんど色が透明《とうめい》じゃないですか。……なんて恥《は》ずかしい」

「分量なんて知らないって！　文句言うなし！」

　詰《なじ》るようなロキの口調に、リリシャは必死に抗議《こうぎ》の声を上げた。だが、とうのクウインスカは諦《あきら》めたように、二口目を喉《のど》に流し込んで。

「……まあ、別に白湯でもいいけどね。それで、どこまで話したっけ？」

　これにはアルスが応じて。

「俺が【アカシック・レコード】に触れたからここに来た、というあたりまでだ。それにしても、【フェゲル四書】のフェゲルが人名だったとはな。ということはやはり【フェゲル四書】は【アカシック・レコード】の写しだったわけか」

アルスの中で、長年の謎が氷解していく。まるで絡まった紐《ひも》がスルスルと解けていくような心地《ここち》良《よ》さと同時に、脳内で幾《いく》つかのピースが音を立てて繋《つな》がっていった。

「そんなことも知らなかったのかい。呆れたね、それでどうやって【アカシック・レコード】を覗いたんだい？」

「魔物《まもの》が使った魔法《まほう》経由で、直接触《ふ》れた」

当時を思い起こしながら、アルスはあえて一部をぼかしつつ簡潔に答えた。

雪に覆《おお》われたバナリスで魔物【シェムアザ】が魔法【螺旋浄化《らせんじょうか》《ケヘンアージ》】を発動するためのトリガーになる妙《みょう》な〝杭《くい》〟を放った時のことだ。

アルスはそれに触れることで内部情報を解析《かいせき》しようとしたのだが、いつの間にか意識が構成情報から切り離《はな》され、代わりに膨大《ぼうだい》な知識が流れ込んできたのだ。

「ほほぉ、面白い。やはり鍵は魔物の方かい。となると、その分野では奴らの方が一歩先んじているというのは本当だったわけだね」

ぶつぶつ呟《つぶや》きつつ、完全に自分の世界に入ったらしいクウィンスカの様子は、アルスが思考の海に潜《もぐ》った時と酷似《こくじ》していた。世界から切り離され、一人だけの世界に浸ってしまうのだ。

「おい、まだ話の途中だ、ったく失礼な奴だな」

ふん、と小さく鼻を鳴らしたアルスの両脇で、ロキとリリシャが揃《そろ》って「どの口が」と言わんばかりの呆れ顔を見せる。

「完全にアルス君と一緒ね。人のこと言えないでしょ」

耐《た》えきれず口にしてしまったらしいリリシャのツッコミに、アルスは眉間《みけん》に皺《しわ》を刻み。

「……こんなに酷《ひど》いのか」

自己を省《かえり》みる良い機会になったというか、クウィンスカの様子を眺《なが》めていると、いかに自分が醜態《しゅうたい》を晒《さら》しているのかがよく分かる。

「ハァ～、まあいい。それはそうと〝席者〟について、もう少し詳《くわ》しく分からないのか？」

「ダンテは【フェゲル四書】を読んだだけでそう見なしてたようだが、真実は違う。たぶんあいつは、本当の意味で〝資格〟は得ていないはずだ。世界の真理に中途半端《ちゅうとはんぱ》に触《ふ》れただけで、生半可な知識しか持ち合わせていなかった様子だからね。【アカシック・レコード】を知らなければ、写しにすぎない【フェゲル四書】を、そのものと混同してもおかしくはない」

ダンテが〝席者〟ではなかったかもしれない、というのは意外な事実だが、アルスにとってさほど驚きではない。そもそもその座にあることなど、さして重要視していないからだ。

求めるものは自分の内に巣食う異能の解明と、旺盛《おうせい》過ぎる知識欲を満たすこと。いわば知ることと自体に意味があるのであり、その過程でちょっとした発見があろうと、人類に貢《こう》献《けん》をしようと、アルスとしてはどうでもいい範疇《はんちゅう》の出来事なのだ。せめて自分が、いちいち面倒《めんどう》ごとの矢面《やおもて》に立たなくて済む体制さえできれば十分だと言える。

しかし同時に、彼は世界の秘密について知らないということが、危《あや》うい未熟さとイコールであることも十分に理解している。だからこそ、クウィンスカからの情報を完全に無視はできない。

一方でロキはともかく、ここまで一緒に話を聞いているリリシャは、未《いま》だ半信半疑といった様子だ。彼女は別に魔法の専門家ではないし、確信できるのはアルスに自ら手渡《てわた》した以上【フェゲル四書】は確かに実在する、という程度だった。

「で、結局【アカシック・レコード】ってなんなのよ」

そんな大雑把《おおざっぱ》な質問に対し、実はアルスはおおよそ見当をつけていた。だが、それは自ら体験してこそ得られたもので、第三者に簡単に説明できるようなものではない。例えるなら無形の霧《きり》に形を見出《みいだ》すような、直感的で朧《おぼろ》げな理解なのだから……。

きっとその質問への回答の根幹は、魔法という存在にこそある。

従来は魔物が使っていた魔法を解明し、人間の言葉で言語化された理論として再構築する。今の7カ国はそんな経緯《けいい》を経て、まるで少しずつ命綱《いのちづな》を繋ぐような営みを繰《く》り返し、魔物の襲撃から生き延びてきたのだ。

だが、そもそも魔法というものは、神話やおとぎ話めいた超常《ちょうじょう》的現象を指す。本来、それを理論化しようという試みさえ否定するものだ。

だから、現代の魔法師が扱《あつか》う力は、厳密にみると二つに大分される。

それは、既に理論化されているか、詳細《しょうさい》は不明でもその延長線上に存在するだろう「魔法」と、全くそれとは異なる理外の力、「異能」だ。

似ているようで非なるこの二つには、どこまでいっても埋《う》められない溝《みぞ》が存在する。

(魔眼が良い例だな。魔法の特殊な一例として位置付けられているだけで、高名な魔法学者ですら、突き詰めることができていない。まあ、サンプルが少なすぎるし、現在は研究そのものができないからな)

魔眼の力に代表される異能研究は、エレメントと呼ばれる光と闇《やみ》の二極系統に関するもの同様、人類にとって後ろ暗い過去の業だ。現に過去に非人道的な人体実験が明るみに出たことで、多くの研究機関が閉鎖《へいさ》され、その成果も軒並《のきな》み廃棄《はいき》された。その当時は、軍もかなりの軍人を動員し調査に乗り出したと聞くぐらいだ。

いかなる国家であろうとも、それを復活させ再び推《お》し進《すす》めようとするなら、各方面からの非難は避《さ》けられないだろう。

何はともあれ、これまでの情報を統合するに、【アカシック・レコード】について探求していくことは、恐《おそ》らくは魔眼のような異能を研究するのと同じような、闇の領域に帰結していくはずだ。

そんな風に思考を紡ぐアルスの横で、クウィンスカが【アカシック・レコード】とは？という根本的な疑問を投げかけたリリシャに、にやっと笑いかけた。

それは無邪気《むじゃき》で無垢《むく》な生徒に対し、世慣れて心の薄汚れた性悪教師が向けるような、底意地の悪い笑みである。

「そうだね、世界の記録庫といえば分かり易いかい？　とはいえ、呼び方など無限に存在する奥深《おくぶか》い代物《しろもの》だよ。しかし私は、これを決して超自然《ちょうしぜん》的な存在ではないと捉《とら》えている。ちゃんと何者かにより、意思を持って生み出されたのだと考えてるんだよ」

「はあ？　ならそんな物体だか概念《がいねん》だかよく分からないものが、この世のどこかにあるってわけ？　そりゃ私だって、目に見えるなら信じるけどさ」

「……リリシャ、少し待て。今、何と言った？」

「え？　物体だか概念だか、実在はするけど、目に見えないし捉えどころもないっていうか……」

　割って入ったアルスの目つきが、再び鋭くなる。

「気づいたね。そう、その在り方はどうも似ているんだよね、魔力領域とさ」

　クウィンスカはその濁《にご》った眼を、目玉が飛び出さんばかりに大きく見開いた。大きく歪《ゆが》んだ彼女の顔が、生き別れた姉妹と数年ぶりに再会を果たしたような喜びに満ち溢《あふ》れている。

「アルス君、やはり君の頭脳は最高だね。私がそこに思い至ったのは、研究を開始してから三十年近く経《た》ってからだってのにさ。厳密には魔力領域の更《さら》に下に、怪しげな層《レイヤー》が存在するんだが……」

「俺《おれ》はそれを、魔力深域と呼んでいるが」

　クウィンスカの笑みが、一段と深く濃《こ》くなっていく。

「いや、それより更に奥《おく》があることを君は知っているかね？　私はね、【アカシック・レコード】はそれら魔力領域を包括《ほうかつ》する限定的な異空間ではないかと予想している。魔力の深淵、すなわち魔法の根源に通じている気がしてくるじゃないか。そしてここで一つ、面白いネタがあるんだ。私の知る最も古い記録では、人間はそもそも魔力なんて持ち合わせていなかったという。それは我々のDNAを調べれば、科学的にも証明できる事実さ」

これにはリリシャが、驚きとともに反駁《はんばく》するかのように。

「ちょっと待って！　なんだかんだ言っても、全部絵空事の可能性だってあるわよね？　DNAとやらだって、何かの偶然《ぐうぜん》ってことも……」

「ふふ、出来の悪いかつての教え子みたいなことを言うね。まあ確かに証拠もなければ証明も不可能な以上、おつむの回らない子に、完全に納得《なっとく》させるのは難しい種類の話さ。でも、少なくともアルス君は違うようだけど」

そう言って、ちらりとアルスを見るクウィンスカ。

「……頭から否定はせんさ。寧ろ面白い推測だ。確かにその辺について、俺の知らないことが多いのは事実だからな」

同時、アルスは少し考え込《こ》んで。

（そういえば【フェゲル四書】を見た後、初めて見るロスト・スペルを解読できたが……しかしあのあたりの知識は、【フェゲル四書】のように何かに書き写すといったことはできないんだよな。まあ、こいつらに見せる必要もないが）

それは、取得した知識を引き出すための特別なトリガーがあるためだ。貴重な知識のはずだが、それを任意で自在に開陳《かいちん》して見せるのは、現状アルスでも不可能なことなのである。一方、クウィンスカはリリシャに向けて指を差しながら。

「それはそうと、だ。【アカシック・レコード】の実在を証明することは出来ないが、その恩恵《おんけい》の一環を示して見せることならできるぞ。それもこの上なくはっきりと、目に見える形でな」

「な、何よ？　言ってみなさいっての」

「【バベル】さ」

「「……!!」」

絶句する二人に交じり、これにはアルスもはっと目を見開いた。ロキやリリシャほどの驚きはないにしても、多少鼓動《こどう》が早まったのを感じるほどには衝撃的《しょうげきてき》である。

「ま、嘘《うそ》だと思うなら構わないがね。証拠《しょうこ》、証拠と煩《うるさ》い子供相手に、いい大人がムキになるのもつまらんことさ。私自身が【アカシック・レコード】の表層部分しか知り得ていないのは事実だ。これまでのことは、物好きな一研究者の戯言《たわごと》と聞き流すもよし、さ」

だが、黙《だま》り込んでしまったリリシャはともかく、アルスは到底《とうてい》、聞き逃《のが》すことなど出来ない。

「ということは、バベルはフェゲルが作ったということか？」

「ご明察、その通りだ。ここでも証拠というなら……先に言ったろ、これでも私は良い歳なんだ。年の功を誇《ほこ》るわけじゃないが、ずっと研究畑一筋でね。そこらの下手な老学者どもより、ずっとその方面の知識は深いつもりだ。そうそう、お世話になりついでだから明かすが、私の本来の身体はとうの昔に朽《く》ち果てている。おっと、どういうことだって詮索《せんさく》はなしだ、女の身に皆《みな》まで言わすなよ」

事実だとすれば、驚くべきことだ。今の彼女は、確かに若くはないが、外見的には三十代で通用するだろう。覇気《はき》のない目元が、幾分老《いくぶんふ》けて見える程度なのだから。

以前、アルスと対峙したクラマのイリイスなどは異能の副作用によって長命を保っているようだったが、アルスは直感的に、それとはロジックが異なるのだろうと感じる。

なにせクウィンスカは、身体はもう朽ち果てている、と言い切ったのだから。とはいえ、彼女が望まないと明言した以上、そこを追究するのは野暮《やぼ》というものだろう。

そんなアルスの様子を横目に、クウィンスカは続ける。

「フェゲルは実在の人物であり、かつての偉大《いだい》な研究者だよ。世界から叡智《えいち》を授《さず》かった彼が、その知識を体現せずにいられるはずはなかったのさ。とは言っても、バベルを作った本当の目的までは誰にも分からない。正義のためか悪のためか、それともどちらでもないか……はっきりしたことは、未だにね」

ただその言葉が指し示すのは、あの叡智の塔《とう》は本来、人類のための建造物ではないのかもしれない、ということ。

だが現実的には、バベルが人類の守護防壁《ぼうへき》としてどれほど貢献しているか、議論の余地はないだろう。あれ無くして、今の人類生存圏《けん》の形はあり得ないのだから。

ここで言葉を切ったクウィンスカは、チビチビと白湯を飲み始めた。このまま居座《いすわ》られるのも面倒だと感じたアルスは、さっさと本題へと話を戻すことにする。

「確かに有用な情報ではあったな。で、結局お前は何を望んでいる？」

「何だい、藪《やぶ》から棒《ぼう》に……空気を読むってことを知らないね、君は。ま、つまるとこ私の研究を支援《しえん》してくれればいい。資金と協力。代わりに私が、研究で知り得た情報を渡《わた》すかラさ。もっとも美味しいところは、さっきある程度まで話しちまったが」

アルスにとっては、全く問題ない取引ではある。

彼女の人柄《ひとがら》は、その出自同様に胡散臭いが、同じ研究者として理解できなくはない部分がある。何より、本来クウィンスカはただ【トロイア】で働いていただけの職員だ。囚人を扇動《せんどう》したわけではないのだろうし、言ってみれば不慮《ふりょ》の事故で地位と職を追われ、やむなくアルスの懐《ふところ》に逃《に》げ込んできたにすぎない。それに秘密監獄に勤めていたという成り行き上、今後、彼女が日の目を見られることはあるまい。平たく言うなら、今の彼女は生活に窮《きゅう》し探求の道にも行き詰《づま》った、哀《あわ》れな女研究者という立場だ。しかも例の脱獄事件の犠《ぎ》牲者《せいしゃ》として、記録や戸籍《こせき》上は、すでに亡《な》き者となっているはず。

それでもアルスは、ここですぐに頷《うなず》くことはしなかった。

クウィンスカはその沈黙《ちんもく》をどう取ったのか、さすがに多少は居心地《いごこち》悪そうに、もじもじし始めた。

「そ、そりゃ少しは人体実験もしたさ。でも聞いてくれ、あそこではあまりの苦痛に自ら死を望む囚人が大勢いた。私は望み通りにしてあげた代わりに、ちょっとだけ彼らに協力してもらっただけだよ。いやまあ〝ちょっと〟ってことはないかもだけど……」

クウィンスカには後が無いのだけは確実だ。それに彼女は【アカシック・レコード】を知る数少ない人物で、アルスと同等かそれ以上に、その方面について話が通じる唯一無二《ゆいいつむに》の存在でもある。

「どうだろうか。君が決断できないのは分からないでもないけど、【アカシック・レコード】の知識を求めているのは、私だけじゃない。少なくとも7カ国では【フェゲル四書】同様、ほとんど表に出ていないというだけでね」

アルスの眉《まゆ》がぴくりと動く。

「ほう。他に誰が探《さぐ》ってる？　知っているだけでもいい教えろ」

「私の知る限りだと、クラマがそうだ。裏の手段も駆使《くし》してやり方を選ばないぶん、もしかすると私より深いところまで理解している可能性もある」

ふむ、とアルスは頷く。確かに、不死に近い特性を持つイリイスがクラマの幹部だったのだ。彼らはそんな理外の技術や知識に、当然興味を持っているだろう。もちろん手が届けば、とことん我欲《がよく》のために使うだろうが。

そんなアルスの内心を他所に、クウィンスカはカップの縁《ふち》を指でなぞりながら。

「私は最初、【アカシック・レコード】へのアクセスを試《ため》した時には、人間を介《かい》して実験を行った。過去にアクセスできたと思《おぼ》しき事例も、やはり人間によるものだったからね。でも、おそらくだがクラマは、魔物を介してアクセスを試みている節がある。それは、もしかすると早々に実を結ぶかもしれない。君の話を聞く限り、魔物を経由する方が多分有効なアプローチっぽいからね。まあ、そこについては古書に『魔物が扉《とびら》、人が鍵』という意味深な記述もあったりするから、別のやり方もあるかもしれないが」

この言葉に、アルスはしばし目を細めて考え込む。

最近起こった人魔化の事件……それに絡《から》み、元凶《げんきょう》となった可能性がある違法《いほう》薬物・アンブロージアに関与《かんよ》していると思われるのはクラマの幹部、メクフィスだ。クラマが本当に魔物を通じた【アカシック・レコード】へのアクセスを試している可能性を考えると、妙に胸がざわついてくる。

とはいえ、確証はない。アルスは一旦《いったん》、この陰謀《いんぼう》論じみた推測を押《お》し退《の》けて話を戻した。

「扉、鍵……確かに意味深だな。何かを開く、というのを【アカシック・レコード】への接触《せっしょく》と引っかければ、例の〝席者〟とも絡んでくるか？」

「そうだね、実のところ〝鍵〟の研究は私も行っていたが、ほぼ成果はなかった。〝扉〟たる魔物のほうから攻《せ》めるべきだったかもしれないが、あいにく私は魔法師じゃないからね。まさか、あの凶暴《きょうぼう》な外界の魔物どもを捕《と》らえてくるわけにもいくまい」

「なるほど。そこまで知っているお前を、クラマが放っておくわけがないとも言えるな」

「まだ私の顔と名前は割れてない可能性はあるし、一応は死を偽装してきたからね。とはいえ、彼らには犯罪者特有の、妙に鋭い嗅覚《きゅうかく》がある。バレて私が捕《つか》まれば、拷問《ごうもん》でもされるか、あっさり口封《くちふう》じに殺されるか。どっちを選んでも酷い結末さ、監獄でも殺され、また殺されるなんてオチは避けたいもんだ。代えも少ないからね」

その場面を想像したのか、クウィンスカは実に渋《しぶ》い表情をしつつボソリと小声で溢《こぼ》した。

「いずれにしても、クラマが既に知っていることすら、君達《たち》は何一つ知らない。仮に奴らに【アカシック・レコード】から自由に知識を抽出《ちゅうしゅつ》されれば、絶対にろくでもないことになる、そうは思わないかい？」

「そこについては完全同意だな。あまり考えたくない話だ」

「まぁ、誰《だれ》が手にしても良くないことにはなるんだろうけどね。手に入れた玩具《おもちゃ》は使いたくなるのが、出来の悪い子供の特徴《とくちょう》だしさ」

博識な彼女が見せた、実に含蓄《がんちく》に富んだ全人類へ対しての諦念《ていねん》。それにはアルスも迷うことなく、同意の頷きを返した。

「ちなみにあいつら、たぶん【フェゲル四書】まで持っているぜ。せいぜい一冊か二冊、もしくは写本かもだが、残りも手に入れようとしているはずだ」

クウィンスカは、憤《いきどお》ったように聞き捨てならないことを言い放つ。

アルスははっとしたようにクウィンスカの澱《よど》んだ瞳《ひとみ》を見つめた。

突然《とつぜん》に耳に飛び込んできた、その単語。まさに奇縁《きえん》というべきか……アルスと彼らが、同じものを求めているとは。そして話通りなら、これまでの経緯がなくても、アルスと彼らの衝突《しょうとつ》は避けられないものだったと言える。

いずれにせよ【フェゲル四書】とクウィンスカ博士、どちらにもクラマの魔手《ましゅ》を届かせてはならない。幸い彼女は死を偽装して【トロイア】を出てきており、簡単には見つからないだろうが……。

「アルス様、どうされるおつもりですか？」

ロキが、耳打ちするように囁《ささや》いてきた。

「決まってる」

ここに至ってアルスは即答し、改めてクウィンスカに向き直った。

「分かった。お前の希望は全て飲む。研究資金は俺のポケットマネーで全て出すし、研究のための場所も用意する。ただ……条件が一つある。研究に関する情報は俺以外に知られるな。その代わりこちらも、お前のことは総督《そうとく》や元首にも伏《ふ》せておく。軍や王宮にも、妙なやつらが入り込んでいないとも限らんからな」

「はいよ。私はそれで十分だ。あとはせいぜい若いあんたの人生について、老婆心《ろうばしん》からのお節介《せっかい》を焼くくらいが関の山さ。有意義な話し合いだったよ。あとこれ、ご馳走様《ちそうさま》」

そう言い終えるや、クウィンスカはリリシャに向けて、飲み干したカップを軽く持ち上げて見せた。

アルスはようやく、リリシャがそこにいたことに気づいたように。

「そうそう、話がだいぶ進んだあたりから、ずっとそこにぽかんと突っ立ってたそいつは、元首の手先だが、口の堅《かた》さについては信頼《しんらい》に足る奴だ。……そうだよな？」

こくこくと頷くしかないリリシャを尻目《しりめ》に、アルスは小さな通信機器とメモの切《き》れ端《はし》をクウィンスカに渡した。

「ひとまず、当座に必要な資金口座の暗唱番号と、連絡用の端末《たんまつ》だ。用意ができるまで、どこかで身を潜《ひそ》めておいてくれ。そういえば、帰りはどうする？　そもそも、よく学院に入り込めたな」

「それくらいは容易なことだね。魔法は使えないけど、面白《おもしろ》い機械を一つ二つは持ってきたからさ。ほら、これは時間と場所に応じて、光を屈折《くっせつ》させて身を隠《かく》す迷彩外套《めいさいがいとう》……そうと知ってればすぐタネがバレるから、あまり万能《ばんのう》なもんじゃないけどさ。そんでこっちの球状のは、警戒センサーに通ってる魔力を封《ふう》じ込めるもんだ。ただこっちの封じ玉は、効果を最大にして君の魔力を堰《せ》き止《と》めた時に壊《こわ》れてしまったけどね。軍の置換《ちかん》システムを簡略化・応用したものだけど、どっちも昔作ったつまらない試作品さ」

そう言いながらクウィンスカは、もはやガラクタと化したらしい球状の装置を、無造作にゴミ箱に放《な》り投げる。

分別にうるさいロキが眉をひそめたが、クウィンスカはどこ吹《ふ》く風《かぜ》だった。

なるほどな、とアルスは内心で思う。今の学院は、魔法の使用や魔力の気配に関しては、確かに厳重な監視《かんし》体制にある。その半面、注意の方向が偏《かたよ》っているあまり、こういった意外な抜《ぬ》け穴《あな》が通用してしまう脆《もろ》さがあるのだろう。魔法師に対して害をなす可能性の低い、魔力も扱えないレベルの非魔法師などは特に警戒されていないので、尚更《なおさら》だ。

やがて、テスフィアやアリスと同じような気軽さで出ていくクウィンスカの猫背《ねこぜ》ぎみの背中を見送ると、アルスはリリシャに改めて念押《ねんお》しする。

「リリシャ、さっきも言ったがくれぐれもベリックにもシセルニアにも、今日のことは一《いっ》切《さい》報告するなよ」

「分かってるわよ！　けど、それで借りを返し終えたと思っても良いかしら？」

「どうでもいい、俺はそんなことに頓着《とんちゃく》してる暇《ひま》はないからな。それより、本当にシセルニアには気をつけろよ。知られたくない他人の隠し事には、凄《すさ》まじく鼻が利《き》く奴だからな」

「百も承知だっつの。それよりあんたこそ、気をつけなさいよ。お金の流れだって下手すれば分かっちゃうわよ」

「あぁ、その辺はちゃんと考えておく。心配するな」

アルスの個人資産は当然、7カ国の魔法師中でもトップクラスだ。目立たないように上《う》手《ま》く口座を操作する必要があるが、アルスにはそれなりに腕《うで》に覚えがあった。

これまでにも高価な研究機材やら貴重な魔法素材、目玉が飛び出る額の古書やらで、たびたび誰にも秘密で度を越《こ》した散財をやらかしてきたのだから。普段《ふだん》はほぼ金を使わないだけに、ベリックの小言を避けるためにも、小賢《こざか》しいテクニックだけはそれなりに身に付けているつもりだ。

「ふぅ、明日の大仕事を前に、随分《ずいぶん》と長い接待になったもんだ。ともあれ、大きな収穫《しゅうかく》があったのは確かだな」

「アルス様がそうまで言うのでしたら。私は、話についていくのが精一杯《せいいっぱい》でしたけど」

ロキは小さな溜《た》め息《いき》をついたが、今はそれで良いのだろう。

◇　◇　◇

翌日、アルスとロキは、実験場へといち早く到着《とうちゃく》した。そもそも仮住まいの部屋自体が実習棟にあるのだから、たっぷり余裕《よゆう》を持ってもなお、時間が余るくらいだ。

システィに頼《たの》んでこの場を隔離《かくり》している上に午前中ということもあり、無人の実験場の中には、昨日までの全てをリセットされたかのような、一種の新鮮《しんせん》な空気が揺蕩《たゆた》っている。

だが、念には念をという言葉もある。これから行うテスフィア達への施術《しじゅつ》――あえて言うならば特別訓練――を、誰にも邪魔《じゃま》されるわけにはいかない。

まずはアルスとロキで手分けして、各出入り口をきっちりチェックする。施錠確認《せじょうかくにん》はもちろんのこと、表には立ち入り禁止の札も設置しておく入念ぶりだ。

やがて、ようやくテスフィアとアリスが到着したすぐ後に、何故《なぜ》かリリシャも眠《ねむ》たそうな目を擦《こす》りながらやってきた。

彼女には時間を教えていなかったはずだが、テスフィア達と同じ女子寮住まいなので、直接聞いたのかもしれない。秘密の訓練とはいえ、昨日のクウィンスカ博士との一件にもリリシャは同席していたので、もはや腐《くさ》れ縁というか一蓮托生《いちれんたくしょう》という感覚もなくはないのだが……。

「……まさか、お前も参加するのか？」

「ふぁ～あ、え？　ううん、今日は見学。予定になかったでしょ？　今度お願いしてもいい？」

リリシャの視線がテスフィアを捉えるでもなく、真《ま》っ直《す》ぐアルスへと向いてきた。ライバル視しているはずの赤毛の少女を素通《すどお》りしたのを見るに、今は幼稚《ようち》な対抗心《たいこうしん》を燃やしてはいないのだろう。ならば、何故彼女がここにいるのか、その疑問をアルスは秘技への好奇心《こうきしん》ということで納得する。リリシャが今もアルスの監視役《かんしやく》であるという以上に、やけに顔を見せに来る機会が増えたと思うのは、気のせいではないだろう。

よりによって重要な場面にいることも多く、今更邪険《いまさらじゃけん》に扱う必要もなかった。

正直、今回の魔力《まりょく》増強法はすぐに劇的な効果が出る訳ではないはずだが、彼女は何であれ、わざわざ足を運ぶほどには興味があるのだろう。

それに実は、今はリリシャなどよりもよほど気がかりなのが、テスフィアのすぐ隣《となり》に立つ護衛兼《けん》メイドのヘストの姿だ。いかにも融通《ゆうずう》の利かなそうな彼女が、果たして万が一の時に、どのように動くのかが予想できない。

「大丈夫《だいじょうぶ》よ、昨日ちゃんと言ったから。ね、ヘストさん」

「はい、お嬢様《じょうさま》が決めたことですので、特に私が判断することはありません。本家へは詳細を省き後程《のちほど》ご報告させていただきます。事前に奥様《おくさま》からは、アルス様が関与しているならば、お嬢様の判断を尊重せよと仰《おお》せつかっておりますので」

一応、フェーヴェル家当主から許可が得られたと考えて良いのだろう。

澄《す》まし顔でヘストが答えるが、そうなると今度は、彼女は誰の護衛なのかが分からなくなってくる。

メイド服を着ているからといってメイドということでもないのだから、どうにも立ち位置が曖昧《あいまい》な人物だ。そういう意味では、多忙《たぼう》とはいえセルバのほうが遥《はる》かに空気が読めるぶん、この場ではありがたい人選だっただろう。

とにかく今回の魔力増強法というか特別訓練には、少々後ろ暗い部分も多々あるので、黙っていてくれることを願うばかりだ。

一先《ひとま》ずヘストには改めて注意事項《じこう》を説明した後、速《すみ》やかに実験場の端で見守ってもらうことにした。

今回の主役であるテスフィアとアリスには、運動着で来てもらっている。そそくさと上着を脱《ぬ》いでシャツ一枚になった二人は、緊張《きんちょう》した面持《おもも》ちでアルスの前に立つ。

一応訓練と言っているので、二人ともAWRを持参してきてはいる。

「そういや細かい手順だけど、何をするのかちゃんと聞いてないわよ。具体的にはどうするの？」

まず口火を切ったテスフィアは、さすがに女子というべきか朝から身だしなみはしっかりしており、綺麗《きれい》に梳《す》かれた赤い髪《かみ》が踊《おど》るように跳《は》ねる。以前は朝が弱かったはずだが、いくぶんかは成長したのだろうか……いや、ミナシャやアリスに手伝ってもらったな、と思いつつアルスは律儀《りちぎ》に答える。

「基本は、魔力操作訓練と同じだな。ただ、今回は特別な過程がいくつかあるという感じだ。基本はやりながら説明するし、俺がある程度は誘導《ゆうどう》してやる。その前に、昨日話した〝魔力領域と器〟絡みの内容は覚えてるな」

「ま、まあね……」

「覚えてるよぉ」

苦笑《くしょう》したテスフィアに加え、アリスの呑気《のんき》な声が返ってくる。

「せいぜいしっかり頼むぞ、アリス。訓練中は、ちょっとした道具を使うし、魔力暴走の危険もあるから気合入れていけよ。絶対に集中力を途絶《とだ》えさせるな」

顔を少々引《ひ》き攣《つ》らせ、こくこくと同時に頷く二人。

「リリシャ、お前は何があっても魔力を漏《も》らすなよ。失敗したらこいつらの魔力器が壊れて、再起不能になる可能性もある」

「うげっ⁉　まじですかぁ。わ、分かった。気をつける」

予想だにしなかったらしいリスクに、リリシャは渋面《じゅうめん》を作ったがすぐに大きく頷き返した。飛び込み参加しなくて良かったとあからさまに安堵《あんど》している様子だ。

ついでに使わない二人のAWRを預かってもらいアルスは準備を進める。魔法式が描《えが》かれた大きな敷物《しきもの》を床《ゆか》に敷《し》き、そこに香炉《こうろ》を置く。一方のロキは、アルスに言われた通り、香炉の中に乾燥《かんそう》した《夢晩酔草》を入れて火を入れた。

そして最後に、ロキが少し場を外してから持ってきたのは、四角い小箱めいた特殊《とくしゅ》ケースであった。アルスはそれを受け取り、中身を確認《かくにん》すると。

「よし。皆、少し離《はな》れていろ」

テスフィアとアリスだけを残し、皆が十分距離《きょり》をおいたところで、アルスは意識を集中し【グラ・イーター】を放つ。

全身から溢れる黒い霧が、手に集まっていく。

「テスフィア、アリスはこの魔法式《まほう》の上で、楽な格好で座《すわ》れ」

アルスが指を振《ふ》ると霧は一瞬《いっしゅん》で拡散し、ドーム状に三人を覆《おお》い包む。ただしそれは一瞬のことで、すぐさまその覆いが霧散《むさん》した直後、魔法式が起動した。

今度は、三人を半透明《はんとうめい》の障壁《しょうへき》が覆う。外部と内部の魔力を完全に遮断《しゃだん》するという簡単な魔法式で作られたものだ。

やがて【グラ・イーター】で僅《わず》かな滞空《たいくう》魔力を喰《く》らうと、障壁の内部は完全な魔力のない空間となった。

これで、準備は万端《ばんたん》である。

少しずつ香《こう》の煙《けむり》が充満《じゅうまん》していく中、二人はアルスに命じられるまま、深呼吸しながらリラックスする。

「何だか落ち着く香《かお》りだね」

アリスが言うと、アルスが淡々《たんたん》と説明した。

「そもそもアロマセラピー用としても使えるものらしいからな。その《夢晩酔草》の煙は、感覚を鋭敏《えいびん》にし、体内魔力を認識《にんしき》しやすくする作用がある。間違《まちが》っても寝《ね》るなよ」

それにアリスだけでなく、軽く目を閉じているテスフィアも、「分かった」と小さく返事をした。

　まず訓練を受けるのはテスフィアとアリスの二人。ロキとリリシャは実験場の端に並んで見守っている。そこからやや距離を置く形でヘストが微動《びどう》だにしないで立っている。

　三人とも十分離《はな》れたことを確認すると、まずアルスは、並んで座ったテスフィアとアリスの後ろへと移動する。

「リラックスしろ。自分の体内にある魔力にだけ目を向けるんだ。いつも魔力操作の訓練をしてるように、その流れを追っていけ。そうすれば魔力は経路を辿《たど》って身体を循環《じゅんかん》する」

　やがて周囲と一体化するように彼女らの意識が薄《うす》れていくにしたがって、余計な魔力が外に排出《はいしゅつ》されなくなり、完全に二人の体内で循環が果たされていくのが分かる。

　アルスも僅かに煙を吸ったことで、己《おのれ》の魔力の流れがくっきりと把握《はあく》できているのが分かった。無数に広がる魔力経路が全身を張り巡《めぐ》っている、その隅々《すみずみ》の脈動まで感知できるかのようだ。

（この段階でもう手助けがいらなくなったか、二人の適応はかなり早いな。これも《夢晩酔草》のおかげか……いずれにせよ順調だな）

　そもそも二人の魔力操作の技術が、ここまで高い水準に達しているのは喜ばしいことだ。体内にある魔力全《まりょくすべ》てを把握することができれば、一層魔力を効率的に運用できる。ここまで来れば、外界に出ても無駄《むだ》に体外へと漏れ出す魔力を抑《おさ》えることができる。集中持続時間の問題はあるが、熟練の魔法師と同等の技術であるのは間違いない。

次第《しだい》にテスフィアとアリスは、呼吸さえも最小限になり、意識が完全に魔力と同化し始める。魔力操作訓練のステップをいくつも飛ばしているようなものだが、基礎《きそ》の積み上げがあってこそなせる技術だ。いずれにせよ、この段階でそれを自然と行えるというのだから、恐ろしい才能ではある。

「あまり潜り込みすぎるな。俺の声だけは聞こえるようにしておけ」

魔力操作に没頭《ぼっとう》するあまり、周囲に意識を向けられなくなるのでは本末転倒《ほんまつてんとう》だ。特に外界においては、戦いながら魔力を掌握《しょうあく》しなければならないのだから。

「そのままもう一度、魔力の流れを追え。ゆっくりでいい、目を閉じたまま俺の言葉に従っていけ」

アルスはそう言いながら二人の背中に手を置き、意識を外側に繋《つな》ぎ止める。

「昨日の魔力の器、杯《はい》のことを思い出せ。お前達はこれから魔力経路を追っていき、たぶん腹の辺りで微《かす》かな違和感《いわかん》に気づく。そこに杯へ繋がる道がある」

「昨日言ってた〝魔力深域〟ね……？」

「おい、口は閉じてろ。失敗は許されんからな」

慌《あわ》てたようにテスフィアは頷き、再び意識を深く潜らせていく。

「その道の先に行けたら、例の杯を探すぞ。導入の合図として俺がごく少量だけ魔力を送り込むから、それを絶対に逃すなよ」

先ほど【グラ・イーター】で摂取《せっしゅ》したのは、空気中に存在する純魔力に近いものだ。それは人間が持つ人体情報を含《ふく》む魔力とは違《ちが》い、滞空《たいくう》する微量《びりょう》の天然魔力である。

僅かに取り込んだ魔力を消化しきる前に、アルスはそれを二人へと流し込む。埃《ほこり》よりも小さい微粒子《びりゅうし》のように、僅かに輝《かがや》く魔力の粒《つぶ》が二人の体内、奥深《おくふか》くへと潜っていく。

（この環境なら送った魔力を取り込めるな。マーカーを付けておいたから、万が一見失っても誘導ができる）

アルスが魔力を流し込んですぐ、二人が大きく息を吐《は》くと同時、体内魔力が均一になり全身から力が抜けていく。

（ん、杯を見つけたな。とはいえはっきりと認識まではできないだろうが、ぼんやりと一定箇所《かしょ》に魔力が溜《た》まっているのが分かるはず）

やがてアルスの読み通り、二人の意識が、魔力の器を見つけたらしい気配が伝わってきた。もはや認識という段階に置き換《か》わっているので、恐《おそ》らく脳内イメージでは、二人は巨《きょ》大《だい》な杯に対峙《たいじ》し、それを満たすべく、上から魔力が滝《たき》のように注がれているはずだ。魔力経路の終着点、それが魔力の器である。

「今から強制的に器を広げる。多少の苦痛を伴《ともな》うが、杯が壊れるギリギリを攻めないと意味がない。お前達は杯に手を触《ふ》れ、意識を流し込むようにして、イメージごと拡張しろ。少しも溢れないようにするんだ。いいか、杯とは言っても金属のように形が定まっている訳じゃない。この状況《じょうきょう》下限定で、魔力量に応じて少しずつ許容量を変えていける」

アルスは一度二人から手を離し、ロキから受け取った箱を開けた。

そこには事前に用意しておいた魔《ま》核《かく》が怪《あや》しげな光を放っている。この中には人間が持つようなノイズ——魔力情報——が交じっていない、さらに純粋《じゅんすい》な根元的魔力がある。魔核にアルスが魔力をぶつけて刺激《しげき》すると、微かに罅《ひび》が入りその隙間《すきま》から魔力が溢れ出してくる。

僅かでも、外部の情報《ノイズ》を含んだ魔力を吸収しないようにしなければならない。彼女達《かのじょたち》が取り入れるのは、あくまで純粋な魔力でなければならないのだから。

魔核から発生した魔力をアルスは一旦【グラ・イーター】で喰らい、自分に還元される前に、二人へとスムーズに移行させる。

「堪《こら》えろよ。今から魔力を、お前達の身体に入れる。壊れそうになったらこっちで止めるから限界まで頑張《がんば》れ」

刹那《せつな》、アルスの手を伝って二人の体内へと純粋な魔力が流れ込む。常に適量《てきりよう》を求められる精密なコントロール。少な過ぎれば魔力器の拡張はできず、多過ぎれば魔力器を壊しかねない。器が壊れてしまえば行き場のなくなった魔力が体内をも傷つけていくだろう。量としてはアルス基準でほんの少しだったが、数秒と経たずに注がれた魔力量が二人の総魔力量を超える。

テスフィアとアリスの顔が苦悶《くもん》に歪《ゆが》み、汗が顎先《あごさき》から滴《したた》り落ちる。

一方でアルスは注入した魔力が許容量《きょようりょう》を超え過ぎないよう、全神経を注いで観察する。

そんな風に、アルスが全力を尽《つ》くしている中。

テスフィアとアリス、いや、正確には彼女らの潜在《せんざい》意識は、ひどく困惑《こんわく》していた。

一先ず、テスフィアのいる風景を追うならば……魔力が集まるという器のある場所、それ自体はひどく神秘的なところだった。

夜空のように暗い世界で、杯の形をした魔力器の上からキラキラ光る水が流れ落ちていた。細い落水が杯を満たすには何日もかかるだろう。

杯は溢《あふ》れていないが、総体として水量が増えてもいなかった。きっと何処《どこ》かに穴が空いているのかもしれない。

その光景自体はいわば脳内に生み出された幻影《イメージ》であるから、見るというより感じると表現した方が的確だろう。だが幻影とはいえ、テスフィア自身が感じて作り上げたものならば、きっとこれも正しい姿のような気がする。

今の感覚は、夢を見ているのに近かった。それも明晰夢《めいせきむ》に類似《るいじ》するものだ。意識は落ち着いていてある程度理性的だが、目で見る景色と現実との境界がぼんやりしていて、距離感や物の大小がはっきりしない。

しかし、時折響《ひび》く全身を打つような声が、すべきことを教えてくれた。

再びその声が聞こえた直後、杯の上から注がれていた輝く水が、堤《つつみ》が決壊《けっかい》したかのように大量に降り注いでくる。それはたちまち杯の水面を乱し、光る水がどっと溢れ出す。

同時、うっ、と圧迫《あっぱく》感に近い痛みが走った。

あぁ、勿体無《もったいな》い……そうだ、広げなきゃ……。

使命というのか、己の為《な》すべき事は分かる。怒涛《どとう》のように注がれる水は杯そのものを破《は》壊《かい》しかねない勢いだ、ただすぐに杯を拡《ひろ》げねば、と強く感じた。

ミシミシと杯に亀《き》裂《れつ》が入るような痛みが生じる。

もっと広く、受け止められるように大きく。意識はあるのだが、夢の中のような世界ではただ願い、念じることしかできない。

いいや、ここではそれこそが、唯一《ゆいいつ》正しい方法なのかもしれないが。

杯はゆっくりとだが大きさを増して、少しでも多く光る水を受け止めようと願い通りに変容していく。

どれほどの速度で変容しようとも、落ちてくる光る水は絶え間なく杯から溢れ落ちていった。

あぁ、勿体無い。もっと受け止めなきゃ、一滴《てき》でも溢さないように。

そんな想《おも》いがこの世界を支配する。

だが、一定のところで、先ほどの比ではない激痛がテスフィアを襲《おそ》った。身体がお腹《なか》から罅割《ひびわ》れてしまうかのように、魂《たましい》が裂《さ》けるような痛みが腹部を襲う。

おかしい、痛みが引くことなく続いている。あの光る水が自分を壊そうとしているのだ。

しかし……もう杯が完全に破壊されようかという瞬間《しゅんかん》、光る水の勢いが一気に弱まっていく。みる間に痛みも治まり、やがて頭上から落下するその水は、最初の時のように細くなっていった。あの激流は、完全に収まったのだ。

「フィア、フィアッ!!」

うっすらと鼓膜《こまく》を叩《たた》くその声に、テスフィアはようやく目覚めることができた。

まず目に飛び込《こ》んできたのは青白い顔のアリスだった。

「大丈夫？　平気」

「う、うん……成功、したの？」

「そんなことより、ほら、口から血が……」

突然そう言われ、おもむろに腕で口元を拭《ぬぐ》ってみると、確かに薄い血の紅が肌《はだ》に乗った。

同時、口の中に広がる鉄の味。

「うわっ！　何これ、ねえ？」

座ったまま顔を上げると、視界にアルスの顔が映る。

その表情は、形容し難《がた》いものであった。訓練の成功に喜ぶでも安堵するでもなく、また失敗に悲しむでもなく落胆《らくたん》するようでもない。

彼は、ただただ無表情にとある方向を見ていた。

アルスの足元には割れたガラス細工のような妙《みょう》な石が転がっており、それがみる間に、泡沫《ほうまつ》のように崩《くず》れ去っていく。課外授業で魔物《まもの》を倒《たお》した時に見た魔核に似たそれは、やがて力尽《ちからつ》きたように消失した。

「おい！　ここは調査対象施設《しせつ》だ。さっさと出て行け！」

直後に響いてきた、粗暴《そぼう》そうな男の声。その声色《こわいろ》の中には、己は正しい規律に従っていると信じている者特有の、有無《うむ》を言わせぬ傲慢《ごうまん》さを感じさせる。

何が起こったのか、何一つテスフィアには分からない。アリスに目を向けるも、彼女もまた同じく混乱しているようで、力なく首を横に振る仕草が戻《もど》ってきた。

途端《とたん》、座り込んでいた床が僅かに揺れるのを感じる。

足音も荒《あら》く、八名ほどの男が見慣れない制服を着て、実験場へと入ってきていた。

一様に憤りにも似た表情を浮《う》かべており、抑えるつもりもなさげに発された全身の怒気《どき》で、こちらを威圧《いあつ》しているのが分かる。

このぶんでは、こちらが何を言ってもまるで聞く耳を持たないだろう、とはっきりと理解できる。

魔法で強引《ごういん》にこじ開けられたらしい入り口の扉は、見るも無惨《むざん》にひしゃげてしまっていた。キッと敵意を表情に乗せたロキが、侵入者《しんにゅうしゃ》らの前に立ちふさがろうとする。先頭に立っていたリーダー格らしい男が構わず、小柄《こがら》な身体を押しのけようとした刹那。

男の頭がグイと引かれるや、凄まじい勢いで地面に叩きつけられた。細い少女の腕でそれを為したのは、ヘストである。

翻《ひるがえ》るメイド服の裾《すそ》と、殺気に満ちた冷徹《れいてつ》な眼が、思わず立ちすくんだ残りの乱入者らを睨《ね》めつける。真っ先に一人を無力化した形だが、もはや有無を言わせぬ先手必勝の構えだ。

多少はアルスも危惧《きぐ》していたが、ここに来てまさかのヘストの暴走。いや、護衛役として主人であるテスフィアの危機に動いたことは褒《ほ》めるべきなのだろう、が。

いきなり武力行使に出るとは誰も予想しなかった展開だ。唖然《あぜん》と口を開けるリリシャは事態の深刻さからフリーズしてしまっている。

その反対側には、ヘストに先を越《こ》されてかえって落ち着いた感のある、アルスの平静な顔があった。

「フィア、アリス、お前達はまだ魔力が安定していない。まずは魔力を操作し、安定させろ。無理はするな、流れを正しく導けばいい」

それだけを言い残してアルスはくるりと背を向け、入り口の方へと向き直る。

自分の現状がいかに不味《まず》いか分かるだけに、テスフィアは急いですぐに呼吸を整えた。

この特別訓練が成功したかどうかはまだ分からないが、アルスの態度からして、少なくとも失敗に終わったわけではなさそうだ。体内魔力が、かつてないほど乱れていること以外は……。

アリスもまた、そんな彼女の隣で瞑想《めいそう》するように、意識を自分の魔力に向けて目を閉じた。これから起こるだろう嵐《あらし》から目を背《そむ》けるように。

アルスは僅かに魔力を纏って、ヘストと並び、誰だかも知らない不審《ふしん》人物達を睨《にら》みつけた。

「立ち入り禁止の表示が見えなかったか？　あぁ、ろくに字も読めないってことは、この学院には似つかわしくない不審者か」

言い終えると同時、アルスの姿がかき消えたかと思うと、次の瞬間にはもう、侵入者の男の眼前に出現している。その手がすっと動いたかと思うと、掌《てのひら》が男の胸に軽く触れた。

「なっ⁉」

直後、肋骨《ろっこつ》が折れる鈍《にぶ》い音と共に、男の身体は後方へと勢いよく吹き飛ぶ。そのまま入り口上部の壁面《へきめん》に衝突し、ドサリと地面へと崩れ落ちて男は失神した。

「た、隊長に副隊長まで⁉　こ、コイツらぁっ！　制圧しろ！」

三番手の地位らしい者の叫《さけ》びと同時、残った者達が一斉に動き出す……と思った時には、ヘストがさらにもう一人を沈黙《ちんもく》させていた。

腹部に食《く》らった拳《こぶし》に悶《もだ》えながら膝《ひざ》を折った相手に対し、ヘストはちょうど良い高さだとばかりに容赦《ようしゃ》ない蹴《け》りを側頭部に見舞《みま》っていた。

それを見るや、残った五人は次々にAWRを抜き、魔法が構築されていく。

三桁《けた》から四桁クラスで構成された部隊らしいが、非常時の対応としてはずさん極まりないものだった。何しろアルスとヘストの素早《すばや》さを目の当《ま》たりにしてなお、手間のかかる大規模な魔法を構成し始める始末だ。

アルスはすかさず状況を判断、まずは魔法の構築が一番早そうな者に標的を絞《しぼ》った。獲《え》物《もの》を見定めるや、その後方にいる若い男へと一瞬で距離を詰《つ》める。

一瞬で迫《せま》ったアルスに対し、男は慌てふためき、反射的に組み上がったばかりの【炎刃】で対応。剣《けん》型のＡＷＲが極限まで光り、黒煙《こくえん》を撒く赤い炎《ほのお》が刀身を覆う。

「――!!　はへ？」

だが、振り抜かれた刃《やいば》をアルスは片手一本で受け止めている。燃え盛る炎の刃はアルスの掌を焦《こ》がすことすらできず、ただ彼《かれ》が魔力の奔流《ほんりゅう》一つを放っただけで、剣型ＡＷＲを覆った炎が消し飛んだ。

上位級の中でもかなりレベルの高い水準で発現させた【炎刃】が一瞬で、それも手掴《てづか》みで受け止められたのだ。

男がショックの表情を浮かべるより早く、アルスが空間干渉《かんしょう》魔法を駆使《くし》して手に纏った球体の圧縮空間が、男の肩口《かたぐち》に接触《せっしょく》すると同時に弾《はじ》ける。たちまち左肩の骨が砕《くだ》け、悶絶《もんぜつ》する男を蹴り飛ばして気絶させた。

その横ではヘストはもちろん、いつの間にかロキも乱戦に加わっており、再び数名ほどが、物言わぬ惨《みじ》めな木偶《でく》に変えられていく。

相手にしっかりとＡＷＲを手放させてから制圧しているあたり、随分とロキも対人戦に慣れてきたものだと、感心すらする。

全《すべ》てが終わってから、アルスは最初にヘストによって意識を刈《か》り取られた男へと目を向ける。外見と状況的に、阿呆《あほう》どもの中でも一番地位が高い隊長らしかった。

見たところ軍人なのだろうが、アルファでは見たことのない軍服を着ている。

高級そうな布地は鼻血と反吐《へど》で汚《よご》れており、いかにも惨めな様子だが、どの道、テスフィアとアリスの訓練の邪魔をしたのだから然《しか》るべき対応とも言える。

やれやれ、と振り返ったアルスの目に、とんでもない光景が飛び込んできた。

「待て、殺すな！」

ヘストが、小さく呻《うめ》いて起き上がろうとした副隊長格を見咎《みとが》めると、その首を軽々と片手で持ち上げている。さらにいつの間に装着したのか、金属の爪《つめ》型武器で、その腹を刺《さ》し貫《つらぬ》こうとしていた。

（チッ、あれはリリシャと同じタイプの爪型か）

アルスの声で制止されたかに見えたが、一瞬後、彼女は不思議そうな顔をしながら再び爪を伸《の》ばし、ついに一センチほど、男の腹の中へとそれを刺し込んでしまった。

「だから止めろというんだ……殺すと、お前んとこの家が不味いことになるぞ」

アルス一人ならば相手が誰《だれ》であれ、どうにでもできる。何しろアルファの軍に属する、れっきとした1位に対しての乱暴狼藉《ろうぜき》なのだ。一方的に魔法を放たれそうになったという正当防衛の名のもと、多少の無茶《むちゃ》を通すことだって可能だし、相手が本気で襲いかかってくるなら、それこそ遠慮《えんりょ》なく始末できるというもの。

が、立場上はフェーヴェル家の護衛であるヘストが、直接手を下すのは不味い。どういう経緯《けいい》か知らないが、この不埒《ふらち》者どもはどうやら他国の軍人であるようだ。だとすれば確実に面倒《めんどう》なことになるはずで、それこそ【テンブラム】問題を抱《かか》えるフェーヴェル家にとって、余計な悩《なや》みの種が増えかねない。

「しかし、お嬢様に害をなす者を生かしておくわけにはいきません。軍人であり先に仕掛《しか》けてきたのですから、反撃《はんげき》で死ぬことも、当然想定しているでしょう」

こんなことを、ヘストがあくまで無表情で言うものだから、アルスとしても頭が痛くなってくる。まるで聞き分けのない殺戮《さつりく》人形そのものだ。初めて彼女を見た時から薄々《うすうす》気づいていたが、やはり彼女が受けた訓練は、護衛というより殺しの方面にだいぶ偏《かたよ》ったものだろう。あの危険そうな香りのする爪型のＡＷＲ一つ見ても、恐らくは暗殺用武器の類に違いない。リリシャが持つ【刻爪六道《マグダラ》】と同じものだ。六本あるうちの五本をヘストが所持しているのだろう。

頼みの綱《つな》であるテスフィアは、まだ体内の魔力安定化に専念していてこちらに意識を向けられないようだ。アルスは仕方なしに。

「護衛のくせに、融通も利かせられないのか。もういい、殺したきゃ殺せ、その代わりフエーヴェル家が抱える面倒事は、自分らで処理しろよ。もう一度言うが、お前の殺しでもっとも不利益を被《こうむ》るのはお前の大事なご主人なんだ」

「…………分かりました。この者の処理はお任せします」

腹に食い込みかけた爪を引き抜《ぬ》き、男の首元から手を離すと、ヘストは何事もなかったかのように待機場所に戻っていく。まったく、ぶっ飛んだ護衛もいたものだ。こうなると、当主フローゼとセルバの躾《しつけ》のレベルを疑いたくなってくる。アルスは溜め息をつきつつ失神した乱入者どもを眺《なが》め渡《わた》し、まずはこの場で、もっとも情報に長《た》けていそうな者に聞くことにした。

「リリシャ、コイツらは何者だ？」

何しろヘストだけでも過剰《かじよう》戦力な上に、1位のアルスとロキが加われば、もはやリリシャの出る幕などなかったといえる。同時に予想外の展開でもあったため、すっかり傍観者《ぼうかんしや》になってしまっていた彼女だが、情報担当らしく観察だけは怠《おこた》っていなかったようだ。

「え～っと、多分ハイドランジの魔法師じゃないかな～。軍服、あそこのだし」

「だが、なんで他国の軍人がここにいる？」

「えっとね、確か二日前に国際会議で、人魔化に関する情報共有がされたんだけど、それ関係かも。表向きは秘密だけど、さすがにどの国も今回の事件を重要視してて、それで各国が調査団を派遣《はけん》することになったって聞いたような、聞いてないような……アハハハッ」

もしかするとリリシャが現れたのには、それを伝える仕事もあったのかもしれないが、今まで忘れていたのだろうか。

「この分だと理事長にも話が通ってないかもしれんな。寝耳《ねみみ》に水《みず》状態か」

もしかすると、ついさっき知った可能性すらある。そう考えていた矢先に。

「あああぁぁぁ……！　な、なんでこんなことにっ！」

当の本人が発した、絶望の叫びが実験場に響いた。見ると入り口近くで、明らかに過労状態の理事長システィが、頭を抱えながらふらふらとよろめいている。

たちまちそんな彼女を支えるようにして、後ろからわらわらとアルファの軍人が現れると、ようやくシスティは立ち直って、こちらに顔を向ける。

「ア、アルス君……まずは説明して、彼らがどんな罪を犯《おか》したのかを」

システィは悲痛な面持ちで、ほとんど縋《すが》るように説明を求めた。

「理事長、今日は誰もここに入れないようにと周知を徹底《てってい》してもらったはずですが。いやあ、まさかまた〝賊《ぞく》〟が学院内に入り込むとは思いもしませんでしたよ。安心してくださ
い、しっかり始末しておきましたから、後片付けはお願いします」

アルスがぬけぬけと言い放つ横で、リリシャが一抜けとばかり姿を消し、ロキが苦笑を浮かべる。ヘストが変わらぬ無表情ぶりで突《つ》っ立っている横で、ようやく魔力を安定させて落ち着いたテスフィアとアリスが、周囲の酷《ひど》い有様に絶句していた。

「お疲《つか》れ様《さま》でした。さあ、お二人は部屋へ……ヘストさんも、行きますよ」

ややあって、微妙《びみょう》な笑《え》みで場を取り繕《つくろ》ったロキが、テスフィア、アリスの二人とヘストを引っ張って部屋に戻ろうとしたので、自然な流れでアルスも続こうとする。

直後、ガシリと肩《かた》を掴《つか》んだのはシスティだ。

「どこに行くの？　また私に仕事を押《お》し付ける気なのかしら、このままじゃ過労死しちゃうわよ！　ハァ～、でもホント、殺してないでしょうね？」

「万死《ばんし》に値しますが、まあ死んではいませんよ。こいつらも俺《おれ》の邪魔さえしなければ良かったのですが、下手したらテスフィアやアリスの魔力器が壊《こわ》れてたとこです」

「なんで、魔力の器の話が……あなた、ここで何をしていたの？」

「それはおいおい説明しますよ。じゃあ、後はお任せします。ま、シングル魔法師というのはともかく、俺が実はアルファの軍人であることまでは明かしていいでしょう。それならコトは軍と軍の問題で、正当防衛はばっちり主張できる。真っ当なハイドランジ軍人として、こいつらに他国での狼藉の責任は取らせてやってください」

どっと疲れた顔になったスティは、背後に控《ひか》えているアルファの軍人らに、伸びている男達を運ぶよう指示を出した。

「了解《りょうかい》、そのセンで行きましょう。それにしても隊長格の彼、独断で調査するつもりだったわね。私も今朝知ったんだけど、アルファの現場管轄《かんかつ》者の同意もなく動き出したらしいわ。ここに着いた途端に、彼らの中の探知魔法師が魔核の気配を察したとかで、新たな人魔化の予兆じゃないか、とかなんとか……まあ、何事もなくて良かったけど」

「……そりゃ妙ですね。魔核があれば俺やロキが気づくはずですよ」

アルスには十分思い当たる節があるが、証拠《しょうこ》はすでに消失している以上、堂々としていればいい、と即断《そくだん》する。

「そうよね、ここは私の学院だしさんざん捜査《そうさ》された後だもの、う〜ん、何かの間違いのようね。まったく、最近はどうなってるのかしら」

システィはそう吐露《とろ》すると、本当に疲れたのか、足を引きずるようにして去り際に、ふと振り返り。

「アルス君、ちゃんと後で〝説明〟してね」

こりゃバレてるかもな、と思いつつアルスは、さっと姿勢を正し。

「はい、ご苦労様です。理事長も大変でしょうが、どうぞご自愛ください」

この程度の労《ねぎら》いなど慰《なぐさ》めにもならないだろうが、システィにしかやれないことが山積しているのは事実だ。

さて、これでアルスとシスティはガッチリと悪魔《あくま》の握手《あくしゅ》を交《か》わしたことになるだろう。内地に魔核を持ち込んだアルスは国際法上、かなりの重罪を犯したことになる。

（ともあれ、魔核を非活性化してはあるんだが。ま、その研究成果を発表するにはまだ早いか）

ロキが持ち込んだ時とは事情が異なるし、対処も違う。最悪追及されたとしても、魔核の活性化を抑える研究についての論文を発表すれば、帳消しにはなるだろう。

魔核が活性化するのは、魔力を取り込むことができた時だ。その前に、魔物の心臓としての役割を停止させてしまえば問題は起こらない。

そのためには魔力領域に干渉《かんしょう》し、核《かく》の一部を【グラ・イーター】で掬《すく》い上げてしまえばいいのだ。他には微量な魔力を吸わせ、特定の魔核内部にある根源を見つけて、そこを特《と》殊薬剤《しゅやくざい》で非活性化する手もある。繊細《せんさい》な技術を要するものの、既《すで》に実証済みである。

が、これを発表すれば大々的に内地で魔核の研究が盛んになってしまうだろうリスクもある。魔核の危険を取り除き、そこから鮮烈《せんれつ》な魔力が取得できるとなれば、人類にとってこれほど心強いエネルギー源はないのだから。

だが上層部で人魔化が取りざたされている昨今、さすがに世界に向けてそんなパンドラの箱を開示するのは時期尚早《じきしょうそう》だろう、とアルスは考えていた。

（今回はBレート級の魔核を使ったが、これがAレートともなると、いったいどれほどの魔力を得られるのか）

興味はあるが、万が一にAレートの魔物が内地で出現してしまう危険性は、十分に考慮《こうりょ》しなければならない。さらにそれが上手《うま》くいったとして、人間の果てしない欲望は文字通りきりがないはず。AがクリアされればついにはSレートにまで手が伸びるのも間近となる。そして万が一、Sレートの魔核に絡《から》んで不慮《ふりょ》の事故が起きた場合、最悪国の一つや二つが消え去ることになるはずだった。

アルスはその後、撤収《てっしゅう》したアルファの軍人らを見送って、がらんとしてしまった実験場を改めて見渡《みわた》す。

（さて、万事《ばんじ》とはいかなかったが、上手く運んだな）

焚《た》かれていた香や敷物は、テスフィアらを引っ張っていったロキの手で、いつの間にか抜かりなく片付けられていた。

特別訓練も、一先ずは成功だ。テスフィアとアリスが意識を回復し、起き上がったところで、アルスは半ばそれを確信していた。次いで、内心で小さくほくそ笑む。

「そもそも理事長、あなたがアイツらを押し付けてきたんだ。今更《いまさら》、手を引っ込められるなんて思ってもらっちゃ困る」

面白《おもしろ》くなってきたとアルスは独白する。テスフィアとアリスの優秀《ゆうしゅう》さには、もはや疑う余地はない。千人に一人の才能というところだが、今日を機にきっと彼女らは変わる。

もちろんすぐにとはいかないだろうが、いずれは一万人に一人となるかもしれない才能を芽吹《めぶ》かせてくれる可能性は高い。

「戻ったら、早速《さっそく》見てやるか」

心なし浮かれた気持ちで自室へと戻ると、おなじみの面々が揃《そろ》って身体を休めていた。ヘストも相変わらず、無表情で機材の隙間に突っ立っている。

「お前ら、調子はどうだ？」

「え？　あぁ、う～ん、なんか変な感じ、かな？」

二人とも自らに起きた変化を上手く言語化できないのか、どうにも奇妙《きみょう》な面持ちで顔を見合わせあっている。

「アルは、これで魔力量《まりょく》が増えるって言ってたけど……そんなに変化はなさそうかな？」

「アリスは、順調に魔力器を拡張できたようだな。まあ程度の差はあるだろうが、今はまだ魔力量が少し増えただけだ。だが、でかいのはこれからだ。今後、魔力を消費する度《たび》にだんだんと魔力総量が増えていくのが実感できるはずだ。しかし、その度にちゃんと体内魔力をコントロールしなきゃいけないから、気をつけておけ。後、魔力の回復速度も徐々《じょじょ》に変化していくはずだ。リスクに見合うだけの成果はある」

「そう、なのかな？」

不思議そうに、魔力をちょっとだけ流した掌を見つめる二人。

パッと見ただけでも、まだ魔力操作が上手くできていないようだ。だが少しの間とはいえ、二人は身体に力が満ち溢れてくる、いわば魔力的ハイテンションとも呼べる状態となったのだ。いったんそれを沈静化《ちんせいか》し、あるべき流れと速度に戻しておいたほうがいいか、とアルスは思い直す。

「おい、ここらで空撃《う》ちじゃないが、ちょっと魔力を消費しておけ。アリスはついでに、新しい魔法も習得しておいた方が良いな。後でいくつか見繕《みつくろ》っておく」

その前にと、アルスはテスフィアへと近寄り、彼女の手首を軽く握《にぎ》った。

「な、何よ？」

「ちょっとアクシンデントがあったからな、お前の方は一瞬暴走したんだ。魔力器が壊れなくて良かったが……ふむ、大丈夫《だいじょうぶ》そうだな、魔力も安定している」

それは日常的な魔力操作訓練がもたらした、最大の成果と言えるだろう。二人の魔力操作のレベルが低ければ、あの一瞬で魔力器が壊れていたはずだ。その後も邪魔《じゃま》が入ったにもかかわらず、魔力暴走の兆候を鎮《しず》められたのは、やはり日頃《ひごろ》の訓練あってのことだろう。

魔力操作の水準が低ければ、そもそも二人に特別訓練を施《ほどこ》すには至らなかったのだが。

「一先《ひとま》ず、邪魔してきた奴《やつ》らはぶっ飛ばしておいた。久々にひやりとしたな」

「そう、それ！」

とずっと悶々《もんもん》としていた様子のリリシャが、ここぞとばかりに指を立てた。

「上手いこと事後処理しないと、国家間の問題に発展するわよ」

「アホか、あの程度で済んだだけありがたいと思うべきだ。現場の収拾《しゅうしゅう》を任せた理事長には後で説明しておくし、最悪ベリックに出張ってもらう」

政治力に長けたあの総督《そうとく》なら、賠償《ばいしょう》も含めて、しっかりとハイドランジに後始末させてくれるだろう。さすがにそこまで欲を出すなら、シングル魔法師たるアルスがなぜ学院にいたのかということも合わせ、機密情報をある程度前面に出さざるを得ないだろうが。

「そうなると、後はテスフィアの護衛さんの件ね。護衛任務中とはいえ、彼女は軍人じゃないから、厄介《やっかい》そうよね」

珍《めずら》しく首を突っ込んできたリリシャに、テスフィアも目を丸くしていた。犬猿《けんえん》の仲であるリリシャが、フェーヴェル家の心配までしているのだから妙なこともあるものだ。

「ヘストと申します。以後、よろしくお願いします」

「え、ええ」

自分の名が出たことで、定位置に定めたらしい部屋に散らばる機器の隙間から、すっと姿を現すヘスト。くるりと振《ふ》り向き無表情な顔を向けてきた彼女に、リリシャはたじろぎながら下手くそな笑顔《えがお》を返した。

実のところ、リリシャは既に彼女と顔を合わせている。フェーヴェル家に侵入《しんにゅう》した際に交戦したメイドの一人だ。あの時は二対一だったとはいえ、仮に一対一《タイマン》だったとしても勝てる見込《みこ》みはなかっただろう。

（このヒトちょっと苦手かも。そういえば、さっきの戦闘《せんとう》で爪型ＡＷＲを使ってたけど、やっぱり私以外にも使い手がいたのね）

リリシャがセルバから贈《おく》られたＡＷＲは【刻爪六道《マグダラ》】の一つ、亡《な》き指の天指。残りの五本もしっかりフェーヴェル家が握っていたわけだ。もっとも好意でもらったものだから、深く詮索《せんさく》するつもりはないが。

「ま、フェーヴェル家にまで事が及《およ》べば、当主のフローゼさんがなんとかするでしょうけど、あまり節操なく暴れる護衛役も問題がありそうよ？　今後が心配だわ」

「あら、珍《めずら》し……」

く心配してくれるの、と言いかけたテスフィアの言葉を遮《さえぎ》り、リリシャはアルスに視線を向けた。

「ねえ、アルス君。次はアレ、私にもやってくれる?」

ちょっと魅惑的《みわくてき》な効果を狙《ねら》った上目遣《うわめづか》いで、アルスに迫ってくる彼女。

リリシャは魔法《まほう》を専門としていないが、魔力の動きを見ただけでも、テスフィアとアリスの変化に気づけるくらいだ。こんな裏技《うらわざ》があるとは知らなかったのだろう。

側から見ていても、アルス達が何をして何が起こったのかは分かりづらいが、少なくとも二人の魔力に大きな変化が生じたのだけは間違《まちが》いなかった。

リリシャも魔力操作技術なら、ロキに比肩《ひけん》する実力者だ。いや、魔力鋼糸を扱《あつか》えるという意味では、ロキよりも巧《うま》いと言える。諜報《ちょうほう》や対人戦がメインとはいえ、強化のメリットは大きいだろう。

「できないことはないが、そう易々《やすやす》とスナック感覚で言われても困るな」

アルスは渋《しぶ》い顔をして、額に手を当てて考え込む。

「ちょっと待ってください、まずは私が先です!」

そこに割って入ってきたのはロキである。アルスの前で腕《うで》を広げて、鼻息も荒くリリシャの前に立ちはだかるようなポーズを取った。

「いや、今回も二人一緒《いっしょ》だったんだから、一緒にできるでしょ？」

「むむぅ、アルス様どうですか？」

何故《なぜ》かロキが頬《ほお》を膨《ふく》らませながら振り返る。その答えは……。

「まあ、できるにはできる。が、リリシャのぶんとなると、今は必要な材料がない。この際だから言うが、アレには魔核を使う」

「はああああぁぁぁ？　魔核を持ち込んだの⁉」

「ほ、ホントッ⁉　どうしよう、まさかあれが……」

リリシャが驚《おどろ》くより先に、唖然として叫んだのはテスフィアだ。

「ま、危険はないから大丈夫だ。活性化させずに持ち歩ける方法があるからな。とにかく、今足りないのはリリシャのための魔核だ。とはいえ一応、Bレート級の魔核が一つ手持ちにあるが……」

アルスは苦い顔で、そう明かした。率直《そっちょく》に言えば、非活性化処理はしてあるとはいえ、アルスとしてもさっさと処分しておきたい代物《しろもの》だ。スティを丸めこんだとしても、ハイドランジの魔法師達が踏《ふ》み込んできた時のように、何かのきっかけで大騒《おおさわ》ぎが起きないとも限らないのだから。

「えっ、なら、私もそれでいいじゃん！」

「これだと少し魔力量が多すぎる。せめてCレートくらいのが欲《ほ》しい」

「何それ、対象者ごとに見合った格式調整が必要ってこと？」

こめかみをトントンと叩きながら情報整理しようとする様子のリリシャは、おもむろにテスフィアとアリスを指差して。

「じゃ、この二人に使ったのは？」

「Bレートだが？」

プッと赤毛の少女の、卑《いや》しい忍《しの》び笑《わら》いが漏《も》れ聞こえてくる。

テスフィアがBレートの魔核でリリシャがCレートの魔核。これだけでも格の差が分かるだろう、と言わんばかりだ。

「ちょっと、ムカつくんだけど！　……でも仕方ないや、じゃ、それでお願い！」

もはやリリシャはテスフィアへの反撃をさっさと諦《あきら》め、下手に出る戦略に切り替《か》えたようだ。ねえねえ、と言いながら、リリシャはしっかりとアルスの服を掴む。

「おい、邪魔だ」とアルスはリリシャの額を押さえて突き放した。

どうもこういったノリは苦手だ。

理事長とのやり取りでも見ていたのか、オンナの出し方というべきものが、前よりもあからさまで狡猾《こうかつ》になってきた気がする。

仕方なく言葉で言って聞かせようと、アルスはリリシャと一定の距離《きょり》を保ちながら。

「お前の魔力操作は確かに上手いが、ある意味で出来過ぎるんだよ。だから活動中も、本来魔力を伸ばすために必要な、魔力消費量が常に少ない。お前だって分かってるだろ。正直に言うが、お前の魔力量はフィアより少ないんだ。で、魔力器を拡張するあの訓練は、そのアプローチの性質上、取り込む魔力が必要以上に多いと危険だ。今回ので、それがよりはっきりしたからな。フィアもアリスもBレートじゃ多かったくらいだ」

「なあんだ。じゃあ、私の場合はあんまし危険もなくて、しっかりとサポートしてくれるってわけね。よしよし」

勝手に納得《なっとく》し、勝ち誇《ほこ》ったような満足顔を見せるリリシャ。

ニコリとアルスに微笑《ほほえ》みかけつつ、さらに畳《たた》みかけてくる。

「で、いつやる、今から？　それとも明日？」

「いや、だからお前に見合う魔核《まかく》がないって言ってるだろ」

呆《あき》れるアルスだが、こんなやり取りをしているという時点で、リリシャは既にいつものメンバーに加わってしまったのだろう。そう、研究室の常連メンバー、ロキいわく〝愉快《ゆかい》な仲間達〟に。

「なら持ってくるわよ！　どうやって魔核を採ってくるか、教えて？」

「無茶を言うな。お前は外界に出るタイプじゃないだろ。こっちで手配しておく」

はぁ～い、と項垂《うなだ》れてしまうリリシャ。

結局は、アルスが手間をかけさせられることになってしまったようだ。

だが正直、リリシャに魔力を増強する裏技を使う必要性はあまりないように感じる。彼女は魔法よりも、魔力を駆使した戦闘に特化しているのだから。

まあ、それでも本人が望むのであれば、仕方のないことか。

(俺かロキが外に出るタイミングがあれば……そうじゃなきゃレティか誰かに、適当に頼《たの》むか)

がっくり肩を落とすアルスだったが、とにもかくにも、まずはロキが先行して、魔力増強法を行う形で、今後の予定が組まれたのだった。

「約束だからね。ま、私も忙《いそが》しくなりそうだから、すぐじゃなくていいけど。でも準備ができたら、ちゃんと連絡《れんらく》はしてよ」

「分かった分かった。それより……」

アルスはふと、リリシャの耳元に口を近づけて囁《ささや》く。

「できる範囲《はんい》でいい。【フェゲル四書】に関する情報を探《さぐ》ってくれ。クラマが何冊か所持しているかもだが、奴らの回収状況《じょうきょう》も分かると助かる」

「はい？」とリリシャは、一瞬《いっしゅん》驚《おどろ》いたような顔をしたが……。

だが、先にクウィンスカの話を聞いている彼女ならこれが何を意味するか分かるはずだ。アンブロージアの背後にクラマがいる以上、【アフェルカ】の任務と全く無関係という訳ではないのだ。しかも、この流れでアルスの頼みを断ることは難しい。

「はぁ〜、分かったわよ。でも、収穫《しゅうかく》がなくても文句言わないでよ」

「持ちつもたれつだ」

アルスはニヤリと人の悪い笑みを浮かべる。

それにしても、こうしてその隊長様こと、元首直属部隊をこき使えるというのは、ある意味で痛快だ。シセルニアに見つかると面倒だが、こっちはこっちであの元首様に迷惑《めいわく》をかけられているので、おあいこだろう。

リリシャが退出した一方で、テスフィアとアリスはこの狭《せま》い部屋でも、いつもの魔力操作訓練を怠らず続けていた。

アルスは気づいていないが、二人の目指す目標は、彼女らの中で密《ひそ》かに「一流」から「シングル魔法師」の座に置き換わっている。

アルスとしてはちょっと可能性を示唆《しさ》しただけなのだが、先程《さきほど》の特別訓練の余韻《よいん》が、今も二人の心には残っている。もはや少女二人は、若い情熱に任せ、俄然《がぜん》やる気になってしまっているのだ。

ちなみにアルスはアルスで、アリスが習得すべき魔法をピックアップしたり、魔法を編み出す上で必要な手続きをするのに忙しい。

そんな中で一息つくついでに、アルスはふと、これから三人に与《あた》える課題についても思いを巡《めぐ》らせた。


アリスはまず、愛用のAWRに付属する円環《えんかん》操作の習熟である。彼女の持つ【天帝《てんてい》フィデス】は、アルスとブドナの力作だ。ポテンシャルはシングル魔法師のAWRと比べても遜色《そんしょく》ない。

なお、アリスは現段階でも指を使った操作術は完璧《かんぺき》に近い。さらに慣れればじきに、指の補助なく円環を自由自在に扱えるはずだ。

この独特の分離《ぶんり》機構を活用すれば、今後アリスが習得する魔法は、円環三つと本体、最大四箇所《かしょ》で同時発現することができるようになる。

また円環を通すことで、魔法強度は倍にも跳《は》ね上がると予測できる。これらは全て円環の機能によるもので、それを最大限活用するためには、完璧な円環操作が必須《ひっす》となる。ゆくゆくは本人が動かずとも、飛ばした円環だけで戦闘を完結できるだろう。

次のテスフィアには、やはり【凍魔の触手《コキュートス》】の習得。

これればかりは、直に見ないことにはなんとも言えないところだ。

聞くところによると、ダンテは学院を襲撃《しゅうげき》した折、テスフィアに触《ふ》れられて慄《おのの》いた瞬間があったらしい。その時、ダンテは彼女に何を見たのか。あるいは、無我夢中《むがむちゅう》のテスフィアがダンテに何かを仕掛けたのだろうか。

ふと思い立ち、アルスは訓練中のテスフィアとアリスに目を向け、そっと立ち上がった。

「ふむ、ちょっとお前、今日はこれから【コキュートス】に繰《く》り返し挑戦《ちょうせん》してみろ」

狭い部屋の中、アルスはもっともらしく腕組《うでぐ》みをしながら、まずは憮然《ぶぜん》としているテスフィアに、そう言った。

「まだ魔力量は足りないはずだが、局所的に発現させる分には大丈夫だろ」

アルスがそう断言すると、テスフィアは気まずそうに喉《のど》をひくつかせた。ややあって彼女が愛用の刀型AWR《ハナ》【詭懼人《キクリ》】を手に取ると、皆《みな》が彼女から一歩距離を置く。

「安心しろ、最初からできるとは思っていない」

「わ、分かってるわよ。でもほら、さっき少し無茶したばかりだしさぁ？」

「そんなことを心配していたのか、見たところそこまで状態が悪いわけでもなさそうだ。魔力も随分《ずいぶん》安定しているからな。動き回るわけでもないんだ、怪我《けが》も大丈夫だろ」

それでもテスフィアの顔から、憂《うれ》いの影《かげ》が取り除かれることはなかった。何せ、アリスと比べると彼女の進捗《しんちょく》はずっと悪い。難易度の差はあるだろうが、それでもついつい、自分でも比べてしまう。与えられた課題に対して自分は全く進んでいないという焦《あせ》りが生まれてくる。

しかし、こんな状況に追い込《こ》まれては、テスフィアも諦めるしかない。

ふぅーと細い息を吐《は》きながら、魔力を練り上げていく。続いて、薄《うす》く目を開けて……。

（これは……柄《つか》の魔法式が反応している。フィアのこれまで行ってきた魔法を使う姿勢が違《ちが》う）

そんな些細《ささい》な変化を、アルスは見逃《みのが》さなかった。テスフィアがどれくらい意識しているのかは分からないが、彼女は今、眠《ねむ》るようにして心を静め、それに魔力が従順に応《こた》えている。

テスフィアの周囲に冷気が満ち始めた。

スッとテスフィアは、真正面のアルスに対して手を伸ばす。

ふぅと細く白い息が彼女の口から吐かれると同時……テスフィアの何処《どこ》かトランスしたような空虚《くうきょ》な瞳《ひとみ》が、アルスの視線と交わる。

一切《いっさい》の感情が排《はい》されたかのような双眸《そうぼう》は、アルスが時に見せるものや、ヘストら暗殺者のそれとも違う無垢《むく》なものだった。冷気のせいか彼女の瞳が凍《こお》ったかのように藍白色《あいじろ》を宿して見えた。鮮《あざ》やかな赤髪《あかがみ》も、冷気の膜《まく》を纏《まと》って一際《ひときわ》白くなって目に映る。

そして突き出した五指の先に、魔法が淡《あわ》く乗り移る。

アルスは思わず息を呑《の》んだ。術者は魔法が成立するための式を、正確無比になぞる。しかし、今目の前で起きている現象は……どこか、魔法の方がテスフィアに合わせているように感じられた。

二つの歯車同士がぴったり噛《か》み合うように、魔法と術者が互《たが》いに歩み合い寄り添《そ》って、一定した調和をもって、魔法を成立させている。

いくらテスフィアに氷系統の適性があるといっても、ここまでの好相性《こうあいしょう》を示すのは珍しい。何より、これまでそんな彼女の天稟《てんぴん》をまじまじと見る機会がアルスにはなかったため、驚きは尚更《なおさら》大きかった。

(こいつは天然物か。魔力の器を拡張した過程で開花したのか?)

氷系統に適性があるとはいえ、極致級《きょくち》に分類される【コキュートス】をここまで再現できてしまえる理由を、他には探せない。まだまだ完成には程遠《ほどとお》いものの、構成要件は満たしていそうだった。

テスフィアが疲れたように腕を下ろすと同時、空間にきっちり五指分の凍結痕《とうけつあと》が残った。まるで空中に筆で線を引くように、氷結の軌跡《きせき》が尾《お》を引く。

「これって、アルと同じ……」

思わずアリスが声を上擦《うわず》らせた直後、テスフィアが上げた腕をそのまま膝に突いて魔法を解く。空中に残った氷はゴトッと床《ゆか》に落ちたと思いきや、薄雪のごとく跡形《あとかた》もなく消え散った。

先ほどまで涼《すず》しい顔で魔法を使っていたテスフィアは、瞬間的《しゅんかんてき》に大量の汗《あせ》をかいていた。冷気とは真逆の熱気が、彼女の身体から上がっている。

「ど、どう、ハァハァハァ……どう、だった?」

「ふむ、俺の意図したものと違ったが、一応できている」

一本の指先だけでも俄《にわ》かには信じ難《がた》いことを、彼女は五指でやってのけた。結果としては課題をしっかりクリアしたわけだが、幾《いく》つか解《げ》せない点もある。

テスフィアの構成力では、あの魔法はまだ、ちゃんとした形では発現に至らないはずだった。しかし、それを補助し導いたものがある。

(あのAWR、【キクリ】だったか。構成式を強引《ごういん》に適応化させたようだが)

本来の力以上のものを発揮したためだろう、テスフィアの疲弊《ひへい》が激しい。側から見れば疲れただけのようだが、精神力を司《つかさど》る脳もまた、予想以上に消耗《しょうもう》しているはずだ。

一先ず、アルスは粗悪《そあく》なソファーにテスフィアを座《すわ》らせた。

「一応クリアだが、まだお前が使うには早いな。もう少し魔力量を増やして、処理能力を鍛《きた》えないとな」

ロキから水の入ったコップを受け取ったテスフィアは、それを震《ふる》える手で傾《かたむ》け、中身を喉へと流し込みつつ、小さく頷《うなず》いた。

（しかし、ちょっと参ったな）

アルスは予想外の展開に、内心でそっと額を押さえた。ダンテが言っていたのはこのことだったのかもしれない。だとするならば、例の魔力器の増強はきっかけに過ぎないのだろう。

テスフィアは既に【コキュートス】を物にし始めていたはずだ。

問題は彼女が理解するよりもずっと早く、魔法を扱えてしまった点だ。喜ばしいようだが、ちょっとした懸念《けねん》もある。このままでは魔法を使うのではなく、魔法に使われるだけになるかもしれない、という部分だ。いや、厳密にはＡＷＲに使われるというのが正しい。本人の理解力を超《こ》えてＡＷＲの処理能力が突出《とっしゅつ》し過ぎているのだ。これでは知らず知らずに構成するための魔力をＡＷＲが逆に要求する形になってしまう。本当ならばまずは術者が魔法式を組み、ＡＷＲはあくまでその補助という形でなければならないはずだった。でなければ術者はＡＷＲの動力源でしかなくなってしまう。

（継承《けいしょう》魔法が関係しているんだろうが、術者に求める構成処理能力がかなり高いぞ）

フェーヴェル家のＡＷＲ【キクリ】はまさに秘継者《エルトラーデ》の試験紙といったところなのだろう。

三段階目となる【凍魔の触手《コキュートス》】の構成式が隠《かく》された魔法式を反応させたのは間違いない。つまりはついにテスフィアが、秘継者《エルトラーデ》に挑《いど》む資格を得た、ということなのかもしれない。

継承魔法を習得すれば、彼女はフェーヴェル家の本当の意味での後継者《こうけいしゃ》となれるはずだ。その時は、きっと着実に近づいているのだろう。

そこについては、セルバからの警告があったことなどの懸念はあるが、一先ずは心配する段階ではないだろうと、アルスはテスフィアの成長を認めることにした。

「一先ずフィア、お前は課題クリアだ。ちょっと問題もあるが、それは後にしよう」

「っし！」

グッと拳《こぶし》を作り、汗に濡《ぬ》れた笑みを向けてくる。まあどのような経緯があろうが、彼女が努力を積み重ねてきたことには変わりない。今は多少の下駄《げた》を履《は》かせている状態だとはいえ、すぐにそれも必要なくなるだろう。

後はアルスの個人的な感情だけである。

そこらの「ちょっと優秀」程度の魔法師とは、比較《ひかく》にならない才能の閃《ひらめ》きっぷりだ。

眉間《みけん》に皺《しわ》を作ったアルスは、ガクリと肩を落として、もはやテスフィアについては、深くは考えないことにした。

気を取り直して、次の目標に進んだほうがいい。そう、アルスが課題を与えたのは三人なのだ。

ちなみにその後――さらに驚くべきことに、最も難しいと思えた課題をいとも容易《たやす》く突《とっ》破《ぱ》したのはロキであった。こちらもテスフィアに勝るとも劣《おと》らぬ、規格外の才能だ。こんな奴らが普《ふ》通《つう》の生徒に交じっているのだから他の生徒は実に可哀想《かわいそう》だ――自分のことはとりあえず棚《たな》に上げるが。

【ホノイカズチ】の習得すらも、未《いま》だに信じ難い偉業《いぎょう》だというのに、彼女はアルスが今回与えた難題であるその最適化に加え、呼び出した雷獣《らいじゅう》との連携《れんけい》までも、高いレベルでこなせるようになってしまった。

テスフィアとは違い、魔法としてちゃんと習得したと呼べる成果だ。こうなればアルスとて、脱帽《だつぼう》を通り越《こ》して、もはや絶句するしかないというもの。

アルスとロキは幼少期から軍の【魔法師育成プロジェクト】に参加し、大人と同レベルの訓練や経験を積み重ねてきている。その苦境を耐《た》え続け、異常とも言える魔法師適性を証明してきた。当然、ロキもまた常人を逸脱《いつだつ》するには十分過ぎる経歴を持っているわけだ。

憮然とした表情でチラリとロキを見るが、さっさと課題に合格した彼女はもはや、いつもと変わらず家事に精を出しながら、手持《ても》ち無沙汰《ぶさた》となったリリシャと話していた。

果たして、ロキの実質順位は今どこまで伸《の》びたのだろうか。次に魔力器拡張を施したら、どうなってしまうのか。

そして奇《く》しくもテスフィアとアリスもまた、今回の特別訓練によって、どの程度順位を上げてしまうのだろうか。

何故か遣《や》る瀬《せ》無《な》い気持ちになるが、もはやどうすることもできない。彼女達《たち》は単にその天稟に従って、ひたすらに着実に成長しているだけなのだから。

激動の一日が終わり、そろそろテスフィア達《たち》が引き上げようかという時間。

アルスの仮住まいに突如《とつじょ》として、規則正しいが少し急《せ》かすような、奇妙なノックの音が響《ひび》いた。

一瞬《いっしゅん》戸惑《とまど》うが、ロキが真っ先に応対に向かう。

その後、ロキに連れられて見覚えのあるメイドが入ってきた。

「なんでミナシャがいるの？　どうかした？」

テスフィアが驚いたように声をかけた。

ミナシャは、ヘストと一緒にフェーヴェル家から派遣されてきた専任メイドである。今日は女子寮《じょしりょう》に残り、部屋の整頓《せいとん》と掃除《そうじ》をしていたはずだったのだが。

普段《ふだん》は友達のお姉さんのような親しみやすい雰囲気《ふんいき》を纏っているミナシャだが、今日は特に慌《あわ》てた様子で、荒《あら》い呼吸をしている。

ここまで全速力で走ってきたようだ。

「お嬢様《じょうさま》、さっき急に当主様からご連絡があり……言伝《ことづて》を預かって参りました」

苦労しながら乱雑に置かれた機器の間を縫《ぬ》ってくる。その道中、潜《ひそ》んでいたそれらの隙《すき》間《ま》からにゅっと顔を出したヘストに、ひぃっと悲鳴を上げる一幕もあったが。

やっとのことで到達《とうたつ》するや、ふぅ～と息を整えてミナシャはゴクリと喉を鳴らした。

「当主様よりの伝言です。【テンブラム】の開催《かいさい》日時が決定し、書状が届いたとのこと。よってなるべく早く当家に戻《もど》り対策に専念せよとのことです。また、アルス様にもご同行いただくように、とのお言葉も預かっております」

「ふぅん、だいぶ長いこと悩《なや》みの種だったけど、ようやく来たのね。【テンブラム】に向けて勉強してきた内容も、危《あや》うく忘れるところだったわ」

そう言ってほくそ笑むテスフィアからは、以前の弱気な態度は消えており、どこか待ちくたびれたというような雰囲気すら漂《ただよ》っていた、のだが。

「え～っと、それでアル。ちょっとその、お願いできる、かな……？」

さっきまでの勢いはどこへやら、アルスの協力を再確認《さいかくにん》する時だけはしおらしく訊《たず》ねてくるのだから、全く不安がないわけではないようだ。

それはそうと、待ちくたびれたのはアルスも同じである。テスフィアはまだ知らないだろうが、脱獄囚絡《だつごくしゅうがら》みの問題や例の違法《いほう》薬物の件などがあり、対戦相手たるウームリュイナ家の足場は、今や表舞台《おもてぶたい》からは見えないところでかなり揺《ゆ》らいでいる。何かあれば、以前アルスが予想した通り、大貴族の座からお尋《たず》ね者の一族へと転落する可能性すらある状況なのだ。

「あぁ、分かった」

ついに来たかという思いと、この状況でまだやるのかという思いがアルスの中で同時に浮《う》かび上がってくる。

テスフィアの将来を左右する【テンブラム】はフェーヴェル家とウームリュイナ家で取り決めた貴族伝統の由緒《ゆいしょ》ある問題解決手段である。

テスフィアは、訓練の手を止めてソファーに勢い良く座り、大きく深呼吸した。唐突《とうとつ》な【テンブラム】の知らせに多少動揺《どうよう》はしても、今更気後《いまさらきおく》れする理由はない。

「アルもいるし、大丈夫。私だってこのためにそれなりに頑張《がんば》ってきたんだもん」

「普通に怪我してるがな。流石《さすが》に一週間くらい猶予《ゆうよ》があれば、痛みはなくなるだろ」

そうだった、とコロコロと顔色を変化させるテスフィア。

ここでウームリュイナ家の裏事情をこっそり伝えてもいいが、逆に楽観視されても面倒《めんどう》だ、とアルスはあえて口を噤《つぐ》むことにした。

「フィアなら大丈夫だよ！　しっかりね！」

そんなアルスの代わりではないが、アリスは親友を励《はげ》ますように、力強い眼差《まなざ》しでテスフィアの手を取る。

その手を握り返したテスフィアは、覚悟《かくご》を決めたようにニイッと笑《え》んだ後、ミナシャに

「任せて、アリス」

「分かったわ」とだけ伝えた。

今日までたいした対策も取れなかったのは、【テンブラム】の種目が決まっていなかったからだ。ましてや脱獄囚《だつごくしゅう》の一件があり、相当に内部が騒《さわ》がしくなっているはずのウームリュイナが、ここで開催に踏み切るとは思わなかったのだ。もろもろで後に引けなくなっているだろうアイル・フォン・ウームリュイナが、ここに来て【テンブラム】を開く意図はどこにあるのだろうか。逆に、この状況を打開するべく強行したとも考えられるが。

「リリシャ、そっちの方はどうなってる？」

「主審《しゅしん》のこと？　もちろんフリュスエヴァン家として、責任をもって務めさせてもらうけど。私もある程度の規則は、頭に詰《つ》め込んでいるわよ」

事実、テスト期間中にもリリシャはしっかりと【テンブラム】について勉強をしていた。

そのせいでテストの順位は芳《かぐわ》しくなかったが、それはこの際どうでもいい。

「そうか、じゃあフェーヴェル家に着いてから、連絡を入れる」

「はいよ～」

一人だけ呑気《のんき》な声で和《なご》ませるが、アルスも大して身構えてはいなかった。

（さて、あのいけ好かないアイルが何をしてくるか、せめて楽しみにしていよう）

アルスからしてみれば、貴族の面倒ごとに首を突《つ》っ込むことになるが、決まってしまったからには御託《ごたく》を並べても仕方ない。ルールがある戦いは、生徒として出場した「7カ国親善魔法大会」以来だろうか。せめて楽しい暇潰《ひまつぶ》しであることを願おう。どうせやるからには、費やす時間に見合った収穫があってほしいものだ。

それに……もはやテスフィアの価値は以前とはまったく異なる。将来性をも見越《みこ》してなら、無料《ただ》同然でやるにはあまりに惜《お》しい。

まだどこか頼《たよ》りない、空元気にも似た威勢《いせい》を見せているテスフィアだが、実際にその精神は以前より遥《はる》かに鍛えられているはずだ。ダンテらによる学院襲撃事件は、彼女《かのじょ》に大きな覚悟を与えただろうから。

さらに魔力器拡張の成功と、先程見せた才能の輝《かがや》き……彼女はすでに、魔法師としてより高みに至る道を、確実に一歩踏み出したのだ。ならばウームリュイナには、彼女の新たな飛翔《ひしょう》の良き踏み台になってもらおう。

真に魔法師の力を育てるならば、修羅場《しゅらば》を越えることに伴《ともな》う精神的成長も欠かせない。逆に言えば唯一《ゆいいつ》、それこそがアルスが教えることのできない分野だった。汲《く》み上げた経験が有効活用できるというのなら、【テンブラム】すらもその足場になるはずだ。

未だ緊張《きんちょう》した面持《おもも》ちは消せないらしいテスフィアを他所に、アルスは寧《むし》ろ期待感を込めて、アイルの姿を思い浮かべる。いけ好かないアルカイックスマルを顔に貼《は》り付けた、あの貴族の少年のことを。

（……せいぜい上手く、道化《どうけ》を演じてくれよ）

第93章　「魂を刈り取る者」

それは【テンブラム】の告知があった後、アルスがフェーヴェル家へと向かってちょうど三日後のこと。

時刻は、日を跨《また》ぐ少し前だった。アルファ国内において、富裕者《ふゆうしゃ》が住む層の中でも比較的《ひかくてき》バベルに近いこの場所に、居を構えられる者は限られている。

アルファの貴族でも、元首から直接領地を与えられている者はほんの僅《わず》かだ。その他大勢の貴族は、元首の権勢下においてではなく、下賜《かし》されるか先祖代々の家柄《いえがら》や品格によって、この一等地に邸宅《ていたく》を維持《いじ》している。

そして、この邸宅もそんな大貴族の住まう場所の一つ。

巨大《きょだい》な門扉《もんぴ》を構えた豪邸《ごうてい》の周囲には鬱蒼《うっそう》とした木立があり、この季節、そこを抜《ぬ》けてくる風は、薄手《うすで》の服では肌寒《はださむ》く感じるほどだ。それでもバベルの防護壁《ぼうごへき》と自動温度調節システムに守られている生存圏《けん》では、暖かいほうといえよう。外界では恐《おそ》らく今の時節、動物の姿を見ることは少ないはずなのだから。

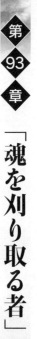

しかし、この地のどこか奇妙《きみょう》な木々は、寒さに対して葉を散らせるということはあまりないようだ。寧ろかえって生命力旺盛《おうせい》に実を付けているくらいだ。

この邸宅近くの木立にはそんな自然界から逸脱した植物が特に多く、寒さのわりに緑葉が目立つくらいの有様だった。

そんな緑の中に、タイル張りの舗装《ほそう》道路が長く伸びている。先には頑丈《がんじょう》な門扉、奥《おく》には通常の戸建十軒《けん》分はある豪邸が、訪《おとず》れる者を待ち構えていた。

広大な館《やかた》の庭は、二十四時間体制の警備で守られている。一癖《ひとくせ》も二癖もありそうな警備員らは、明らかに魔法師として研鑽《けんさん》された技術練度を窺《うかが》わせていた。不届き者が招待もなくここに入れば、たちまち囲まれ、有無《うむ》を言わせず取り押《お》さえられるだろう。

そして今、岩山のようにそびえたつ豪邸の中央正面二階、厳格な趣《おもむき》ある書斎《しょさい》の中に、二つの人影《ひとかげ》がある。

一人は男……彼《かれ》は今、眼前に立つ美しい少女から、とある報告を受けていた。

それからいつもの如く、その中から体のいい落ち度を探し、これもいつものように叱責《しっせき》してみせた後、少女を伴って地下に向かう。

身体にでっぷりと肉をまとったこの男は、下卑《げび》た趣味《しゅみ》を持っている。例えるならば愛煙家《あいえんか》が日々の供に嗜《たしな》む煙草《たばこ》のように、または勤め人が一日の鬱憤《うっぷん》晴らしに飲む酒と同じように……男は愉《たの》しみ、虐《いたぶ》り、愛好する。いつからかは本人も忘れてしまったが、すでにそんな嗜《し》好《こう》は、もはや快楽を与える麻《ま》薬《やく》めいた、断《た》ちがたい習慣になってしまっていた。

書斎を後にし階段を降りていく男の足取りは、醜《みにく》く太った体格に見合わず、ひどく軽かった。

ここには、彼と少女以外は立ち入りが禁じられている。二つの足音が、無骨な石段をカツカツと鳴らして降りていった先、完璧に防音処理された石造りの薄暗《うすぐら》い部屋は、この数年で随分と男の色に染まってしまっている。

見《み》渡《わた》す限りの壁《かべ》に掛《か》けられている、様々なおぞましい器具。そのどれもが使用済みの証として赤黒い染《し》みと錆《さび》をこびり付かせている。

男に続き、動揺の気配もなく部屋に入った少女は、するりと自ら男に身体を差し出した。男の腕が壁に伸びて何かを掴《つか》み取ると、カチリと冷たい音と共に、彼女の両腕に手《て》錠《じょう》が嵌《は》められる。

同時、男が天井《てんじょう》からぶら下がった鎖《くさり》の端《はし》を引くと、ガラガラと鉄輪の音が響く。

次いで、少女を拘束《こうそく》する手錠に通された鎖が持ち上がり、少女のしなやかな身体を空中に浮かせていく。

やがてその爪先《つまさき》が、僅かに床に触れるかどうかという高さで止まるや、少女は男に向け、無感情な台詞《せりふ》を吐く。

「閣下、準備が整いました」

「うむ、今日はいろいろあったからな」

「はい、後は閣下のお好きなように……」

閣下と呼ばれた男――モルウェールドは、脂《あぶら》の浮いた顔に、歪《ゆが》んだ笑みと恍惚《こうこつ》とした表情を貼り付けて、まずは一歩、歩み寄る。

少女の軽い身体を力尽くで半転させ、背中を向けさせる。そして力任せに襟《えり》から一気にその服を剥《は》ぎ破った。

露《あら》わになった乳白色の肌《はだ》には、瑞々《みずみず》しい若さがある。だが少女は一片《いっぺん》の羞恥《しゅうち》も感じず、モルウェールドもまた、それを気に掛けることはない。

代わりに、どこか自作の出来を確かめる油絵画家のように、慣れた様子で淡々《たんたん》と眼前の光景を眺《なが》める。

しかし、ふとその背中に頬を擦《す》り合わせた直後、モルウェールドはニィッと、実に嗜虐《しぎゃく》的な笑みを浮かべた。彼が今見たものは、少女の白いキャンパスに刻まれた生々しい傷痕《きずあと》だ。一つ一つが、彼女がこうして男の嗜虐玩具《おもちゃ》として過ごしてきた、その年月の長さを物語る。

彼は、美しいものを壊《こわ》すことに快楽を感じていた。少女を手に入れた最初の頃《ころ》のように、高貴なる貴族と下民の違いを説くことなど、今更《いまさら》しない。

彼にとって他者、特に下民は、跪《ひざまず》き、虫のように足元を這《は》い回る存在であり、気分次第《しだい》で踏み潰《つぶ》してもよいものだ。その程度にしか思っておらず、それこそが身分差の意味なのだ。

一度モルウェールドの気分を害せば、下民は命懸《いのちが》けでご機嫌《きげん》取りをしなければならない。いや、寧ろ進んでそうすべきだ。絶対的存在……それが貴族であり、己《おのれ》の高貴たる身分の証である。

それからモルウェールドはおもむろに、少女の背中に刻まれた傷跡《きずあと》をそっと指でなぞる。

「これは何の傷だったかな？　結構深いぞ」

「閣下、それは鋼鉄鞭ですの」

「おお～そうかそうか、なら今日の仕置きは、鋼鉄鞭《それ》にしよう」

「お心のままに」

モルウェールドは上機嫌《じょうきげん》で、壁に掛かった無数の鞭の中から一つを掴んだ。鋼鉄鞭とはいわゆる鞭の外側に鉄を巻いて補強したものだが、鞭というには些《いささ》か欠陥品《けっかんひん》ではある。端的に言えば、重くてしなりが悪いのだ。

「ふうむ……」

鞭の柄を握《にぎ》ってから、ふと小さくうなったモルウェールドは急にそれを投げ捨て、もう一つ別の鞭へと手を伸ばす。そして最近味わった屈辱的《くつじょくてき》な出来事を思い浮かべながら、気分が高揚《こうよう》したように不気味に微笑み。

「愚民《ぐみん》の分際で、わしの手を煩《わずら》わせおってえぇぇ!!」

「――ッ」

振《ふ》り向きざまに振るった新たな鞭は、空気を切り裂《さ》きながら少女の背中を打った。瞬間《しゅんかん》、ビクンと彼女の身体が跳ねる。

「ベリックめぇ……わしを誰《だれ》だと思っている！　大方、このわしが火消しに奔走《ほんそう》する様を笑って見ているのだろうな！　フフッ、まあいい。いずれ奴《やつ》も己の愚《おろ》かさを理解するはずだ、いや、思い知らせてやる！　なあ、ノワール」

灰色の髪を揺らしつつ、少女からは「はい、閣下の仰《おつしや》る通りです」と、何一つ痛みなど感じていないらしい朗《ほが》らかな声が返ってくる。

その白くなめらかな背中に、新たに傷を刻んだモルウェールドは、ニヤリとサディスティックな笑みを浮かべる。

「すまんすまん、毎度同じではマンネリ化してしまうからな。今のはちょっとしたサプライズだ、味はどうだ？」

「はっ、閣下の愛を強く感じます」

「そうかそうか、良い子だ。これはな、多関節鋼鉄鞭といったか。以前これに似たＡＷＲを使っている魔法《まほう》師を見かけてから、わしも欲《ほ》しくなってな。新しい責め具《どうぐ》を新調ついでに、ちょっとばかり注文を付け加えたんだ。ほれ、鞭の上に鉄皮のように重なった関節パーツに、少し棘《とげ》のようになった部分が突き出ているだろ？　こうして鞭を引くと、それが皮膚《ひふ》に引っ掛かるんだ」

「素晴《すば》らしい発想です」

「そうだろうとも、だがお前の肌にまとわりつく、服の切れ端がちょっと邪魔《じゃま》だな」

「申し訳ありません。上はやわらかい絹の布地にしておくべきでした」

「気にするな、これもまた一興だ。しかし……誘《さそ》い出されているとも知らない奴等のことを考えると、溜飲《りゅういん》も下がるな。奴らは知らんのだ、ノワール」

「仰る通りです」

「法や秩序《ちつじょ》など、所詮愚物《しょせんぐぶつ》を統制するためのすべであり、わしのような高貴な血を持つ存在を縛《しば》ることはできんのだ」

そう言い捨てるや、再び横に振るった鞭が、少女の細い腰《こし》に巻きつく。モルウェールドが柄を勢い良く引くと、鞭に仕込《しこ》まれた関節部と棘が、布をさらに大きく引き裂いていった。

やがて完全に衣服を剥ぎ取られた少女の身体に、次々と新たな傷が付けられていく。一定間隔《かんかく》で連なった赤黒い溝《みぞ》から、じくじくと溢《あふ》れる血が流れ出した。

「これならわしのストレスも十分解消されるだろう。全《すべ》ては順調だな、それでお前のほうはどうだったのだ？」

「はっ、準備は整いつつあります。三家を根絶やしにしましたが……四つ目で横やりが入りまして」

「ほう、お前が仕損じるとは珍《めずら》しい。だが三家を潰せたとは良いことを聞いた、褒美《ほうび》をやらねばな。これで、どうだっ！」

さらに鞭が荒《あ》れ狂《くる》うと、石造りの室内には紅薔薇《ばら》のように鮮血《せんけつ》が飛び散り、少女の腰に滴《したた》った血を、申し訳程度に残った衣服が吸い取っていく。

「ありがとうございます」

淡々と告げられた感謝の言葉に、モルウェールドは恍惚とした表情で聞き惚《ほ》れた。そのしなやかな裸体《らたい》に近づき、モルウェールドは傷口の血が付くことも厭《いと》わず、そっと頬《ほお》ずりする。

「良い子だ、ノワール……お前を引き取って本当によかった」

「ありがとうございます。閣下のおかげで、私は一人前になることができました。この血の一滴《てき》、肉の一片までも全てが閣下の物でございます」

「うむ、最高の娘《木偶》だ。ここに来たばかりの時にはもっと可愛《かわい》く泣いたものだが、今は今で、なかなかに楽しめる」

「それも、閣下がお望みとあらば……」

少女は虚《うつ》ろな視線を正面の冷たい石壁に向け、相手の望むままになると提案する。

だが、答えは再び背中に走った激痛だった。いや、果たして痛みというべきなのか……ノワールはそれを極限まで抑《おさ》え、無の感覚へと書き換《か》えることができる。

いや、それでもかつては、本物の痛みを感じていたと思いたい。それほどまでに無痛の世界というのはつまらないのだ。

最初は文字通り苦痛だった責め苦に、やがて表情を変えないほどには慣れてしまい、気づけば何も感じなくなっていた。痛みとは何だったたか、それを感じていたあの頃を思い出すのは、もはや難しい。

だから今もこの背中には、いつものどこか醒《さ》めきったような熱さと、とうに慣れ親しんでしまった平坦《へいたん》な衝撃《しょうげき》があるだけだった。そもそも、拾われた命だ。生かされている身と

しては文句の一つも出てこない。

諦《あきら》めとも悟《さと》りともつかぬ、いわば一種の観念。寧ろこれが、不可解な生というものと上《う》手《ま》く付き合っていくための最善の手段だと、少女は信じていた。

だから呻《うめ》くように、歓喜《かんき》するように、男のための嬌声めいた言葉を舌で転がし、外へと吐き出してみる。

途《と》端《たん》、背中を焼く衝撃と熱が止まり。

「ふん、つまらん。そんな演技でワシが喜ぶと思ったか」

そんな野太い声が聞こえるや、グッと髪を掴まれ、頭を後ろに引っ張られる。

「申し訳ありません、閣下」

「む、少々力が入りすぎたか……ん、そうか、もっと欲しいのだな？」

「いえ。本来ならば閣下と、もっとこうしていたかったのですが、邪魔が入りました」

「む！　何者だ？」

「分かりません、ですが相当な使い手かと思います」

「さては、もう嗅《か》ぎつけてきおったか」

魔法師としてモルウェールドの最高戦力である彼女がそう言うのであれば、間違《まちが》いないだろう。それに、十分な心当たりはあった。

「見当は付く。わざわざ招待してやったのは確かだが、どうにも間の悪い不埒《ふらち》者どもだ」

「殺しますか？」

「もちろんだ、さっさと終わらせてこい。奴の死体は持ってこいよ。長年の因縁《いんねん》がある奴だ。死体を前に、祝杯《しゅくはい》でも挙げるとしよう」

モルウェールドは名残惜《なごりお》しそうに言うと、鞭を壁に掛け、ぐいと鎖を引き下ろした。

自分を誰よりも賢《かしこ》く特別だと思うこの男は、他者を屈服《くっぷく》させたくて仕方がないのだ。だからこそ、全てが自分の匙加減《さじかげん》で決められる世界を求め続ける。その世界では、どんな他者もモルウェールドとは同価値にはなりえない。人の命ですら例外ではない。

だが、そもそも現実はそんな風にはできていない。だから苛立《いらだ》ち、不満ばかりが募《つの》る。そんな日頃《ひごろ》の鬱積《うっせき》を解消するため、はたまた自尊心を満たすために、彼は何もできない相手を一方的に傷つけるのだ。

そう、自分にはその権利があり、権威《けんい》があり、権力がある。

「どうせだ、治癒魔法《ちゆまほう》はいらんな」

「ハッ」

手錠を自ら外した少女は露わになった胸部を隠そうともせず、モルウェールドから差し出された薄布を身につけ、その上からローブを羽織った。

◇　◇　◇

闇夜《やみよ》に潜み、陰《かげ》と同化する者達が、広大な庭に侵入《しんにゅう》していた。

彼らは素早《すばや》く物陰《ものかげ》に身を落ち着けると、前方にたたずむ、一際明るい灯《あか》りが点《とも》った豪邸に視線を向ける。

誰もがこの機会を心待ちにしていた。ただ彼らの本分は基本的に諜報《ちょうほう》任務だ。直接的に力を振るい、手を下せないのがもどかしい気持ちはあるが。

あの豪邸の主人は、彼らの長にして諜報部隊長たるヴィザイスト・ソカレントとは並々ならぬ因縁がある人物だ。

アルファの政体が今のベリック体制になってから、決して埋《う》まることのない溝が二つの派閥《はばつ》を分断してしまっている。その片方、旧貴族派の筆頭にいるモルウェールドは、今や軍と政界の悪弊《あくへい》を体現した、巨大な腫瘍《しゅよう》そのものと言っても過言ではなかった。

どんな楽観主義者だろうと、軍司令部に数日も滞在《たいざい》すれば分かるだろう……それがいかに深き溝か。そしていずれ、衝突《しょうとつ》が避《さ》けられないのだろうということも。

「それにしても、数日くらいは休暇《きゅうか》を取られてはいかがですか、隊長？　今が好機とはいえ、お嬢様が病院に運び込まれたというではありませんか」

「無駄話《むだばなし》はよせ」

当の隊長からの叱責じみた声が通信機器《コンセンサー》を通じて、心配顔の隊員の耳を打った。いつもなら押し黙《だま》るところだが、今回ばかりは、と彼は抵抗《ていこう》する。

「ですが、フェリネラたってのフェリネラお嬢様は、我々にとっても大事な仲間です」

フェリネラたっての願いに折れたヴィザイストの私情から出た入隊話ではあったが、フェリネラは既《すで》に、諜報部隊にとって欠かせない人材となっている。学業の傍《かたわ》らでの活動だというのに、彼女の手腕《しゅわん》と成果はヴィザイストをも唸《うな》らせるほどだ。

「ですから、ここはやはり……」

「いい加減にしろ」

別の隊員から、新たに咎《とが》めるような声が飛んだ。

「そう思うなら、さっさと仕事を終わらせればいい。寧ろ、隊長にお見舞《みま》いの時間をお作りするのが我らの職務と考えろ」

失言を責められた最初の隊員は、小さく肩《かた》を竦《すく》める。だが、結局これは予定調和のやりとりだ。その証拠《しょうこ》に、彼を咎めた同僚《どうりょう》の声は至極《しごく》平板で鋭《するど》さがない。つまり誰が最初にその話題を言い出すか、というだけの違《ちが》いだったのだ。

フェリネラの負傷に絡《から》んでヴィザイストを気遣《きづか》う言葉は、自分が言わずとも誰かがきっと言っただろう。場合によっては己の方が咎める側だったかもしれない。それが分かっていたので、隊員はさっさと謝罪を口にし、それきりで終わらせた。

「失礼しました……B班異常なし」

「C班異常なし、こちらの動向は掴まれておりません」

「よし、この距離《きょより》を維持しろよ。あそこにいる連中なら、これ以上は勘付《かんづ》かれる可能性がある」

そうコンセンサー越《ご》しに、ヴィザイストは全隊員に指示を出した。

事前情報によれば、屋敷《やしき》の警備にあたっている敵魔法師の能力は、戦闘《せんとう》方面に偏《かたよ》っている。ならば、こうして自分達に動向を探《さぐ》られていることまでは悟られていないはずだ。

ヴィザイスト配下の隊員らは、まさに諜報任務のエキスパート集団だ。今ここに潜んでいるのは、戦闘力よりも隠密索敵《おんみつさくてき》能力に秀《ひい》でた者ばかりであった。

ただ、それでも今回ばかりは勝手が違う。力自慢《ちからじまん》の警備要員はともかく、同じく影《かげ》の戦いを得意とするモルウェールドの私兵部隊【クルーエルサイス】の存在が気掛《きが》かりだった。

それを知ってか知らずか、配下の者達も間違いなく、さっきの指示はヴィザイストにしては慎重《しんちょう》に感じたはずだ。普段ならば、あの屋敷にもう五十メートルほどは接近しているはずなのだから。

この邸宅から二百十メートルの隔《へだ》たりは、リスクとリターンを天秤《てんびん》にかけ、ヴィザイストの理性が弾《はじ》きだしたギリギリの距離だ。

諜報員《ちょうほういん》は敵情を探るのが任務であればこそ、遠くでただターゲットを見張っていればいいというものではない。ときに限界まで接近を試み、どんな些《さ》細《さい》な情報であろうと、盗《ぬす》み取る必要がある。そもそもこういった状況《じょうきょう》ならば、普段は部下を信じ、もっと強気な判断を下すのがヴィザイストという男だ。

それが今回は、各自の判断での行動を許したのは庭園手前までで、いざ屋敷の敷地《しきち》に入ってからは、ヴィザイストがいちいち全ての行動指示を出している。それだけ慎重を期しているということなのだろうが。

部下達に用心するよう呼びかけると、ヴィザイストは上手く闇《やみ》に溶け込《こ》みつつ、樹上から屋敷を俯瞰《ふかん》する。鬱蒼と茂《しげ》った葉の僅かな隙間から、取り出した単眼鏡で要所を視認《しにん》した。相手によっては敏感《びんかん》に気づかれるリスクがあるため、魔法による索敵《さくてき》は最終手段だ。

（ベリックは、モルウェールドがシングル魔法師にも匹敵《ひってき》する、予想外の戦力を有する可能性を懸念していた。こういう時、あいつの悪い予感は大抵《たいてい》当たるからな）

魔法を扱《あつか》える私兵部隊を持つことができるのは、貴族の大きな特権の一つであろう。軍事的貢献《こうけん》が貴族の義務とされている建前もあり、身内や縁者《えんじゃ》だけではなく傭兵《ようへい》を雇用《こよう》するケースも多々あるくらいだ。

さらに実績を持つ軍の高官にまでなると、軍内に独自部隊を創設することまで許される。だが旧貴族派の長であるモルウェールドは、そんな部隊とは別に、完全な個人戦力としての私兵部隊を保有しているのだ。

ヴィザイストの普段の諜報活動は国内外に及《およ》ぶが、扱う案件は魔法犯罪関連がメインで、これまで内部の貴族界などは、ある意味で監視《かんし》の外だった。それを、今回はあえてコネと権限をフル活用して軍内で話をつけ、半ば【アフェルカ】から奪《うば》い取るように、自分の管轄内《かんかつない》としている。そう、長年に亘《わた》る因縁に、けりをつける絶好の機会には違いない。

先日、モルウェールドと繋《つな》がっていたはずの貴族らが惨殺《ざんさつ》されたが、ヴィザイストはそれを、おそらく彼自身による粛清《しゅくせい》か口封《くちふう》じだと見ている。

だとすれば彼も相当に焦《あせ》っているはずだが、遠目に見る屋敷の様子は不気味なほどに静かだった。

腐《くさ》っても上級貴族ということか、広い屋敷はちょっとした国家施設《しせつ》なみに警備も厳重で、まるで隙が見つからない。普段の大物ぶった傲岸不遜《ごうがんふそん》ぶりとは裏腹な、まるで極度の小心者のような徹底《てってい》ぶりだ。

あれでも少将という地位にいるのだから、一筋縄《ひとすじなわ》ではいかないということだろう。ベリックの指揮下にある部隊に加え、アルス、レティのシングル魔法師二名もまた然《しか》りで、総督《そうとく》の座を狙《ねら》っていたモルウェールドが備えないはずがないのだから。

そして彼の戦力を探るうち、最近浮かび上がってきたのが怪《あや》しげな私兵部隊【クルーエルサイス】である。

先の貴族三家の抹殺《まっさつ》は、およそ計画的な動きではなかったはずだが、手際《てぎわ》だけは異常なほど良かった。とにかく素早く全てを処理し、そこに一切《いっさい》の躊躇《ためら》いが感じられない。現場を見たヴィザイストは、それを実行した者達はかの【クルーエルサイス】である可能性が高いと感じ、余計に慎重を期すことにしたのである。

眼前の警備隊だけでなく、もし彼らが前に出てくれば、場合によっては国内で派手な魔法戦に発展することも考慮《こうりょ》しなければならないだろう。厄介《やっかい》な相手だが、この件を己の管轄《かんかつ》下とした時から、半ば覚悟の上でもある。

（果たして【クルーエルサイス】がどれほどか。構成員のおよその数だけでも把握《はあく》しておきたいものだな）

普段は後方で指揮を飛ばすヴィザイストだが、今回は自ら現場に出る以上、備えを徹底している。本番の前にまずは、と彼は人差し指を首元に差し込み、覆面《ふくめん》で鼻までを覆《おお》ったが――。

それが起きたのは、ちょうど月光が一瞬《いっしゅん》、雲に遮《さえぎ》られた時だった。ヴィザイストの潜む梢《こずえ》を包む影が一段と濃《こ》くなり、彼自身の感覚も僅かな時間、闇に閉ざされた。

時間にしてほんの数秒もなかったはずだが、幾度《いくど》となく外界で死線を潜《くぐ》ってきたヴィザイストの研《と》ぎ澄《す》まされた感覚が、我知らず背中を粟立《あわだ》たせる。筋肉が無意識に硬直《こうちょく》し、獣《けもの》の危険察知本能のように、不気味な悪寒《おかん》が首筋に走った。

それが起こった時、ヴィザイストは必ず直感を信じる。いや、経験がそうさせるのだろう。悪寒の到来《とうらい》からコンマ数秒の遅《おく》れもなく、身体は自然と動いていた。

姿が露見《ろけん》することも顧《かえり》みず、潜んでいた樹上の枝を強く蹴《け》る。彼はそのまま、後方に落下するようにして、一目散に飛び降りていた。

空中で目をやると、今し方いた場所――隠《かく》れていた木の梢――が、ごっそりとズレ落ちていく。周囲が空間ごと寸断されたかのような、凄《すさ》まじい光景だ。

同時、上からバラバラと落ちてくる葉と小枝の切れ端。

それを見るや、ヴィザイストは直感に従って正解だったことを悟る。首元に指を這わせると、流れ出た生ぬるい血が指の腹を濡《ぬ》らした。

もはや習慣となっている足さばきで、たくましい巨体《きょたい》の着地音を最低限和《やわ》らげつつ身体を起こした瞬間、視界の端で細長い何かが閃《ひらめ》く。

その黒い棒のようなものは、闇の中では微《かす》かに捉《とら》えられただけだったが、ヴィザイストは迫《せま》り来る死の秒読みをリミット寸前で察し、上体をさっと倒《たお》す。

首の辺りを鋭利《えいり》な刃物《はもの》が通過する気配と同時、後方へと全力で跳《と》び退く。

（クッ、鈍《にぶ》ったものだ……。コンマ数秒の遅れで、首が飛んでた）

一撃目《いちげき》の首の傷はまだ浅かったが、離脱《りだつ》の隙をもすかさず狙ったその後の追撃《ついげき》には、肝《きも》を冷やす思いを味わわされた。

そもそも隠密諜報《おんみつちょうほう》を専門にするヴィザイストにとって、これほど恐るべき敵の接近をここまで許したこと自体が、信じ難《がた》かったのだ。

そして、遅《おそ》まきながらもようやく地面に葉が舞《ま》い落ちてくる。

直後、音もなく眼前に立ちはだかった敵影《てきえい》を鋭く見て取り、ヴィザイストはこれほど用心してなお、どこかでまだ敵を侮《あなど》っていたと悟った。

「【クルーエルサイス】だな」

自分が屋敷の警備兵ごときに後れを取るわけはない、という程度の自惚《うぬぼ》れはある。

加えて顔を覆い隠すフードに、前の合わせが僅かに開いたローブという相手のいで立ち。

紛《まご》うことなき闇の私兵の姿だ。だが、ローブの隙間から覗《のぞ》く薄手の服は、どうやら女物のようにも思える。だが奇妙にも、その腹部周辺は最初から真っ赤に染まっていた。

雲間から、微弱《びじやく》な月光が二人の間に降り注いだ。

フードの隙間から覗く灰色の髪《かみ》は、女の若さを示すようにつややかだ。ヴィザイストはこんな時にも油断なく観察し、得られた情報を逐一《ちくいち》記憶《おく》する。次に得物は……と見れば、細身の身体には不釣《ふ》り合いな大鎌《おおがま》が目に入る。その切っ先は相手の首上の空間にぴたりと定まり、夜空をバックに冷たい三日月形を描《えが》いていた。

よく見ると鎌の刃《は》先《さき》には、少量の血が付着している。先程《さきほど》ヴィザイストの首を切りつけた名残《なご》りだろう。

己の所属部隊の名を推測する彼の呟《つぶや》きを聞き、女はごく冷静に答える。

「いかにも。ですが、それを知ってどうしますの？　あなたもお仲間も全員生きては帰れませんのに」

やや挑発的《ちようはつてき》な抑揚《よくよう》と淫靡《いんび》な艶香《えんか》を纏《まと》った声だったが、印象としては思いのほか幼い。

しかし、告げられた内容はヴィザイストにとって衝撃《しようげき》的だった。隠れ場所《ばしよ》をああもあっさり看破され、仲間の存在まで悟られているとなれば、既に諜報任務としては失敗である。

残された手段は限られていた。

そう、正体を完全に暴《あば》かれる前に、全力で対処する。

（さて、さすがにコイツだけは別格だと思いたいが……他に、何人いるか）

まずは、目の前の敵を屠《ほふ》ることも考慮する。それは任務の続行を意味していた。未《いま》だ他の隊員からの報告が一切ないのだから、相手一人の独断による単独行動だとも考えられる。判断までの所要時間はほんの刹那《せつな》。ヴィザイストは数多《あまた》の経験から、瞬時《しゅんじ》に答えを導きだす。

相手から視線を逸《そ》らさずに片手を耳に当て、爪《つめ》で三回叩《たた》いた。

当然、コンセンサーからの返答はない。

それは事前に決めてある部下達《たち》への非常連絡《れんらく》用サイン……二回なら戦略的撤退《てったい》、三回なら何を措いても離脱せよ、との意だ。ちなみに四回は証拠を残さず自害せよ、という過酷《かこく》なもので、最低最悪の事態にのみ使用される非情の選択《せんたく》である。

しかし、優秀《ゆうしゅう》な猛者《もさ》ばかりが集うヴィザイストの諜報部隊において、三回以上のサインは、過去に数えるほどしか使われたことはない。

今は、それほどの非常事態なのだ。

さっき離脱のサインを受けた部下達は、すでに闇に紛《まぎ》れて逃《に》げ出したはずだが……そんな風に、内心で苦虫を噛《か》み潰したような思いのヴィザイストに、少女は淡々と言う。

「済みまして？　皆《みな》さん、無事に逃げられるといいのですけど」

彼の意図を見抜《みぬ》いたのか。微塵《みじん》も本気さを感じさせない、敵の無事を祈《いの》る皮肉な言葉。そんな戯言《たわごと》をもてあそびながら、少女は口元を歪める。

フードの翳《かげ》からは、湿《しめ》っぽい瞳《ひとみ》が覗いた。

続いて鎌を少し傾《かたむ》けると、その切っ先を口に近づけ、付着していた血をねっとりと舐《な》め取る。

全てを見透《みす》かされている——そう判断したヴィザイストだが、今やその心は、ひどく落ち着いていた。魔法師とは別の覚悟を持ち、国の陰に生きると心定めた者が集う諜報部隊。ならば必然、人知れず死なねばならぬ場面もある。

下手をすれば、たった一度の任務で……。

それも魔物《まもの》の脅威《きょうい》を払《はら》う英雄的行為《えいゆうてきこうい》とは別種の仕事に、命を懸《か》けなければならないのだ。その覚悟のある者のみが集い、己という存在を偽《いつわ》り抜き、誰にも悟られることなく、この隊で諜報活動を続けている。

構成員の中には、魔法師とさえ認知《にんち》されていない者も含《ふく》まれる。一般《いっぱん》市民を装い、普通《ふつう》に家庭を持つ者も。全員が全員、表舞台《おもてぶたい》では諜報を職としていることを隠しているのだ。

そういう意味では唯一、その将として知られるヴィザイストのみが、日の当たる場所にいると言って良い。その手段や構成員までは明るみに出ることはないとしても、影を率いる者として、常に矜持《きょうじ》と覚悟《かくご》を負っていなければならない。

「俺《おれ》もだいぶ鈍ったか」

覆面の下、くぐもった声でぼやいたヴィザイストは、まずは相手の出方を窺うと決めた。

恐らく目の前の少女から逃げ切るのは難しい。

なぜかすでに腹を負傷しているようだが、そのことも含め、彼女にはどうにも得体が知れないところがあった。もしやアルスとさして変わらない年かもしれないが、同時にかつての彼によく似た、剣呑《けんのん》な空気を纏っている気もする。などと、思わず考えてしまい。

（いや、さすがにそれはないか。アルス《あいつ》は圧倒的《あっとうてき》だ。それにこいつには、どうも相手を上から見下してる節がある。経験の浅さもありそうだ。何より魔法師同士の対人戦の怖《こわ》さを知らない）

それが油断だというならば、まだ付け入る隙はある。

「まあ、そろそろ始めましょうか。私も主をお待たせしている身ですの」

夜の闇よりもなお濃い魔力《まりょく》が大鎌の表面を流れ下り、刃《やいば》の魔法式を薄《うす》らと浮《う》かび上がらせた。

「まったくの予定外だが、こうなったらここで壊滅《かいめつ》させてもらおう。【クルーエルサイス】をな」

「まぁ。随分意気込《ずいぶんいきご》んでおられるところ、申し訳ないのですが、あなたに私を満足させることはできませんの」

「ふっ、乳臭《ちちくさ》いお嬢《じょう》さんが言ってくれる」

「さすがに手ぶらってことはありませんわよね？」

「運がよかったな、今日は万全《ばんぜん》だ。しっかり、と両腕、に……。っ⁉」

「両腕、ですのね」

少女がフフッと目を細め、口元に笑窪《えくぼ》を浮かべる。

ヴィザイストは、自分が何を口走ったのかすぐには理解できなかった。敵に対して武器を隠すことは対人戦の常識だ。得意戦術や間合いはもちろん、それがＡＷＲならば、形から系統までを推測されてしまうリスクすらあるのだから。

もちろん百戦錬磨《ひゃくせんれんま》の猛者たるヴィザイストが、そんな戦いの初歩の初歩を知らぬわけもない。

なのに、わざわざそんなミスを、何故《なぜ》この場面で犯《おか》してしまったのか。いや、致命的《ちめいてき》な愚行《ぐこう》を自分で理解していながら、それと気づけない、そんな矛盾《むじゅん》した状況の奇妙さ。ヴィザイストはその異常さを直感で察した。

（おかしい、奴は意図もろくに隠さないシンプルな言葉で俺を誘っただけだ。俺もそれを、分かっていたというのに……）

　思考は正常に回転している。にもかかわらず、次第に目の前の少女が「敵」だという、己の認識《にんしき》そのものが薄れていくような気さえした。

　ギリッと相手を睨《にら》みつける。

　何をした！　という言葉は声にならない。すでに経験から不覚を取ったと痛感していたからだ。動揺《どうよう》はすなわち弱さを悟られることに繋がり、それは忌《い》むべき結果に直結する。

　すでに自分は、何かしらの術中に嵌まっていると見るべきだ。

（なら、直接叩かないことには解きようもないか）

　そうと決めたヴィザイストは一気に魔力を解放した。たちまち吹《ふ》き荒れる、威圧的《いあってき》なまでの暴風。筋肉隆々《りゅうりゅう》、棍棒《こんぼう》のようなヴィザイストの両腕が突《つ》き出されると同時、肘《ひじ》から先の袖《そで》が吹き飛ぶ。その下には肘までを覆う手袋《てぶくろ》のような、薄いアームガードが装着されていた。

　続いて高密度の風の渦《うず》が、両腕を覆うように周囲の空気を取り込む。アームガード型AWRの表面、淡《あわ》く光る魔法式が見えなくなるほど濃く、二本の腕に纏われた旋風《せんぷう》の刃。それが回転する様は、豪快《ごうかい》な唸りを上げる研磨機《けんまき》のようだった。

　そこに吸い寄せられるようにはためくローブを押さえながら、少女は淡々と告げる。

「【嵐の鎧《ストーム・アーマー》】……違いますの。【指向する旋風《サイクロン・エッジ》】ですか」

「ほう、良く見抜いたな。【サイクロン・エッジ】自体はチンケな魔法だが、こうして両腕に留《とど》めると使い勝手が良くてな。お嬢ちゃんを引き裂く力ぐらいは十分に出せる」

まるで口が勝手に動いているかのようだ。己の身体と認識上に起きた異変が、ヴィザイストを深く混乱させた。

（まただ……俺は何故、こいつにペラペラしゃべってる⁉）

「まぁ！　それは、どんなふうに？」

「……なら、受けてみろ」

自分の口が再び余計なことを喋《しゃべ》り出す前にと、ヴィザイストは両腕を後ろに大きく引いた。実際の所、この魔法は使い手に強《し》いる負荷《ふか》が大きい。腕に纏った風の密度と力は、魔力操作を少しでも間違えれば腕がねじ切れるほどだ。

それに制御《せいぎょ》は腕力《わんりょく》に依《よ》るところがあり、肉体的な負荷も半端《はんぱ》ではなかった。だが、それさえ可能にすれば、風系統を得意とするヴィザイストの能力は爆発《ばくはつ》的に向上する。要は常に魔法の発動待機状態であるため、構成のプロセスを一部簡略化できるのだ。

通常のＡＷＲを経由する魔法師と競《きそ》えば、発動までのタイミングは常にコンマ数秒以上速い。

ギリギリッと両腕を引くだけで、はち切れんばかりに筋肉が隆起《りゅうき》する。

次いで、力を重ねるように一瞬交差した後、弾かれたようにヴィザイストの腕が突き出された。

腕から一直線に伸《の》びていく二本の竜巻《たつまき》。それが同時に螺旋状《らせんじょう》にうねり、少女に向かって周囲の葉を吸い込みながら襲《おそ》いかかる。

辺り全てを巻き込み、木々を根っこから引き抜《ぬ》くや、細切れにしながら風の渦を肥大化させていく。

好き放題荒れ狂っているように見えて、実はこの二本の竜巻は、両方がヴィザイストのコントロール下にある。プロセスを逐次《ちくじ》変数で切り替《か》えるのではなく、筋力に依存《いぞん》させることで強引《ごういん》に軌道《きどう》を変える力業だ。

さすがに万能《ばんのう》の自動追尾《ついび》まではできないが、相手が咄嗟《とっさ》に回避《かいひ》しようと、ある程度の軌《き》道変更《どうへんこう》ぐらいは容易に行えてしまう。

しかし、相手は避ける素振《そぶ》りすら見せなかった。

先に壊滅させると豪語《ごうご》したものの、その行動には当然リスクが伴《ともな》う。【クルーエルサイス】壊滅を実行した後に、万が一……。もしもモルウェールド側の決定的な落ち度を見つけられなければ、ヴィザイストの方が暴虐《ぼうぎやく》の罪に問われるのだから。また、部下達の誰かが捕《つか》まって先に非合法活動を自白させられた場合も、結果は似たものとなるだろう。

そういう意味では、この戦闘は最善手とは言えないのかもしれない。

そんなヴィザイストの思考の揺《ゆ》らぎは、意図したものではなかった。

そもそも逃げきれないと悟った以上、腹を決めての戦いだ。なのにどういう訳か、意識と無意識の狭間《はざま》が混合して、奇妙《きみよう》な判断のズレが生じてしまっている。

「――!!」

その光景を目にした時、ヴィザイストは驚愕《きようがく》で思わず表情を強張《こわば》らせた。続いて、背筋にじわりと冷たい汗《あせ》が浮き上がる。

「あら、お優《やさ》しいですの」

そんな涼《すず》しげで、どこか相手を小馬鹿《こばか》にしたような声が、夜闇の中に響《ひび》いた。

さっきヴィザイストが放った魔法は、確実に相手を殺す威力《いりよく》を持っていた。

相手に届く直前で腕を再び交差させ、二つがちょうど重なるようにぶつけたはず。しかし、実際には意図したより遥《はる》か手前で軌道がクロスした挙句、二本ともが標的を逸れてしまっていた。

それは少女の手前の地面に刻まれた、竜巻の抉《えぐ》り痕《あと》を見れば一目瞭然《いちもくりようぜん》だ。それは一つにまとまって衝突する直前で、何故か再び左右に分かれている。その後、きっちり二本ぶんが枝分かれしたように、少女の脇《わき》を走り抜けて消えてしまっていた。何か得体のしれない加護により、彼女《かのじょ》が立っていた場所だけが被害《ひがい》を免《まぬが》れたように。

「なん、だと⁉」

ヴィザイストは苦々しそうに呻くと、急いで現状を分析《ぶんせき》する。

(防がれた⁉　いや、そんな感じはしなかった。ありゃまるで指向を奪われたみたいに、こっちの魔法のほうが避けて行きやがったんだ)

感覚的にはそう捉えるのが、一番しっくりくる。しかし、直前まで確かに竜巻のコントロールは、ヴィザイストの手中にあった。そもそも腕力に依存させているため、アルスが行うように相手に魔法を同調させたとしても、その軌道の指向までは奪えないはず。

「次は、私の番ですのね……!!」

今度は少女が叫《さけ》ぶや、大鎌を旋回《せんかい》させる。

彼女がヴィザイストに飛び掛《か》からんとしたその直後、彼《かれ》がたくましい腕を地面に叩きつける。たちまち全方位から舞い起こった爆風《ばくふう》が、少女の細い身体を強引に殴《なぐ》りつけ、ぐらりと傾かせた。

「悪く思うなよ。お遊びじゃねぇんだ」

腕を構え直すや風を操《あやつ》り、今度は相手の下から吹きつけさせる。その拍子《ひょうし》にフードが捲《めく》れ、少女の顔が露《あら》わになった。その若さは、半ば悟っていてもやはり、ヴィザイストの心の奥底《おくそこ》をざわめかせそうになる。何しろアルスとそう変わらないばかりか、娘のフェリネラよりも、いくらか幼いようにすら感じられるのだから。

だがヴィザイストもさすがの猛者、ごく一瞬の精神の揺れなど、たちまち鉄の意志をもって抑えつけてしまった。

相手を十分に浮き上がらせると、今度は不可視の鉄槌《てっつい》のような爆風を、ちょうど真上から叩き下ろす。

（時間はかけられない！【摂理の失墜《ダウンバースト》】で終わりにする）

少女の身体はたちまち四《よ》つん這《ば》いのような体勢で、派手に大地にぶつけ落とされた。巧《たく》みに受け身を取られたかダメージは与えられなかったようだが、それでもすぐに立ち上がることはできないほどの風圧だ。

だが一見圧倒《あっとう》したようでも、その猛攻《もうこう》の威力は、実は意図したものの半分にも満たない。しかし、その事実をヴィザイストは自覚することがなかった。

やがて魔法が解けるのを待つように、ヴィザイストは左手を突き出す。

相手に向かって左の全指を広げ、ちょうど中指の第一関節あたりを右手の指で引っ掛けると、弓を引くようにして逆にたわめる。

途端にAWRが輝《かがや》くと光芒《こうぼう》を引き、魔力が左中指の先に集まっていく。

「ひどいじゃありません、の……何を……カヒュッ」

ようやく収まりつつある風圧を撥《は》ねのけて立ち上がり、少女が再び大鎌を構え直した刹那。彼女は己《おのれ》の口から出た声に違和感《いわかん》を抱《いだ》き、すぐに喉《のど》に手を回す……なぜか思うように息ができず、言葉が紡《つむ》げない。

そうと悟った瞬間《しゅんかん》、すでにヴィザイストは、少女に向かって指を弾いていた。

「【間隙の衝風《クリアランス・ハザード》】」

これにて決着と見たのか、ヴィザイストは、少女に向かって悠々《ゆうゆう》と歩き出した。

勝者の余裕《よゆう》、ではない。本来、彼女を斃《たお》したのなら、すぐにこの場から逃げ出さなければならないはずなのだから。

だが、それでも不思議と足は動き続け、その唇《くちびる》が勝手に、無駄口《むだぐち》を叩く解説者のように動き出す。

「強風を真正面から受けた時、息ができなくなるだろ。あれと似たようなものだ。口元の気流を変化させて気圧を下げた。すぐに窒息死《ちっそくし》するだろう」

死ぬ、その言葉を口にした時、ヴィザイストは不意に、重苦しい胸の痛みに苛《さいな》まれた。

今更《いまさら》、どうしようもなく殺しに忌避《きひ》感が湧《わ》いてくる。

その眼前で、喉を押さえ必死にもがく少女は、ついに身体のバランスを崩《くず》し地面へ横たわった。それでも懸命《けんめい》に呼吸しようとするが、陸に上がった魚のように口をパクパク開閉させるだけで、一握《ひとにぎ》りの空気すら吸引できない。

その最期《さいご》を看取ろうというのか、ヴィザイストはさらに少女の手前まで近づく。

灰色の髪が一束顔にかかり、ぐったりした少女の顔が青ざめていく。次第《しだい》に唇の動きが緩慢《かんまん》になり……その直後、ヴィザイストは見た。少女の口元が、不気味に歪《ゆが》んだのを。

はっと我に返り、敵に近づきすぎたと失策を悟った時にはもう遅かった。

主の忠実な僕《しもべ》の如く、一瞬で真横に現れた薄紫《うすむらさき》の幽体《ゆうたい》が、ヴィザイストの視界の端《はし》で揺れる。ちょうど二体、まるで死神のような姿のそれは、彼の左右から同時に鎌を振《ふ》り被《かぶ》った。

「——ッ!!」

足へ通した魔力も併用《へいよう》して後ろに跳び退《すさ》ったが、呪《のろ》いの牙《きば》のように腹を抉った二つの鎌先が、パッと空中に鮮血を撒《ま》き散らしていく。もはや受け身も取れず、無様に地面を転がった。

背後の木の幹にぶつかって、ようやく身体の回転は止まった。

それから、ヴィザイストはゆっくりと顔を上げる。

そこにはさっきまで窒息《ちっそく》寸前だったはずの少女が、ケロッとした姿で立っていた。

「……しくじったか。俺ももう歳だな」

「どうでしたか、私の演技は、結構芸達者なんですの、フフッ」

「闇系統だったか。だが、どうして平気でいる」

腹に手を当ててるが、溢《あふ》れ出る血は止まらない。傷の具合を正確に確認《かくにん》した時、まだ身体を操れるかどうか、指先を動かして確かめてみる。

少女の左右を浮遊《ふゆう》する例の幽体は、いつの間にか姿を薄らと透《す》けさせていた。それこそ近づかなければ見えないほど、闇と同化している。

「どうしてでしょうね？　私はたとえ死ぬと分かった相手だろうと、すぐにペラペラ大事なことを話すほど口が軽くありませんの。……さっきの貴方《あなた》みたいにね」

「そりゃ、残念だ」

「では、少しだけ楽しませて貰《もら》ったお礼に、綺麗《きれい》に首を飛ばして差し上げます。振り抜いた鎌に首を乗せてあげますの」

この瞬間が何とも言えず心地《ここち》良《よ》い、と恍惚《こうこつ》として頬《ほお》を赤らめる少女。

ヴィザイストは皮肉げに顔をしかめ、「最近の若いのはどこかおかしいのが多いな」と、荒《あら》い呼吸の合間に悪態を吐《つ》いておく。

「運ぶには大きなお身体ですし、最悪頭だけ持ち帰ればいいんですの。ではサヨウナラ」

暗闇《くらやみ》に溶け込むように霧散《むさん》する幽体の中、彼女は大鎌を器用に旋回させた。まるで踊《おど》るように操る鎌は、たちまち切先が消えるほどの速度に達していく。紫炎《しえん》に似た魔力が漂《ただよ》い、直後――一瞬にしてヴィザイストとの距離を詰《つ》め、大鎌を一閃《いっせん》させた。

が、その刃が届く直前、ヴィザイストは両腕《りょううで》から自滅《じめつ》も顧みない威力の爆風を生み出した。一瞬にして、周囲一帯を猛烈《もうれつ》な風壁《ふうへき》と砂煙《すなけむり》が覆っていく。

「――!! な、なんですの!!」

それでも強引に得物を振り抜いた少女だったが、大鎌からは何の手応《てごた》えも返ってこない。当然、月明かりにかざして確認した長い刃の上にも、狙っていた標的の首が乗っているわけもなかった。

時間にして数秒だろうか。しかしそれは、致命的な間でもあった。

煌々《こうこう》と差し込む月光を頼《たよ》ってさえ、もう視界は利《き》かない。

咄嗟にローブの袖で顔を覆い目だけは守ってみたのだが、その時にはもう手遅《ておく》れだったということだ。

少女はそっと眉《まゆ》をひそめ、全《すべ》てを諦《あきら》めたように、くるりと踵《きびす》を返した。

遠くから屋敷の警備兵が、今更のように駆《か》けてくるのが見える。

彼女はそんな姿に構いもせず、さっさと足取りを早めた。与《あた》えられた仕事もこなせない愚図《ぐず》どもに対して何を思うのか、その冴《さ》え冴《ざ》えとした表情からは、何も読み取らせないままに。

◇◇◇

左右から巨躯《きょく》を支えるように伸びた、部下二名の手。

それを確かに感じながら、周囲の暗闇の中、なんとかヴィザイストは足を動かし続けた。

自らの本拠地《ほんきょち》に向け、今出せる精一杯《せいいっぱい》の速度で移動していく。やがて休憩《きゅうけい》がてらに一息つくと、彼らに両肩《りょうかた》を貸してもらった状態で、ヴィザイストは弱々しく二人を睨みつけた。

「命令無視だぞ」

「なんとでも……なにせ、本当に危機一髪というところでしたからね」

「娘《むすめ》さんに怒《おこ》られるのは我々ですから、なんて言えればカッコ良かったのですが、我々も正直、逃げ切るのを諦めてました。で、せめて追手を一瞬でも撒こうと潜《ひそ》んでいたところ、たまたま隊長の、風系統魔力の余波を感じ取ったものですから」

それは本当に偶然《ぐうぜん》だったのだろう。撤退が難しい場合は、本来ならお互《たが》いの位置を示す機材を全て破《は》壊《かい》し、魔力の気配すらも消してしまうのが暗黙《あんもく》のルールだったからだ。

ただ唯一《ゆいいつ》、ヴィザイストは密《ひそ》かに起動していた風魔《ま》法《ほう》により、近くに味方がいれば、その位置だけは把握するように努めていた。万が一の場合、迷える部下を導くためである。

その結果、こちらに忍《しの》び寄ってくる二人の隊員がいることを知った彼は、悪あがきで最後の力を振り絞《しぼ》った。あの恐《おそ》るべき少女相手に、粉塵《ふんじん》を巻き起こして煙《けむり》に巻いたのだ。

「厳罰《げんばつ》ものだが、正直礼を言わねばならんな。まだ油断はできないが、やばくなったら俺は置いていけ」

「「了解《りょうかい》です」」

今度は素直《すなお》に聞き入れられたため、ヴィザイストは再び感じ始めた腹の激痛に顔を歪めつつ、内心で安堵《あんど》した。

先ほどは不意打ちの探知魔法【エア・マップ】の余波を使ったが、同系統の追手がいた場合、同じ方法でこちらの位置を補足されかねない。当面は持ち前の勘《かん》と長年の経験を駆使し、なけなしの残り体力を消費しつつ、背後の闇を気にしながら逃走《とうそう》することになりそうだった。

数時間後……。

結果を言えば、ヴィザイストは忠実すぎる部下ともども、無事生還《せいかん》することができた。あの厄介な少女は、意外に淡白《たんぱく》なところがあるのか無駄足《むだあし》を嫌《きら》う合理主義者なのか、追跡《ついせき》には加わってこなかったためだ。

単純に運が良かっただけだが、九死に一生を得たのは確かだ。

アジトに着くなり倒れこんだヴィザイストは、すぐに集中治療室《ちりょうしつ》に運ばれた。応急処置すら気休めにしかならず、大量出血によって失われた血は、すぐに輸血で補わなければならなかったくらいだ。

もちろん一般の軍医には任せられない上極秘《ごくひ》で処置をしなければならず、信頼《しんらい》できる者を集めるには時間がかかった。結果、治癒魔法《ちゆまほう》と最新医療《いりょう》技術を駆使《くし》した本格的な治療が始まったのは、中層にあるベリーツァの病院に、彼の身柄《みがら》が到着《とうちゃく》してからのことだった。

あとがき

The Greatest Magicmaster's Retirement Plan

こんにちはイズシロです。本巻は、前の15巻と比べると色んな意味でWEB版の本筋に回帰していくための助走、といった内容になっているかな、と思います。さて、本当の意味で脱獄囚編に終止符が打たれた今巻、多くの謎を残しつつ、次なる話へ続いていく形となりました。読後感といった部分については、最後の章をお読みいただいた読者様のご判断に委ねさせていただきますが、できましたら、着々と女性キャラが増えつつあるのはご愛嬌ということでお見逃しください。リリシャのことを言っているわけではありませんよ。

では、本書に携わってくださった多くの方々へ謝辞を。

今回も的確なアドバイス等、ご尽力いただきました担当氏にまずは感謝を申し上げます。営業、デザイン、流通、販売、本書に携わってくださった全ての方々に感謝を。イラストを担当してくださっておりますミユキルリア先生、本当にご多忙な中、誠にありがとうございます。表紙がカッコ良すぎる件について、この場で熱く語れないのが残念です！　そして「最強魔法師の隠遁計画」第16巻を手に取ってくださった読者様にも心よりの感謝を。

それでは次の巻でお会い致しましょう。

HJ文庫 https://firecross.jp/
1057

最強魔法師の隠遁計画 16

2023年1月1日　初版発行

著者――イズシロ

発行者―松下大介
発行所―株式会社ホビージャパン

〒151-0053
東京都渋谷区代々木2−15−8
電話　03(5304)7604（編集）
　　　03(5304)9112（営業）

印刷所――大日本印刷株式会社

装丁――AFTERGLOW／株式会社エストール

Printed in Japan

ISBN978-4-7986-3018-2　C0193

ファンレター、作品のご感想
お待ちしております

〒151−0053　東京都渋谷区代々木2−15−8
(株)ホビージャパン HJ文庫編集部 気付
イズシロ 先生／ミユキルリア 先生